KB236614

# 三作 노리개

# 三作 노리개

2025년 6월 9일 초판 1쇄 인쇄 발행


지 은 이 | 김영탁
펴 낸 이 | 박종래
펴 낸 곳 | 도서출판 명성서림

등록번호 | 301-2014-013
주　　　소 | 04625 서울시 중구 필동로 6 (2, 3층)
대표전화 | 02)2277-2800
팩　　　스 | 02)2277-8945
이 메 일 | msprint8944@naver.com

값 20,000원
ISBN 979-11-94200-02-4

# 三作 노리개

도서출판 **명성서림**

대학 57학번이다. 참 오래 살았다. 동리 영감님의 '무녀도'와 미당님의 '국화 옆에서'가 좋아 대한민국에서 오직 하나뿐이던 대학의 문예창작과에 입학했다. 소설가가 되어 보겠다고, 언감생심 꿈 깰일 아니던가! 철들었으면 그런 과에 못 들어갔을 터이다. 원고지 들고 동냥해봤자 딱 밥 굶어 죽기 맞춤일 따름인 것을……. 살기 위해 교편을 잡았고, 사느라 원고지와 촌수가 멀어졌다. 그러다가 수필 장르를 넘보게 되었다. 과 선배의 권장이었다. 1천 9백 5자가 붙던 시절에는 수필을 문학으로 보지 않았다. 상아탑象牙塔의 정서였다. 未堂님이 좋았으나 시 쓰는 재주가 없었다. 소설은 취미가 있어서 東里님 밑에 줄 섰는데, 이 일은 산사山寺의 노승이 되어 죽기로 탑을 쌓아가는 과정인 터였다. 장편도 써보고, 중편도 투고를 해 봤지만 본선에도 모르지 못한 가작의 대열에 섰다가 낙방한 이력이 전부였다.

수필을 넘보게 된 것은 자기 합리화를 위한 지름길이었을 터이다. 문단에 방을 붙이는 일로는 손쉬운 장르가 수필인듯하다. 어떻든 그렇게 하여 다시 옛 주자들과 바톤 터치를 하기에 이르렀다.

문학 서적이 집으로 자주 배달된다. 천성이 게으른 탓에 내용을 다 읽어주지 못한다. 수필작품 하루 한 꼭지씩 읽기로 마음과 약속을 했다. 10분 투자면 가능하니 그건 어려운 일 아니었다.

연간 365편으로 잡고, 지금껏 살아온 나이를 더해보면 1만여 꼭지에 이른다. 읽다가 보니 욕심이 생겼다. 윤색하면 소설이 될 법도 했다. 꼭 서러운 이무기 신세였다. 수필을 쓰면서 작문하는 일에 재미가 생겼다. 『삼작노리개』는 순수한 창작이다. 누구의 몫이 아닌, 1만 작품이 그 주인공이다.

東里 영감님이 노환으로 우중 하실 때다. 병문안을 갔다. 그때 다시 쓰겠노라 약속을 한 것이다.

주인공 얘기 사족한다. 구보리具寶悧는 실존 그 자체를 은혜라 여기며 사는 여인이다. 생존과 가치관의 형성, 그리고 특출한 에너지는 하나님이 주신 선물이며, 그의 일상은 조작된 틀 안에서 이루어지고, 일정 부분은 여호와의 것이었다. 시나이산에서 모세를 통하여 이스라엘 백성에게 주었다는 여호와의 열 가지 계명, 그는 스스로 이 계명을 실천하는 실증적 표본이고 싶었다. 그러나 그의 특출한 미모와 교양미 넘치는 이성의 마성에 주변의 남정들이 그를 그냥 두지 못했다. 성애의 집요한 요구와 액션으로 육신이 녹아드는 인간의 원초적 본능에 혀를 물어 피를 씹으며 순간을 건너뛰는 경우도 있었다. 차라리 전통 있는 메이퀸의 금관을 탐내볼 걸 후회도 많은 터였다. 주변에서 미모를 탐하는 지인이 많기에 본인에게 실제 그런 아름다움과 이성이 담긴 여인으로 비춰지는 지 확인차 신청을 했고, 퀸 3배수에 올랐을 때 뒷감당할 자신이 없다며 엉뚱한 핑계를 대고 기권을 택했던 것이다.

50 초반의 갖추어진 육신을 홀몸으로 버틸 때 하나님의 도움이 아니었음 스스로의 존재는 한 조각 화강석으로 여느 집 울타리 밑돌이 되었을 거라 여기는 구보리는 철저하게도 천주님의 그늘에 남고 싶었다. 그는 결코 스스로가 발정하여 남男을 탐닉하는 경우는 없었다.

하나, 번외의 에너지는 아편의 여독처럼 온몸에 퍼지면서 불행하게도 반작용의 화학반응을 보이더니, 결국 역선택의 관성으로 작용하여 '성도착 예비환자'를 만들었다.

그는 애정관이 남달랐다. 서로에게 전부라야 된다는 관념이다. 정신으로나 행동으로나 그 밖의 모든 면에서 그렇게 봤다. 일부분의 관심은 엄밀한 의미에서 사랑이라고 말할 수 없기에 사랑에는 숭고한 의무와 책임감이 따른다는 것이다. 그는 '사람들과의 관계 맺기'에서 처음부터 양쪽의 여건이 충족될 수 없기에 섣불리 정을 주지 못한다. 그런 사랑에는 의무나 책임감이 따르지 않는다고 여겼다.

그는 독서를 참 많이 했고, 그것을 저장할 수 있는 특출한 두뇌를 가지고 있는 여인이었다. 그는 고독이 몰아 올 때면 스크랩을 펼치듯 저장해 둔 그리움을 떠내어 고운 색깔로 채색한 이불을 만들어 덮고, 잠을 청했다. 버릇으로 익숙해진 작업이었다.

구보리! 그의 본성은 외로움을 많이 타는 순정 여인純情麗人이다.

포개어 둔 찰나를 풀어서 즐기는 마녀인가? 아니면 너무나 인간
적인 미녀인가? 이 소설은 그런 의문의 제시提示다.

오래된 사진이다. 쉬었다가 가시기 바란다

左: 김기억(소설가·철도박물관초대관장), 김영탁(소설가·국사편찬위원회사료조사위원), 최두유
(시인·철도청기관사), 김정호(金素月詩人 長男), 서정주(시인), 김동리(소설가). =未當님古稀=

『小說 全教組』, 이는 장편물이다. 反逆이야기다. 이것 탈고 연후
에 저승 갈 覺悟다.

떠날 날이 무릎 아래에 와 있으니 自己催眠 걸기다.

狎鷗亭 사서루에서

동천 金泳卓

# 1. 야생화 자수

구보리具寶悧는 왕년의 Y대학 메이퀸 3배수 추천 후보였다. 미인형에 특출한 두뇌를 자진 영문학과의 수제였다. 요조한 성품은 규수의 자태를 대변하고, 수구여병 하는 심성은 외교관을 앞지른다. 놀라운 선견지명과 명철한 두뇌 회전은 응사鷹師를 능가했다.

보리를 일컬어 '노상의 여인'이라 불렀다. 보리는 그게 싫지 않았다. 여인이로되 여인이었다. 보리의 팔자가 Y자형의 '삼작三作노리개'로 변조된 것는 좌우축이 교차하는 원점에서 찾을 일이다. 보리에게 호감인 쪽은 Y뿔의 오른쪽인 여인麗人이었고, 싫어하는 쪽은 Y뿔의 왼쪽인 여인女人이었다. 이도저도 아닌 축은 Y뿔의 꼬리쯤에 머문다.

잭 케루악이 쓴 『길 위에서 On the Road』란 장편소설이 있다. 길 위란 노상이란 의미다. 이 책이 지금은 죽기 전에 꼭 읽어야 할 책 1001권에 선정된 미국 반체제 문학의 고전이 되었다.

모든 사람은 필연적으로 미쳐 있다. 미치지 않은 것도 다른 형태의 광기라는 점에서 다르지 않다. 톨스토이가 그랬나요? 행복한 가정은 비슷한 모양으로 행복하지만 불행한 가정은 각기 다른 이유로 불행하다고······.

보리에게 특이한 잠버릇이 생겼다. 마스코트를 안고 자는 괴벽이다. 간절한 기도를 들어주는 고급 장신구이다. '황옥삼작노리개'라고 하는 수공예품인데 그것을 품어 안고 잠을 잔다. 단아한 모습의 세련된 삼수三數의 노리개가 하나로 연결된 고급스러운 '황옥삼작노리개'다. 먼저 간 남편 노천수盧千壽를 만나고 싶으면 노천수에게로, 절친을 만나고 싶으면 절친에게로 기도하면 웃는 모습으로 나타나 부군이 되고, 절친이 되어 주는 터이다. 보리가 생각해도 신비스러웠다.

새벽달이 안개에 가려진 채 보얗다. 꼭 면사포를 쓴 신부의 모습이다. 어쩌면 저렇게도 보리의 분위기를 빼어닮았을까. 야심에 찬 젊은 기업가의 부인, 사회를 향한 구보리의 첫출발은 가로줄 선상線上이었다.

신령이 무당의 육신에 빙의하듯, 구보리는 그렇게 50대에 기대어 살고 싶었다. 근육은 한낱 살덩이일 뿐, 중요한 건 정신이었다. 과거와 현재를 구분 짓는 교과서는 하나의 방정식, 그 원리의 활용이 우리네 생활 양태生活樣態가 아니던가. 등대燈臺가 있어 망망대해로 떠가는 편주의 안구眼球를 도와주듯, 또한 다른 등대가 있기에 떠난 배로 하여금 바른 귀도歸途로의 길라잡이 역할이 가능해지는 것이다.

　종교의 힘을 빌려 갈증을 멈추려 기도해보지만 반투막半透膜을 써서 고분자 용액을 정제시켜 주는 투석透析의 단순 과정일 뿐, 기능이 부족한 콩팥의 역할을 영구해 줄 수 있는 한계를 못 넘는 이치와 같이, 인간이 인간의 운명을 개척하는 길은 꺾이지 않는 마음뿐임을 보리는 잘 인식하고 있는 터이다.

　겨울의 채비는 여느 해와 같이 스산했다. 낙엽이 '우수수-' 포도 위를 아사자餓死者의 무개로 굴러간다. 어디선가 반포조 한 마리가 사뭇 절규하는 듯한 괴성으로 울어 귀청이 아프다. 하늘을 가르며 성난 듯이 울고 지나가는 검디검은 오조烏鳥란 놈을 보는 날은 재수가 없었다. 남편이 보리를 두고 떠나던 날도 그랬다. 그러니 저 소리를 들으면 소름이 돋는다. 남편은 들숨인지 날숨인지 몰아쉬며 호흡이 가빴다. 숨이 끊겼다가 이어지기를 몇 번! 이번에는 손으로 허공을 두어 번 헤엄치듯 휘저었다. 그러더니 묵은 초가지붕을 타고 내려오다가 멈춘 고드름이 힘없이 떨어지듯, 뻗고 있던 손을 푸석 떨구었다. 그것으로 끝, 저승으로 떠났다. 여기에 애간장을 녹이게 하는 한 장면이 추가되었다. 노천수의 시선은 보리의 얼굴을 뚫어지게 응시한 채 숨을 멈추었

다는 것이다. 사람이 이승과 하직하는 모습을 보는 일은 단 한 번으로 족할 일이다.

보리와의 인연은 그렇게 끊기었다. 정말로 불쌍하고 억울했다. 애통했다. 천붕지통의 괴로움에 온몸이 녹아내렸다.

# 2. 미명

보리는 남편을 보내고 두 해를 넘기고도 일상을 회복하지 못했다. 그는 모든 것이 두렵고 허무했다. 세상의 불행을 혼자서 짊어진 기분이었다. 성경을 가슴에 품고 24시간 누워있는 그의 모습은 말기 암 환자처럼 피부가 바삭바삭 타들었다. 아이들은 일구월심 병간호에 정성을 쏟았다.

가을 하늘이 밉도록 맑고 높던 날이다. 대전에서 첫 모임을 갖는다는 기별이 왔다. 녀석들이 기어이 독신 카페에 등록을 시킨 모양이다. '陰陽地독신카페'에서 기별이 온 것이다. 회원이 전국에 흩어져있으니 중간지점인 대전을 모임 장소로 정한 것 같았다.

보리는 두려움 반 기대 반으로 현장에 임했다. 얼굴에 확확 불꽃이 일었다. 분명 후회가 되었다. 미치광이 짓이라 여겼다. 자식들의 권유가 또한 사고가 모두 현명할 것이라 여긴 어리석음인데 누구를 탓하랴.

미명의 두물머리 남양주

어떤 사람들이 올까? 궁금증보다 쑥스러움이 앞섰다. 보리는 모인 사람들의 면면을 보며 속으로 놀랐다. 어린 20대에서부터 70대까지 다양했다. 너무 젊은 사람들이 많다는 사실은 의외였다. 내 슬픔에 젖어있던 보리는 '한창 좋을 나이에 이렇게 혼자된 사람들이 많다니!' 비로소 다른 사람의 슬픔에 마음이 갔다. 회원들은 동질의 형편에 동화된 듯 이내 마음을 열었다. 보리의 나이는 막 먹은 쉰이다. 적당한 경사면과 골짜기를 이루는 반 구릉지로 넓은 잔디밭이었다. 집토끼를 풀어 산토끼 만들기다. 자리를 잡지 못하고 서성이는 쪽은 주로 어머니들이었다. 모두들 주최 측의 세심한 배려에 감사하는 듯했다. 후문이 전하기를 이날 모인 인원이 2백 명 넘었다고 했다.

첫 모임은 점심을 먹고 해가 서산에 걸렸을 때쯤 해산을 했다. 되돌아오는 길엔 발걸음이 무거웠다. 나오지 않는 웃음을 억지로 얼굴에 담아가며 악수를 청해보던 모습, 모습, 그들은 모두 속앓이를 하고 산다는 공통점의 환자들이다. 안쓰러움으로 데워진 설움이 가슴 한쪽에 고여 들었다. 서로들 나누고 있는 대화 속에서 삶에의 열정과 의욕을 느낄 수 있음은 서로에게 위안이 되었다. 달팽이처럼 움츠러들던 보리는 서서히 주변에 눈 돌리기 시작했다.

'다들 이렇게 힘겹게 살아가고 있구나!'

대전의 식장산 가는 길

대구가 거주지인 보리는 인근에 사는 회원들과 연락을 주고받으며 모임 때는 그들을 불러 차에 태우고 함께 다녔다. 세 번째인가 네 번째인가의 모임에서 보리는 k라는 한 남자와 짝이 되었다. 그는 아마추어 사진작가로 대화를 나누는 과정에서 같은 취향임을 알게 되어 사이가 좁혀졌다. 대구에서 사진 모임을 꽤 오래 가졌던 보리는 남편의 사업실패와 사별로 의욕을 잃고, 취미생활을 접었기에 같은 취향인 사람을 관심 있게 보게 된 것 같다. k는 육사 출신 장교로 예편하여 사업에 손을 댔으나 실패하면서 부인도 잃고 남매를 키웠다고 했다. 지금은 차 1대를 버스회사에 지입 해 놓고, 자회사에 본인도 근무하며 살아간다고 했다. 쉬는 날 사진을 찍으러 돌아다니는 게 취미라고 했다. 그는 군인 출신이라 그런지 신사적이었다. 그도 보리를 좋게 보았는가 둘은 곧 친구처럼 가깝게 되어 여러 이야기를 나누며 모임이 끝나면 따로 남아 데이트도 했다. 대구에서 모임이 있는 날은 보리의 집에도 왔다. 4~5명 맘이 맞는 사람끼리 번개팅도 했다. 극히 외롭던 보리는 여러 사람과 어울리는 게 좋아 한 달에 한 번, 혹은 두 달에 한 번은 거르지 않고 참석을 했다. 어느 날 따로 남아 저녁을 먹던 자리에서 k는 힘들고 외롭다며 재혼하고 싶다고 진지하게 말했다. 아이들 뒷바라지로 매우 버거웠고 이제 일본에 간 딸이 졸업하게 되어 한시름 놨다. 경제적으로 원만하지 못해 결혼을 생각할 수 없었다. 그러다 보니 대상도 없었다. 구 여사를 보는 순간 결혼하고 싶은 생각이 들었다. 뭐 그런 요지였다. 그에 대해 아는 거라곤 아무것도 없었지만 보리는 그 말을 믿어주고 싶었고 생각해 보자고 했다.

그러던 중 친정 동생의 가정불화로 어머니 문제가 겹치자 갑자기 서울로 옮겨 앉게 되었다. 서울에 온 후 어린 조카와 어머니를 모시면서는 시간을 내지 못해 전체 미팅에는 거의 참석을 못 했다. 일요일이나 공휴일에 간혹 k가 서울로 왔고, 보리가 대전으로 몇 번 내려갔었다. 결혼 얘기를 꺼낸 후 k는 만나면 스킨십을 요구했다. 보리는 거부감을 느꼈다. 남녀 간의 문제에 대해 기독교적인 윤리관에 젖어있던 보리는 그와 만나는 것이 차츰 부담스러워졌다. 그리고 보리는 깨달았다. 그와 내가 남녀라는 것, 싱글이라는 것, 그 외에 어떤 정신적인 교감도 일치하지 않는다는 것, 시간이 가면서 k의 식사문제, 알코올 문제 외에 가치관, 인생관 자체의 틈새가 너무 크다는 것, 더이상 친구처럼 지낼 수도 없었다. 보리는 외로웠던 혼미의 늪에서 비로소 현실을 직시하게 되었다. 그리고 갑자기 달라진 눈앞의 문제들, 어머니와 어린 조카를 챙기고 돌봐야 하는 일이 최우선이라는 점, 그 일의 걸림돌은 무엇도 중요할 수 없었다.

"우리 처음 만나던 날 집에서 어떤 꿈 꾸지 않으셨나요?"
"………?"

보리의 어투는 좀 어두웠다. 순간 k의 머리 속은 안개가 끼는 듯했다.

"야밤중에 느닷없이 도둑이 들어오더니 내 옆에 누워 있는 사람의 이마에 못을 박았어요."

보리의 꿈은 선명했다. 놀라운 것은 못이 박힌 이마에서 피 한 방울 솟지 않았다. 불행하게도 옆에 누워있던 사람은 k였고, 상기된 얼굴로 나타나 대못질을 한 도둑은 남편 노천수였다. 그저 꿈이거니 생각하며 지우려 했다. 그게 아니었다.

지나간 이야기를 새삼 들추려는 속내가 보였다.

"아하! 길몽은 아니네요. 이마에서 피가 흘렀어야 했는데…"

보리는 k에게 현실적 사정을 소상히 밝혔다. 그리고 카페에서 다른 상대를 찾아보라고 권유했다. 시간은 그렇게 심드렁하게 굴러갔다. 그 후 k를 두 번 더 서울에서 만났다. 한번은 보고 싶어서 그냥 왔다고 했다. 점심 식사 때여서 함께 식사를 하고 차 한 잔을 마신 후 그는 내려갔다. 어머니와 어린 조카로 긴 시간을 낼 수가 없는 이유가 있긴 했지만 마음을 정리하고 보니 같이 있는 게 불편하기도 했다. 또 한 번은 꼭 한 번만 만나자고 해서 나갔다. 시간이 많이 흐르고 계절도 바뀌어 있었다. 몸무게가 반은 빠진 듯 다른 사람처럼 보이는 k가 서 있었다. 대장암 수술을 했노란다. 보리가 해줄 수 있는 게 아무것도 없었다. 그 후 다시는 그를 만나지 못했다. 딸이 스마트 폰을 새로 해주는 과정에서 전화번호가 바뀌었다. 보리는 지금도 그가 자기를 따돌리려고 일부러 전화번호를 바꿨다고 생각하지 않았으면 하고 바란다. 사람이 이기적이지만 아픈 그를 따뜻이 대해주지 못한 비겁한 여자란 인식을 받고 싶지 않은 심리 때문인가 보다.

지금 생각해본다. 그때 정말 k가 좋았다면, 현실적인 문제로 인해 얼마나 괴로웠을까? 속끓이지 않고 선선히 헤어질 수 있었던 건 참 다행이었다.

계산을 해 보았더니 남편은 고작 18,980일을 이승에서 머물다가 갔다. 자연 친화적인 보리는 색옷으로 갈아입은 가을 산을 보면 신열을 앓는다. 남편이 곁을 떠나자 그 병은 다시 보리를 괴롭혔다. 이참 보리의 자투리 시간은 낙엽의 건강을 체크 해 보는 일이다. 모든 초록은 홍조를 띠기 시작하면 40일을 넘기지 못하고 낙하한다는 사실도 알았다. 그의 『꽃 일기장』엔 '은행나무의 입이 벌더니 3일 만에 비둘기 부리만큼 자랐다.' 이런 대목도 있었다.

# 3. 맨발 걷기

눈을 뜬 보리의 세상은 요지경이었다. 어머니 아닌 여사女史로 부르기를 원했다. 다행스럽게도 울밖엔 친구 되려는 사람들이 많았다. 대전 카페가 일깨워 준 다른 인연들도 보리의 삶에 보탬이 되었다. 미망인의 공통점은 '자존감을 유지하기 위해 외부 원천源泉에 의존한다.'는 것이다. 보리의 지인들은 그를 두고 황진이의 분위기완 거리가 멀다고 했다. 요절한 사임당 신씨를 닮았다고 했다. 보리를 길러낸 스승들은 그를 일러 신·언·서·판身言書判을 반듯하게 갖춘 인격자라 했다. 그에겐 영화배우들이 흔히 갖는 그런 관능미는 풍기지 않았다.

대전의 k가 곁을 떠난 지 긴 세월이 흘렀다. 짧지 않은 시간이다. 흔적 없이 지워질 시공이었건만 보리의 일상 속에는 늘 역류 현상처럼 k의 모습이 눈앞에 아늘거렸다. 그의 모교, 태릉의 육군사관학교 교정의 잔디밭에는 하늘의 한 모서리가 내려와 꽃무늬를 수놓곤 했다. k와 보리는 곧잘 이 잔디밭의 주인공이 되어있었다. 명주

이불같이 포근한 잔디밭은 늘 어머니의 품이었다. 이리저리 뒹굴어 보기도 하고 넙죽이 엎드려 잔디를 포옹하기도 한다. 가지런히 누운 둘의 네 다리는 마디 없이 곱게 자란 자작나무처럼 희고 미끈했다. 누가 보아도 탐나는 한 쌍의 모습이었다. 서로의 마음도 그러했다. 각개전투를 하듯 모였다가 흩어지는 구름을 보는 재미는 남달랐다. 국가의 간성 보무당당한 육사 생도들의 열병식은 특정인이 아니면 볼 수 없는 진풍경이었다.

여고 시절이었다. 동창 언니의 애인이 육사 생도였다. 그 졸업식에 참석한 일이 있었다. 그날 사열하는 모습을 보았다. 젊음이 넘쳐나는 육군사관학교 졸업반 생도들, 그 모습이 재생되어 가슴이 뛰었다.

보리와 k는 한반도를 닮은 구름 찾기 시합을 걸었다. 그러면서 k

의 팔을 살짝 당겨 팔베개를 만들었다. 시합은 언제나 무승부로 끝이 난다. 보리는 반쪽짜리 한반도 모양을 찾았고, k는 남북을 합친 토끼 모양을 찾았다. 그르던 k가 참아볼 수 없는 몸을 하고 어느 날 찾아왔었다. 그게 마지막이었다. 그는 결국 암세포를 물리칠 힘이 모자라 국립묘지로 가서 누어 버렸다. 그 소식이 산 넘고 물 건너 보리의 귓전까지 도달했다. 그날 냉정하게 돌려보낸 잘못이 보리의 가슴 한쪽에 탄피가 되어 꽂히더니 때가 되면 신경을 자극하곤 했다. 보수색이 짙은 k는 언제나 성실한 모습이었다. 그는 자식 둘을 사랑한다고 했다.

행동하는 방식이나 자세도 반듯했다. 말이 스킨십이지 3번의 포옹이 전부였다. 지금 생각해보면 그게 서양식 인사였다.

그걸 받아주지 못한 스스로가 촌스러웠다. 첫 번째는 심심하게 종결되었다. 두 번째는 못 이기는 척 응해주었다. 그리고 시간이 꽤 흐른 뒤에 농도 짙은 포옹이 성사되었다. 의도적이었을까. 출사出寫 나온 길 k를 집으로 안내했다. 마침 식구들이 아무도 없었다. 직립 자세로 커피를 타고 있는데 k가 등 뒤에서 껴안았다. 굳이 거부할 이유가 없었다. 너무나 부드럽고 자연스러웠다. 보리는 가만히 눈을 감아버렸다. 그리고 언젠가 읽었던 '지붕 있는 카운티의 다리'를 더듬거리며 지나가고 있었다.

월러의 『메디슨 카운티의 다리』는 책으로 출판되었다가 영화로도 꾸려졌다. 중년여성들의 가슴을 뒤흔든 영화였다. 평범한 가정주부에게 어느 날 갑자기 찾아온 사진작가와의 러브스토리. 로맨틱

한 이우스트우드의 야성적인 열연이 어쩐지 낯설지 않았고, 인간의 원초적인 이성애에 깊숙이 빠져들었다. 애정 영화나 문학 작품에서 다루는 사랑의 주제는 흔히 불륜을 미화한 경우가 많다. 저급한 통속성에서 벗어난 나흘간의 열애에 여인들이 한 번쯤은…… 하며, 일탈을 꿈꿔 봤다는 후문이다. 남녀를 불문코 사회적 제재가 두렵거나, 윤리적 결함을 의식하여 인내하며 지낼 뿐, 모든 인간은 이성을 소유하고 싶은 본능의 원초적 죄를 안고 태어난다. 신은 이를 종족 번식의 수단으로 삼았다. 논픽션으로 착각한 보리에겐 실감 나는 스토리였다.

k는 킨케이드를 빼어 닮았다. 사진 찍기가 취미이고, 50대의 나이에 신장까지 그를 닮았다. 어쩌면 잠버릇까지 닮았는지 모른다. 가족이 없는 프란체스카의 집에서 나눈 나흘간의 사랑, 가슴이 알싸했다.

벌써 어둠이 방안까지 잠식했다. 정오의 태양이 금환식의 모양을 띠며 어두워지듯 대지는 순식간에 장막으로 덮였다. 보리가 극도로 싫어하는 시간이다. 보리는 무서운 외상성 신경증外傷性神經症 환자다. 이 시간이 오면 보리는 중독된 아편쟁이처럼 몸을 떨었다. 석양의 태양이 제 살을 갉아먹으며 풍덩 어둠 속으로 빠지던 바로 그 시간 남편은 보리를 두고 떠났다. 생때같던 남편을 간암이란 놈이 숨통을 조이더니 풀어주지 아니하고 결국 이승과의 연을 끊어놓고 만 것이다. 시간이 흐르자 남편의 원혼은 어둠이 내리는 틈을 타서 마법의 환상으로 나타나 보리를 미지의 세계로 밀어 넣곤 했다. 지속적인 충격으로 보리의 일상을 송두리째 날아가고, 어느 날부터인가 보리는 무서운 트라우마 증상은 보이곤 했다. 일상을 도난당한 보리의 육신은 말라리아 환차처럼 시들시들 허물어지고 있었다.

조금은 다급해진 k의 숨소리가 귓전을 때렸다. 보리는 차라리 온몸을 k에게 맡기고 고통에서 벗어나고 싶었다. 그러나 다음 순간 보리는 백설 같은 공포에 휘말렸다. 제자리로 돌아온 이성 때문이다. 남편과의 약속을 파기할 수는 없었다.

"밤차로 상경해야지요. 차표 예매했습니다."

k의 음성은 너무나 부드럽고 포근했다. 친구들과 어울려 상경하도록 둘 걸 괜히 집

으로 동행했구나 싶어 약간은 미안했다.

"피곤해서 어쩌지요? 미안해요. 다음부턴 시간 빼앗지 않을게요."

보리는 뒤돌아 보지 않고 앞을 보며 말했다.

허리를 감싼 k의 팔뚝엔 힘이 들어있었다. 커피 향이 좋았다. 보리는 k의 손을 뿌리치지 않았다. 어디서 그런 힘이 생겨났을까. 이 정도는 탈선이 아니라는 생각이 들었다. 그리고 맘이 포근해졌다. 격정적인 괴로움에서 서서히 풀려났다. 성애의 위력이 트라우마를 무력하게 만든다는 사실을 실감한 보리는 야릇한 감정에 휘말렸다. 무서운 병균도 이성 앞에서는 약해진다는 사실은 보리는 체험으로 느꼈다.

차라리 돌아서서 포옹을 허락하고, 순서를 기다리는 것이 상책일 것 같았다. 아니, 이왕이면 선제적 포즈를 취해주고 싶은 충동이 일었다. 모셔온 손님에 대한 대접이 될 것 같다. 서대문 사는 친구에게 들은 얘기로, 어떤 남자이건 행동을 먼저 취해주면 그 고마움을 영영 잊을 수가 없다고 했다. 보리는 그간 k에게 너무 빡빡하게 굴었다. 멘탈 트라우마의 공포에서 벗어날 수만 있다면 뭐든지 내줄 수 있을 것 같았다. 그러나 이 생각은 찰나일 뿐 보리의 머리 속에는 오매불망 노천수라는 사나이 뿐이었다. 어떠한 일이 있더라도 몸은 간수하고 지켜내야 한다. 설령 의지와는 다른 행동이 필요할 때가 있더라도 이를 자기 합리화의 구실로 삼지 말아야 한다.

결국 보리는 뒤돌아섰다. 어쩌자고 이러는 건가. 다음 순간 눈빛을 맞추었다. k는 얼굴색이 달라졌다. 열기가 넘쳐나는 듯했다. '이거는 아닌데!' 보리의 마음은 또 흔들렸다. 그러나 이미 늦은 시간이었다. k는 놓아줄 기색이 아니었고, 보리는 거절할 명분이 없었다. 일행을 떼어내고 집으로 불러들이지 말았어야 했다. 보리는 눈을 감았다. 그리고 상체의 힘을 아래로 흘러내리고 얼굴을 k의 가슴에 묻었다. k는 억센 손으로 보리의 뒷머리를 감싸 안았다. 좋아한다는 것과 사랑한다는 것의 기준은 무엇인가? 보리는 주님이 용서하시는 범위 안에서 게임이 끝나기를 염원했다. 그러나 지금 보리에게 애무, 애욕, 욕정 따위는 문제일 수가 없었다. 하루에 한 번 석양 무렵이면 남편의 임종과 겹치어오는 괴로움이 아편을 기다리는 아편쟁이처럼 온몸을 떨게 했다. 초조와 불안으로 가슴이 활활 불탔다. 이 순간의 괴로움에서 벗어날 방도가 보리에겐 없었다.

시간이 꽤 흐른 듯했다. 보리는 죽을힘을 다해 k의 포박으로부터 이탈했다. 이쯤에서 스톱 하자고 했다. k는 참기가 힘 드는 모양이었다. k의 호흡이 그렇게 항변하고 있었다. 첫 번째와 두 번째가 그러하듯 포옹은 그렇게 심심하게 끝이 났다. 그러나 중요한 점은 입술을 허락했다는 사실이다. 입술의 삽입도 접속이다. 하느님께 제1착의 죄를 범했다. 2단계로 넘어가지 않은 것은 천만다행이었다. 2단계에 이르면 3단계는 아주 쉬운 코스라고들 했다. 친구들의 연애담에 담긴 말이다. 다음에 만나면 k는 자연스럽게 입술을 요구할 것이고, 다음 단계를 넘볼 것이다.

언젠가 고향 집 처마 밑에 얽어놓은 거미줄에 걸려든 노랑나비를 본 적이 있었다. 나비는 망을 벗어나려 버둥댔지만 움직일수록 결박은 강해졌다. 보리는 일본군 세균전 부대 731의 생체실험 마루타의 시술 장면을 떠올렸다. 입술 장난으로 끝낸 것은 아주 다행스런 일이었다. 보리는 거울 앞에서 머리를 손보고 옷맨드리도 고쳤다. 부스스해진 얼굴이 마음에 걸렸다. 보리는 k와의 스킨십을 애정 행각으로 생각하지 않기로 했다. 땅거미가 내리깔리는 3,4십분 간의 고통, 그 고통에서 벗어나기 위한 치료행위라 여겼다. 그렇게 단순하게 살고 싶었다. 어쩌면 이런 신비한 경험치에서 스스로 갈라파고스(세상과 단절된 외딴 섬)가 되고 싶지 않았는지도 모른다. 잠시 후 보리는 평정심으로 되돌아갈 수 있었다. 웃을 수 있었다. 웃을 수 있는 선상에서 사랑 타령이 이루어진 것이다. k를 마주 보며 미소지어주었다. 막내딸 수진이가 옆에서 배시시 웃고 있었다.

그날 k에게 차라리 2단계를 선물하였더라면 이렇게 아쉽지는 않았을 터이다. 순간 푸켓 피피섬의 몽환 같은 스노우쿨링 장면이 연상되었다. 이렇게라도 망령을 부린 다음 날은 트라우마 증세가 약간 호전되었다. 남녀 간의 포옹은 흡사 아편 놓기 놀이었다. 그렇게 두 사람은 서로 좋아서 만났고 시간은 흘렀다. 3년간의 단기 교제였다. 이것이 전부였다. 그러나 나흘간의 사랑에 심취한 오십 대의 사진작가 킨케이드와 프란체스카의 밀애보다는 아주아주 긴 시간이었다. 삶이 팍팍하고, 맘이 허허로울 때면 k가 남긴 그날의 포옹이 밀물처럼 다가와 가슴을 부풀게 했다. 스스럼없이 반복되는 k의 환한 모습, k는 여학생의 첫사랑처럼 7색 무지개를 타고 구름으로 가린 채 나타나곤 했다.

한 잎 낙엽인가 싶더니 점령군처럼 가을이 들이닥쳤다. 하늘은 티 없이 맑았다. 햇볕이 따사롭다. 보리는 남편의 손을 이끌고 선산 先山에 올랐다. 병자가 되고 나서 몇 번 들렀던 곳이다. 언제나처럼 아주 넓은 호수가 멀리 보였다. 오후의 태양이 길손처럼 다가와 호수를 간지럼 타게 했다. 호수가 찰랑찰랑 춤으로 응답을 했다. 보리는 남편의 목덜미를 끌어안았다. 광기였다. 뼈만 남은 가슴! 이건 사람의 몸이 아니었다. 보내주기 싫었다. 대학병원에서 암 환자와 주로 시간을 보낸다는 남편의 동창이 노천수盧千秀의 여명을 5개월로 잡아주었다. 죽음을 가장 빨리 독촉한다는 간암 환자, 남편은 그 간암 환자다.

결혼 생활 30년을 채우지 못했다. 그사이 4남매를 생산했다. 보리는 눈을 내리감은 채 남편의 팔뚝을 만지작거렸다. 항생제로도 제압할 수 없는 방호벽을 가진 암이라는 유령에 시달리느라 가칠해진 손등은 뼈가 살인지 살이 뼈인지 분간이 가지 않았다. 한 번이라도 책망하면서 화나게 했던들 그걸 구실로 미운 마음을 싹 틔워보겠건만 어쩌면 그렇게도 아내를 위해주던 남편이었다. 남편의 눈에서도 끈기없는 눈물이 주룩 흘렀다. 곱디 곱은 아내를 두고 먼저 가야 하는 남편의 눈물은 뜨거웠다.

석양에 이르러서야 중년의 부부는 푸시시 일어났다. 낙엽이 내린 비탈길이다. 부부는 맞잡은 손을 놓지 못했다. 부부는 사각사각 가을을 밟고 내려왔다. 두 사람은 꿀 먹은 벙어리가 되어있었다.

그리고 부부는 하룻밤을 집에서 더 머무르고 아침 일찍 집을 나섰다. 밀양까지 가려면 길을 서둘러야 했다. 거기 산내라는 곳에서 보리의 교회 친구가 요양병원을 운영하고 있었다. 남편이 성할 적 몇 번 놀러 간 적이 있었다. 물 맑고 공기 좋은 곳이었다. 무릉도원을 연상하리만치 산자 수명山紫水明했다. 늙어 힘없어지면 이런 곳에 와서 머물러야겠다. 이런 생각이 절로 들었다. 맘가짐도 서로 닮은 데가 많아, 멀리 살면서도 마음만은 늘 가까이 지내는 친구다. 보리 는 생각이 현실로 다가올 줄은 정말로 상상을 못 했다. 인간의 일생 이란 이렇듯 예고 없이 변하는 모양이다.


　남편을 거기 맡겨보고 싶었다. 이른 아침 둘의 몸은 이삿짐처럼 승용차에 실렸다. 가는 자의 저승길을 남는 자가 자진해서 가는 길 같았다. 요양원의 운영자와 절친하다는 것이 외려 어렵게 느껴졌다. 남편은 가는 길 내내, 지산止山의 수필집 『요양병원에서 삶의 길을 묻다』를 손에서 놓지를 않았다. 어디에서 저런 힘이 되살아났을까! 참으로 놀라운 일이었다. 양부모 이야기에 홀린 것 같았다. 103세 와 97세의 노부부 이야기를 읽으며 보리는 바가지 눈물을 진작에 쏟았었다.
　요양병원에는 의외로 환자가 많았다. 많다는 것은 좋은 일이다. 여러모로 도움이 될 터이다. 시간이 흐르다가 보면 마음 주고받을 말동무도 생기겠지……. 보리는 스스로도 과하다 싶은 욕심을 부 려본다. 보리는 지극정성 남편을 간호했다. 맑은 공기, 한없이 자애 롭기만 한 대자연, 호전의 기미가 보이는 듯했다. 다시 한번 희망을 품어보자. 하나 의학의 힘은 여기까지가 전부였다. 다시 집으로 돌 아왔다. 운구행렬 분위기로 돌아온 남편은 열흘을 넘기지 못했다.

남편이 긴 숙면으로 빠져드는 그 순간 공교롭게도 번개가 쳤다. 마른하늘에 번개가 쳤다. 보리는 눈을 의심했다. 이후 얼마 동안의 세월을 보리는 그 시간이면 그날의 번개와 마주친다. 차라리 번개가 남편을 데려갔다고 믿고 싶었다. 보리는 마지막 가는 남편의 눈을 손수 감겨주었다. 처음은 말을 듣지 않았다. 몇 번 감겼다. 그러더니 감은 눈을 다시 뜨지 않았다. 구보리와 노천수의 연은 이것이 전부였다.

"삶이 한순간에 바뀌어 버리면 내가 할 수 있는 것이 무엇인지 생각할 겨를도 없더라."

자식을 먼저 보내고 한을 품고 사는 가까이 지내는 친구가 그렇게 말했다.

# 4. 김 사장이라는 사람

　삶에 대한 멘토 역할을 해주는 친구가 노량진 사육신 묘지 가는 길옆에서 도매업을 하고 있었다. 그는 유학 시절 만난 남친과 결혼하여 잘살고 있다. 수전노라는 별명을 버릴 만도 한데, 놀고는 못 먹는 성질이라 밖에서 사는 친구다. 상혼에 밝은 안목을 가졌기에 판을 벌렸다 하면 재미를 보곤했던 터라 먹을 만큼의 자산은 확보해 놓은 터이다. 그는 젊은 나이에 미망인이 된 친구 보리가 늘 마음에 걸렸다. 우울증 환자가 되어 미간 사이를 좁힌 채 땅만 내려다보고 다니는 그 모습이 보기 싫었다. 혼자라는 그 딱지를 떼어줄 무슨 의무 같은 책임감이 느껴질 때가 많았다. 최근엔 피피섬의 추억을 듬뿍 안겨주기도 했다.

　우울감이 전신을 감싼 채 사람을 파김치로 짓누를 때면 불러주곤 하던 그 수선을 어디에다 팔았는가, 생일 파티를 신나게 열어준 뒤로 전화가 한참 없더니 업장 사무실로 나오라는 전갈이다.

　보리는 언제나처럼 옷을 차분하게 차려입고 나갔다. 풍채 좋은 남자 두 분이 와있었다. 뜻밖이다. 처음부터 예감이 좀 이상했다. 신장이 약간 작은 편이고, 얼굴색이 검은 남자는 자기와 비즈니스 관계라고 했다. 다른 쪽은 좀 더 큰 체구에 얼굴색이 희었고, 눈매가 지적인 신사풍의 남자가 맞선이라도 보겠다는 차림을 하고 앉아있었다. 보리는 첫눈에 남편을 닮은 데가 많구나 싶어 심리적 자극이 왔다. 친구와 비즈니스 관계인 사람은 대건산업의 임수산林洙山 사장이고, 다른 한쪽은 일산기업대표 김경래金庚來라고 했다. 그러니까 보리와 짝을 지어 주고 싶었던 사람이 김 사장이었다. 그는 일본과 무역 거래를 하는 큰 회사를 갖고 있었다. 보리의 첫눈에 다복한 가정을 꾸리고 사는 복된 사람으로 보였다. 남성의 기운이 물씬 풍기는 화려한 미남이었다. 눈이 부시도록 멋이 있었다. 보리의 생각은 빗나갔다. 호사다마라고 했던가. 김 사장은 어느 날 친구들과 부부동반 등산을 나갔다가 부인이 실족해서 절벽 아래로 굴러떨어졌다. 생명에는 지장이 없었지만 두상에 상처를 입었다. 한쪽 눈은 실명되고, 한쪽 다리는 회복 불능의 중상자, 돈이 많은 집이니 최고의 치료를 해 봤지만 더는 좋아지지 않는 상태이고, 결국 심한 우울증 증상에 더하여 히스테리 발작 증세로 정신상태가 망가져 간다는 것이다. 이참에는 남편을 두고 의부증세까지 보이며 남편을 눈도 못 뜨게 들볶는다고 했다. 심지어 부인은 남편의 성기를 집기로 치받으며 병원에 가서 거세하라며 집요하게 매달린다는 것이다. 김 사장은 사업을 그만 접어야겠다는 생각을 여러 번 했다. 심지어 막장까지 가겠다고 독하게 맘을 먹었다가 월급 받는 많은 식구 생각에 접어가며 지낸다고 했다. 일이 여기에 이르자 친구의 고민을 차마 볼 수 없었던 임 사장이 동업자 관계인 김길여金吉女에게 청을 넣었고, 그렇게 해서 마련된 자리였다.

"저- 김 사장님 너무 시달리고 불쌍해서 숨통 좀 트라고, 대화도 나누고 가끔 식사도 할 수 있는 수준 갖춘 멋진 친구를 소개해 달라며 임 사장께서 성화이신 터라 생각 끝에 너를 불렀다. 적선한다 생각하고 말벗 좀 해드려."

길여는 오해하지 말라는 말까지 첨부해서 소개를 했다. 속 좁은 친구가 아니니 이해를 하리라 여기는 모양이다. 길여의 어투는 사뭇 진지하고, 그리고 절실했다. 보리는 적이 당황스러웠다. 얼굴색이 뽀얗게 변했다. 길여는 보리의 손을 꼭 잡았다. 보리는 길여가 순간 거간居間꾼 같이 느껴졌다. 어리벙벙했다. 가당치나 한 말인가? 유부남을 소개하고 친구가 되라니, 더구나 불구로 거동이 불편한 부인을 둔 유부남이다. 유부남에게 친구가 되어 주라니! 정말 어이가 없었다. 평소에 지각없는 친구라 여기지 않았는데, 매우 실망스러웠다. 혼자 산다고 이렇게 낮추어볼 수가 있나 싶어서 소름이 돋았다. 내가 이렇듯 경망스럽게 보이던가? 참으로 참으로 어이가 없었다. 기가 찰 노릇이다. 생각지도 못해본 분위기에 끼어든 보리는 북극곰을 만난 연어가 되어 몸이 움츠러들었다. 이해심이 남다르고, 세련된 범절에 풍부한 식견, 지성미 넘치는 외모, 그리고 분위기 있는 리더십, 끼를 보일 줄도 아는 친구가 청춘의 나이에 홀몸이 되어 외롭게 사는 모습이 너무나도 보기 싫었던 길여는 누이 좋고 매부 좋은 말벗 중매라 여겨지기에 보리를 예고 없이 불러낸 것이다. 가짜의 짝이라도 만들어 팍팍한 삶에 윤기를 불어넣어 주겠다는 친구의 속심을 모르는 바는 아니나, 보리는 너무 나가는 각본이라 여겨 섬뜩했다. 매사에 어물쩍 못하는 보리의 성품을 길여는 잘 알고 있는 터였다. 그러기에 보리를 적임자로 꽂은 것이다.

'옥상의 한구석 쪽에 사는 것이 다투는 여인과 함께 큰집에 사는 것보다 낫고, 따지고 바가지 긁는 아내와 함께 사는 것보다, 사막에 홀로 사는 것이 낫다.'

어느 책에서 읽었던 내용이다.

사실 보리는 친구의 사무실에 발을 딛고 들어서는 순간, 두 사람의 풍채에 놀랐다. 아니, 김 사장의 미모에 혹했다. 무엇에 감전되는 듯 몸이 오싹했다. 정말이지 남편이 죽은 이후 눈에 보이는 남친은 하나같이 시시하게 보였다. 그러다가 남편의 외모를 웃도는 김 사장을 보게 된 것이다. 짧은 시간이지만 속이 울렁울렁 요동을 쳤다. '저 친구! 어디 내가 감성感性이나 팔러 다니는 발탄강아지인줄 아나보네!' 보리는 순간적으로 친구의 인격을 깎아내리고 있었다. 그러나 그 생각은 잠깐, 그렇게 생각했던 스스로가 측은했을 뿐이다. 망가진 육신의 어느 곳에 이성이란 본능이 도사리고 있었던가! 보리는 혀가 내둘렸다. 앞섶 벌리고 서서 사무 보는 많은 남친 정말 시시하게 보였다. 김 사장은 아니었다. 남편을 떠나보낸 이후 처음 겪는 일이었다. 아닌 밤중에 홍두깨 맞은 격이라니 이를 두고 하는 말인가. 연분홍으로 변한 상기된 얼굴을 감추느라 보리는 김 사장이 앉아있는 반대쪽으로 몸을 약간 틀어서 앉았다.

어떤 반응이던 보여야 한다.

'예스' 아니면 '노'라고 딱 부러지게 답을 주어야 할 처지가 되었다. 자칫 오해를 살만한 분위기, 한마디 말이 천근보다 무거운 자리였다. 식언이 화를 부를지도 모를 엄숙한 분위기였다. 저네들 사이엔 어떤 언질이 있었을 것으로 짐작이 드는 김 사상은 도리어 여유로운 자세로 보리의 얼굴 표정을 뜯어보고 있었다. 그러나 오늘 이 시간을 위한 어떤 언질도 길여로부터 보리는 받지 않았다. 그저 시간 내어 놀러 오라는 부탁을 받고 온 것일 따름이다. 이는 처음 있는 일도 아니었다. 김 사장의 시선은 보리의 몸 중심부로 이동했다. 동공을 넓혀 초점을 흐리기 위해서다. 자석의 음양이 서로 만난 듯 김 사장의 심중은 은근히 보리라는 여체에 빨려들었다. 아내를 두고 처음 느껴보는 감정이었다. 대답이 없다는 것은 수긍한다는 의미를 지닌다. 보리는 다시 자세를 바꾸어 초점을 풀고 김 사장을 바라보았다. 역시 처음 인상대로 포근하고 친근감이 갔다. 남편이 간 뒤로 여럿 남정네와 대면해 보았지만 이런 감정을 갖기는 처음이었다. 보리는 눈을 반쯤 내리감았다. 김 사장의 아랫 바지가 보였다.

'언어는 사고를 형성하고, 사고는 행동을 유발한다.' 언어의 상대성 원리이다. 보리는 이를 철저히 이행하며 살아가는 실천여인 터이다. 고운 말을 하면 마음과 행동까지도 부드러워진다. 보리는 누가 보아도 박눌한 스타일이었다. 김 사장은 사업가들이 흔히 지닌 카리스마나 고집불통의 외골수 냄새가 나지 않았다. 합리를 추구하는 학자풍이었다. 유약하게 보인다는 소리가 아니다.

"반갑습니다!"
보리는 퍽 무겁게 입을 열었다. 말투는 아주 나직했다.
"힘이 되어 주십시오!"

힘이 되어 달라고 했다. 힘이 되어 달라는 내용의 진의는 무엇인
가. 이는 아무 데서나 하는 소리가 아니다.
김 사장은 단도직입적으로 힘이 되어 달라고 그렇게 말했다. 무
슨 청구서 같았다. 그래놓고는 너무나 깍듯한 여인 앞이라 김 사장
역시 긴장하는 모습이었다. 처음부터 죽이 척척 들어맞는 분위기
가 연출되고 있었다. 흡사 각본에 짜 놓은 드라마의 대사 같았다.

'이야기 많이 들었습니다.' '시간 내어 주시어 고맙습니다.' '뵈옵게 되어 영광입니다.' 뭐 이 정도의 수인사가 일반적이거늘 '힘이 되어 달라!' 이 말은 다른 말로 바꾸면 '내조'가 된다. 부인이 남편을 도울 때 쓰는 가장 적확한 어휘가 '내조'이다.

길여는 기분이 좋았다. 그러나 길여의 기분은 일순 공포로 변환되고 있었다. 김 사장에겐 부인이 있다. 그 부인에게는 새끼비둘기 같은 자식놈이 있다. 천명天命을 안다는 지명知命의 나이에 청상靑孀이 된 보리는 하나님 인간으로 살겠다며 목숨 걸고 약조한 교인이다. 자칫 이 일이 엇나가면 여러 목숨 다친다.

일순 침묵의 시간이 도래했다. 언제 어디서나 앞가림이 반듯한 보리는 야릇한 생각이 들었다. 친구 길여와 동업관계인 임 사장, 그리고 그 임 사장의 절친인 김 사장, 이들은 사전에 교감이 있었던 모양이었다. 짜고 치는 고스톱판 같은 생각이 들어서다. 보리는 옴짝도 못하고 당하는 꼴이 되었다. 그러나 보리의 긴장감은 서서히 풀려갔다. 김 사장의 인상이 보리를 그렇게 만들었다.

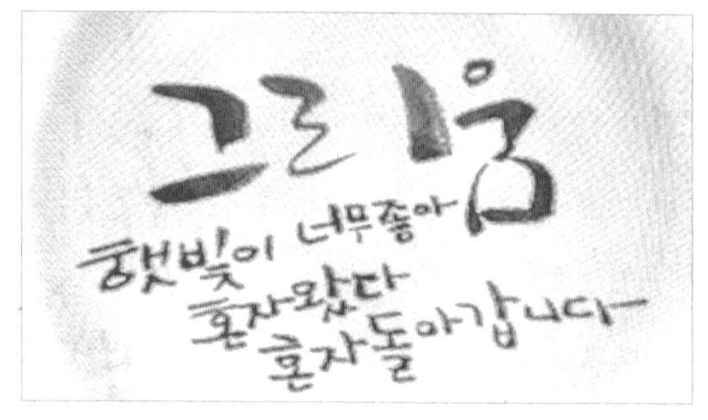

김 사장은 힘이 되어 달라며 손을 내밀었고, 보리는 기다리고 있었다는 듯 불쑥 김 사장 앞으로 가까이 다가섰다. 어느 쪽이 먼저랄 수 없는 순간인데, 두 사람의 악수는 길었다. 한참을 그렇게 있었다. 보리는 손이 약간 떨렸다. 김 사장의 손이 더 길었다. 김 사장의 손에는 온기가 담겨 있었다. 손이 따뜻한 사람은 건강하고 정이 많은 법이다. 김 사장은 풍전 세류같이 야들한 보리의 자태에 넋이 빠질 지경이었다. 보리의 기분은 순간 아우라지 물목처럼 좀 복잡했다. 이상하게도 둘의 마음은 사랑과 신뢰의 호르몬 옥시토신 분출을 자제할 지경으로 흥분상태에 이르고 있었다. 그들은 상대가 서로 아름다운 사람임을 감지했다. 이성 간의 교감은 그렇게 자연 발생적이었으나 서로 간 목표가 다른 삶을 살고 있는 관계이고 보면 참으로 어색한 자리기도 했다. 서로 명함으로 통성명하고 식사를 간단히 한 후 차를 마신 뒤 각자 헤어져 집으로 갔다. 언제 시간 맞추어 같은 장소에서 한번 모이기로 약조했다. 보리는 명함이 없었다. 그래서 명함을 받기만 했다. 大建産業 社長 林洙山, 日産企業 代表 金庚來, 모두가 바삐 사는 사람들이었다.

그것으로 그만, 수개월의 시간이 흘렀다. 보리는 여러모로 궁금했다. 안부를 묻는 게 도리 같았다. 아니 도리라기보다 저쪽 사정이 궁금했다. 거동이 불편한 아내를 두고 일본에 머무는 시간이 많은지, 한국에 머무는 시간이 많은지, 사업은 잘되고 있는지, 그런 게 모두 궁금했다. 사업하는 사람에게 내조는 필수적이다. 보리는 남편이 회사에서 힘없이 돌아오는 날이면 숨도 크게 내쉬지 못했다. 사업가에게 내조란 시계의 용두이고 태엽이었다.

김 사장은 부인의 등쌀에 뼈가 곪아가고, 신경은 수석처럼 마모되어갔다. 헤집어 보면 잘 마모된 오석烏石이 되어있을 터였다. 이제는 얼굴에 굵은 주름살이 패어갔다. 거래처의 매니저에겐 사나운 아편 중독자같이 보일지 모른다. 사업가는 인상으로 외교를 한다. 하회마을의 유명한 하회탈을 써보자. 이 탈이 유명한 것은 그 자체가 퍽 익살스럽기도 하거니와 하악골이 움직인다는 특징을 가지고 있다. 보기만 해도 웃음이 나온다. 그런데 같은 위치에 '산대탈'이 걸려있다. 이 탈을 보고 좋아하는 사람이 있을까? 김 사장은 학생 시절 하회 탈놀이 구경을 갔었다. 그때의 인상이 지금도 남아 있다. 김 사장은 옷매무새에 신경을 쓰는 편이다. 성격이다. 그러니 거울을 많이 보게 된다. 언제나 하회탈이던 본인의 모습이 언제부터인가 산대탈을 닮아 있었다.

보리는 부인에게 괴롭힘을 당하여 죽을 맛이라는 김 사장에게 연민 비슷한 정을 느끼고 있는 터이다. 남편의 회사가 부도나고, 직원들이 울며불며 뿔뿔이 헤어지고, 그러다가 남편이 병을 얻어 저 세상으로 떠나자, 지애비를 잃은 4남매를 부둥켜안고 울기도 많이 울었다. 김 사장의 처지가 남의 일 같지 않았다. 보리는 자기와 같은 판박이 가정이 나오지 말기를 기도했다. 도움이 된다면 힘이 되어 주고 싶은 생각이 문득문득 일었다. 저쪽에서 안부가 오기를 기다리고 있을지 모른다. 그날 분위기로 보아 김 사장도 분명 이쪽에 호감을 갖고 있었다. 보리는 감정의 기복이 심한 여인이다. 한쪽으로 쏠리기 시작하면 급경사 내리막길에 이른 승용차처럼 제어가 잘 되지를 않는다. 외로움을 많이 타고 있는 자신의 맘을 저쪽에서 충분히 알아줄 것도 같았다. 친구 길여가 보리의 애기를 새새하게 김 사장에게 털어놓았을지 모른다. 그런 생각도 들었다. 그러나 친구를 그렇게 가벼이 보기는 싫었다. 태국여행 마치고 돌아오는 길 기내에서 호텔 사건은 수구여병守口如甁하자고 길여가 먼저 말을 꺼냈었다.

푸껫에서 동쪽으로 50km 떨어진 섬 6개로 구성된 군도, 피피섬은 거기에 있었다. 크라비 지역이다. 에메랄드빛 바다와 순백의 고운 해변, 열대 식물이 무성한 깨끗한 자연환경을 간직한 곳이다. 레오나르도 디카프리오가 출연한 영화 '비치'의 촬영 장소로 알려진 곳이다. '자연이 만들어 낸 낙원', 피피섬은 푸껫을 찾는 관광객들이 가장 선호하는 곳이란다. 길이 50km, 너비 20km, 최고점 518m의 지형, 사시사철 쾌청하고 아름다운 해안은 분명 일등 관광지였다. 주민의 반은 중국인, 그 다음이 타이인·미얀마인 순으로 구성되어 있다. 그곳 해변에 있는 환상의 크라운호텔에서 보리는 외간남자와 한 침대 위에서 하룻밤을 동침했다. 양쪽 모두 싱글이니 법에 저촉을 받을 일은 아니었다. 서로 체면을 유지하느라 밤이 새도록 털끝 하나 닿지 않은 상태였다고 항변하나 이를 믿어줄 동행자는 없었다. 둘의 나이는 공교롭게도 갓 50의 청춘이었다. 크라운호텔의 썸씽을 길여는 끝내 발설하지 않았다. 여행 1주간의 여독은 길었다. 여독 못지않게 보리의 마음은 정리가 되지 않았다. 싱숭했다. 꿈같은 여행이었다. 바닷물이 철석이는 이국의 낯선 호텔 단칸방에서 독신녀와 독신남이 허리케인에 안겨 돌아가듯 하룻밤을 붙어 지낸 이야기다. 그런 소설 같은 이야기를 친구 길여는 누구에게도 말하지 않았다.

바뀌는 계절 맞이로 한 번씩 얼굴 보는 대학 동창 모임이다. 보리의 집에서 모였다. 언제나처럼 수다를 풀어놓고, 몇 시간에 걸쳐 떠들다가 뿔뿔이 헤어졌다. 왠지 보리는 오늘따라 마음이 심란했다. 친구 길여가 사귀어 보라고 끈을 이어 준 서대문의 김경래 사장 앞으로 이메일을 보냈다.

"좋은 장소에서 만난 분께 메일을 보낼 수 있어 기쁜 마음입니다. 한마디 말씀에도 따뜻한 배려가 있어 짧은 시간 함께 있었는데 오래 사귄 친구처럼 마음이 편했습니다. 하늘이 무너지는 아픔을 안고 살아오면서 쓰라리던 가슴이 순간이나마 풀어지는 기쁜 시간을 맛볼 수 있는 자리였습니다. 중년의 행복 가운데 하나는 특히 좋은 분들과 만남이 아닌가 생각합니다. 오늘은 친구 몇 명이 저녁을 먹으면서 희희낙락하였고, 행복한 마음으로 돌아들 갔습니다. 자칫하면 기분 상하기도 하는 인간관계나 쓸쓸함 같은 것들도 담담해질 수 있는 일상의 여유 속으로 묻히길 바라지요. 안녕히 계십시오."

실로 당찬 행동이 아닐 수 없었다. 어디서 나온 용기였을까. 처음 보낸 메일답지 않게 농도가 짙었다. 나긋나긋 수양버들 같은 문장 속에 담긴 내용은 그대로 짙은 유혹이었다. 그것도 대다수 직장인이 잠자리에 들 시간인 밤 10시에 보냈다. 보리는 막상 보내놓고 생각해보니 자기 정신이 아닌 듯싶었다. 정말로 따듯한 안부였고, 인정이 담긴 감정의 전달이었다.

김 사장은 생각지도 않은 보리의 메일을 두 번 세 번 확인했다. 차원 높은 사랑의 고백이었다. 아연실색할 정도로 놀라운 일이 아닐 수 없었다. 김 사장은 약하게 헛기침을 했다. 꿀꺽 부풀어 오는 흥분을 삼켰다. 그리고 오만원권 지폐의 표지 얼굴 신사임당의 모습을 상상했다. 보리의 얼굴과 겹쳐졌다. 기분이 황홀했다. 분명 꿈속의 환상은 아니었다.

"고마웠습니다. 즐거웠습니다. 구 여사 같은 분과 식사를 나눌 수 있어 영광입니다. 정말 우아하셨습니다. 길여씨도 구 여사 애기 종종 하시더군요. 돌아가신 남편에 대해서도 약간은 알고 있습니다. 과는 다릅니다만 동문입니다. 더 반가웠습니다."

두 사람의 관계는 할머니가 들려주시던 옛날이야기처럼 이내 끈끈해졌다. 소설 속에 나오는 사연 같았다. 좋은 궁합이었다. 생각만으로도 황홀의 경지로 빨려들곤 했다. 남자는 여자의 웃음이, 여자는 남자의 히프가 가장 돋보인다고 했다. 둘은 그렇게 느껴졌다.

"며칠간 좀 바빴습니다. 하는 일도 없이, 차도는 좀 있으신지요?"

궁금증은 늘 김 사장의 사업이었는데, 보리는 그렇게 부인 걱정부터 했다.

"오늘도 정신과 치료를 받았습니다. 단 10분간을 혼자 있기 싫어합니다."

"평소 너무 많이 받은 사랑의 후유증입니다. 사랑을 독점하고 싶은 맘이지요."

보리는 이제 약간의 여유를 가질 만큼의 용기가 생겼다.

"내일 아침 일본 갈 일이 갑자기 생겼는데 걱정입니다. 생각 같아서는 휠체어에 태워서라도 함께 떠나고 싶은데, 그게 쉽지를 않습니다."

"걱정이 많으십니다. 저의 남편은 외국과의 거래 아닌 사업을 하면서도 어느 날 보니까 밤을 지새우고 있더라고요. 힘내세요. 곧 좋아지겠지요. 여호와께서 김 사장님을 외면하지 아니할 것입니다."

"고맙습니다. 이번에는 1주일 정도 체류할 볼일이 있어요. 병원에 입원을 시켰으면 좋겠는데, 본인이 극구 싫어하는 터라. 가정부에게 신신당부 했습니다. 다음에는 배로 도강을 해보려 합니다. 집사람이 고소공포증 중환자입니다. 그날 산에서 굴러떨어진 것도 그 영양이 큽니다. 비행기를 싫어하니 같이 배를 타고 영화 속의 현해탄을 건너보는 것도 멋이 있을 것 같아서요. 답사 겸 혼자 한번 가보렵니다. 다녀와서 연락드리겠습니다. 도쿄 쪽 사무실에 근무하는 직원도 고참입니다. 서울 친구들이 종종 오는데, 싹싹하고 좋은 직원을 두었다고 인사하더라고요. 구 여사 오시면 조용한 곳으로 모시겠습니다."

그는 묻지도 않는 말을 이웃 친구에게 하듯 스스럼없이 하는 것이었다.

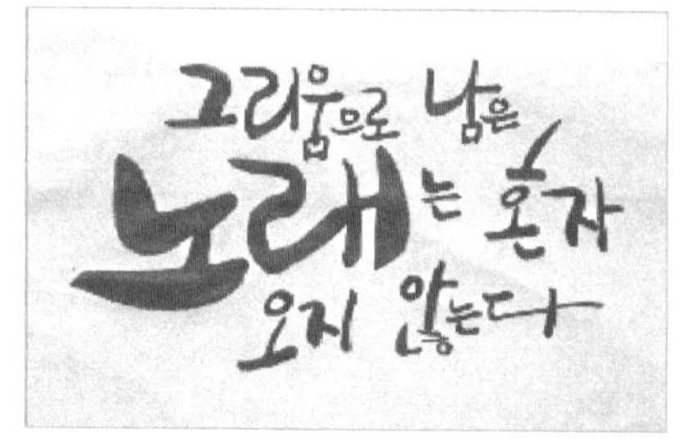

일산기업 김경래 대표의 인사말 속에는 진실이 담겨 있었다. 그러면서 일본의 삼대춘경지三代春景地를 상세히 설명 해주는 터이다. 1년에 딱 10일간 개장한다는 '자오 설벽과 일천 그루의 벚꽃길', 그 희소성의 가치에 얼마의 가격을 매겨야 할까. 이런 호기심이 생긴다는 곳이다. 4월이면 도로를 막았던 눈을 치워 길 양편으로 옮겨 놓는데 그 높이가 4~5m에 달하는 '자오雪壁'를 금년에는 5일간만 개방한다고 했다. 개방 기간은 4월 10일부터 14일이라고 했다. 그리고 '북해도 도동 낭만열차 5일'. 우리나라 면적의 약 85%에 달하는 홋카이도는 광활한 대자연과 원주민 아이누족 문화가 매력적인 여행지다. 오타루와 노보리베츠 등 삿보로 인근만 둘러보고 북해도를 안다고 하기엔 아쉬움이 남는단다. 끝으로 '동경, 가고시마 크루즈 5일~6일'을 손꼽았다. 크루즈 여행은 배 자체가 여행의 목적이라고 정의했다. 비행기나 기차는 여행지로 가기 위한 이동수단이지만 크루즈는 그 안에 호텔이 있고, 극장, 카지노, 나이트컬럽, 수영장이 있어 그 자체가 거대한 복합물과 같다는 것이다. 밤에는 크루즈 내의 시설들을 느긋하게 즐기고, 낮에는 배에서 내려 귀향지 관광을 즐긴 뒤 다시 배를 타고 이동하는 것이 크루즈 여행의 재미라고 자랑하는 투로 설명을 달았다.

"네- 뱃길이 며칠이나 소요되는지는 모르겠으나 무척 피곤하실 터인데요?"

둘 사이의 이 메일은 항상 일상적이고 사무적이었다. 크게 진전되는 일은 없었다. 그런 사이가 제법 긴 기간 이어졌다. 좀 야하고 농도 짙은 내용이 건너올 때면 보리는 당황스러웠다. 물론 여기에 토를 달거나 살을 붙이는 일은 삼갔다. 그러나 장담은 금물이다. 남녀의 관계란 전기의 음양과 같은 것이어서 누구도 결과를 예측할 수는 없는 것이다.

"일본엔 재미난 곳도 많습니다. 핀란드식 사우나가 있는데, 마사지를 한다며 가운만 걸치고 누인 다음 자작나무 가지로 전신을 두들깁니다. 남탕에는 주로 아가씨가, 여탕에선 사네들이 돕지요. 혈액 순환은 촉진되더라고요⋯. 한번 모시겠습니다."

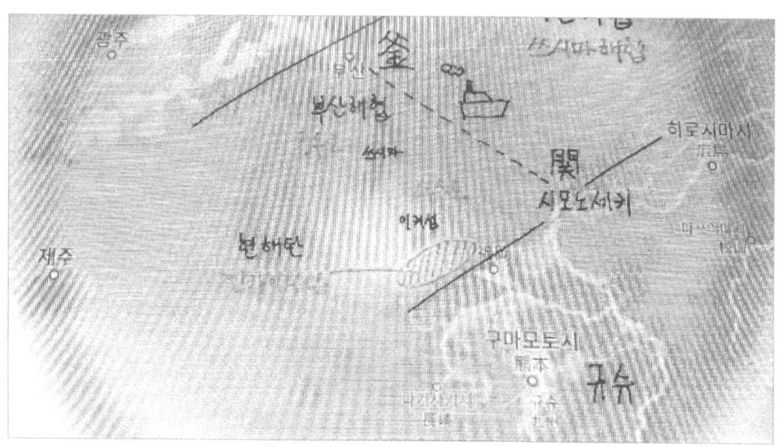


"하늘의 제트기라고 부르는 '새매'나 '금눈쇠올빼미'를 아시나요? 유리창에 부딪혀 목숨을 잃는 종은 주로 이쪽입니다. 새들은 사람과 달라 단안시斷眼視 구조를 가지고 있답니다. 대부분 새의 눈은 머리 양옆에 붙어 있지요. 그래서 눈이 각각 다른 곳을 보느라, 거리감을 파악하는 능력이 떨어진대요. 사람에 비유하면 한눈을 팔았다는 뜻이지요. 유리창에 머리를 들이받고 수명을 다하는 새가 1년에 800만 마리나 된답니다. 어찌 보면 인간들에게 보내는 경고음 같습니다. 한눈팔지 말라는 경고음……. 특히 사업하는 사람들에게는 교차로의 가로등일 수 있습니다. 더구나 일본이라는 곳이 그런 곳 아닌가요?”

이 메일 소통에서 김 사장은 보리에게 판판히 달렸다.

김 사장은 벙벙했다. 한쪽은 임자가 있는 몸이고, 다른 한쪽은 임자가 없는 몸이다. 김 사장은 그런 생각이 들었다. 대꾸할 말이 생각나지 않았다. 참았다. 참기를 잘했다.

보리는 혼자서 말을 이었다.

“멘토이고 친구이고 선생님이고 연인이고 싶은 것, 여기에는 의무나 책임감을 꼭 가질 필요는 없다고 생각해요. 다만 보편적인 상식선에서 관계 형성이 이뤄지면 되지 않을까….”

보리에게도 이런 새퉁스러운 데가 있었다.

“구 여사님 판단이 옳다고 수긍합니다. 그러나 저에겐 실천으로 옮겨 볼 용기와 철학이 빈약해서 고민이 쌓입니다.”

김 사장 역시 알쏭달쏭한 답변으로 얼버무렸다.

“어제는 판매처 확장하는 일로 해서 당일로 일본을 다녀왔습니다. 오가는 비행기 기내에선 머리가 혼돈스러웠습니다. 분명 내 옆자리에 앉자 계셨는데, 딴 분이더라고요. 실수할뻔했습니다.”

결국 김 사장이 먼저 수그러들었다. 이렇듯 주고받는 말이 단순하기는 했지만 서로 간의 목마름을 축여주는 한 모금의 음료수임에는 틀림이 없었다.

김 사장은 아내의 히스테리 증세가 심할 때면 가정부를 부르곤 했다. 금방이라도 무슨 일이 일어날 듯 공포심이 일어 가정부를 불러 보지만 그게 별로 도움으로 이어지지 못했다. 가정부가 자기보다 젊어 보이거나 예쁘다고 느껴지면 가차없이 냉대를 하곤 했다. 수고비를 엄청 후하게 주고 환심을 사보려 하지만 생사람 잡는 행패에 어느 가정부인들 견딜 수가 없었다. 남편의 퇴근 시간이 늦어지는 날이면 부인은 숫제 의자를 대문 밖에 내어놓고 우두커니 앉아 있기도 하였다. 이런 날이면 더더욱 남편에게 따지고 들었다. 옆집 김 주사는 해가 떨어지기 전에 퇴근을 하는데, 당신은 누구와 무슨 짓 하느라고 늦느냐? 는 것이다. 일본으로 공산품을 수출하는 남편의 신분을 옆집 사는 김 주사와 같은 공무원 신분으로 착각을 하고 있는 것이다.

"톨스토이가 그랬나요? 행복한 가정은 서로 비슷한 모양으로 행복하지만 불행한 가정은 각각 다른 이유로 불행하다고요."

보리는 아껴두었던 말을 했다. 보리는 남편과 사별 후 스스로 불행한 가정이라 점찍었다.

한 자리에서 폭음하는 법도 없었다. 그리고 언제나 건강했다. 50대면 가정의 꽃이다. 그런데 못된 간암 환자가 되었다. 보리는 팔자라고 행각 했다.

"저 자신이 있습니다. 기업을 일구듯 새로운 멋진 가정을 꾸릴 자신이 있습니다."

언제부터인가 이런 엄청난 무거운 내용이 전달되기도 했다. 보리
는 이런 투의 메일이 올 때면 부담스러웠다. 새로운 가정을 꾸리겠
다니, 싱글은 가격 표시가 없다더니, 맘대로 매수를 하겠다는 것인
가? 많이 불쾌했다.

"우리는 꼭지점을 찾는 게 아니고 평행선을 이탈하지 않고 달리
면 됩니다. 우리의 꼭지점은 죽음이고, 그것은 새로운 삶의 시작이
기도 합니다. 이 땅에서 우리의 관계는 이쯤이 마땅하다고 봅니다.
그대는 사업가이시니 굴지의 일산기업으로 성장시켜 우뚝 서시면
됩니다."

이렇듯 보리쪽은 언제나 점잖았다.

"벌은 정겨운 친구들이 모이는 날입니다. 종로에서 귀금속 하는

친구가 있습니다. 한번은 무안도 당했지요. 저가 좀 늦었는데 공격을 하는 거예요. 이 자리에서 황희와 두향이 같은 사랑을 할 사람은 구보리 뿐이다. 하길레, '걱정마라 열애하고 있다.' 고 했지요. 저보고 아직도 예쁘고 글도 잘 쓰고 사랑받을 요소가 많다고 하는 친구가 있긴 합니다. 더 참아야지요. 사장님도 노련하게 대처하시겠지만. 이젠 잘 시간이네요. 안녕히 주무세요."

사실 보리는 김 사장과 긴 메일이 오간 날이면 더욱 외로웠다. 이제는 넘치는 감정을 제어할 수 없는 지경에 이르렀음을 스스로 느끼고 있었다. 고목이 바람에 힘없이 넘어지듯, 밤이면 김 사장 품으로 몸이 푸시시 넘어지곤 했다. 블랙홀처럼 흡입하여 용광로처럼 녹일 것 같은 사나이, 처음과 끝이 조용한 성품인 보리는 그 품에서 헤어날 자신을 잃어버렸다. 그러나 어디 내 한 몸뿐인가? 올망졸망 묵주 알이듯 꿰어 사는 애비 잃은 4남매까지 김 사장에게 진상으로 올릴 수는 없었다.

보리는 이쯤에서 서로 간의 정을 끊어야겠다고 결심했다. 가로 노인 장애물이 장애물로 인식되기 시작한 것이다. 늦었다고 생각하는 시간이 가장 빠른 시간이라고 했다. 유부남과 더 이상의 관계를 갖는다는 것은 죄악이다. 하나님은 시나이산山에서 모세를 통하여 인간들에게 십계명을 주셨다. 그 십계명에는 '간음하지 말라.'는 덕목이 있다. 간음의 한계도 구체적으로 적시해 놓았다.

'여자는 남편이 살아있는 동안에는 남편에게 매인 몸이다. 남편이 죽으면, 자기가 원하는 사람과 자유롭게 결혼할 수 있다. 남편이 될 사람은 반드시 주님을 믿는 사람이어야 한다.' 십계명에 적시되어 있는 내용이다. 보리는 남편을 잃은 홀몸이다. 재혼할 권리는 가지고 있다. 그러나 김경래 사장 그자에겐 부인이 있다. 유부남이다. 유부남과 정을 통한다는 것은 분명 십계명에 어긋난다. 이건 안 될 일이다. '아내와 이혼하고 다른 여자와 결혼하는 사람은 누구나 간음죄를 짓는 것이다.' 이 역시 율법에 명시되어 있다. 성경에 과부를 보호하라는 주문이 여러 번 나온다. 보호에 대한 구체적 해명은 없었다. 보리는 분수에 맞는 보호를 받으면 된다고 생각하는 터였다.

그리스의 유명한 '마운트 아토스 수도원'은 여자 금지구역이다. 여자는 절대로 들어갈 수 없었다. 수탉은 들어갈 수 있어도 암탉은 들어갈 수 없었고, 황소는 들어가도 암소는 들어갈 수 없었다는 기록이 있다. 사고는 미연 방지가 상책이었다.

"3·1운동 때는 기생도 독립 만세를 불렀습니다. 일본은 분명 적지입니다. 쉽지 않았습니다. 예술의 수명은 천년이라고 하지만 기업은 3대 잇기가 쉽지 않습니다. 구보리 여사의 소설 『영원을 위한 환각』 어느 월간잡지에서 읽었습니다. 감명 깊었습니다. 저를 도와주십시오. 그러잖음 저는 몰락합니다. 구 여사의 힘이 절대적입니다."

언제나 열렬히 갈망하는 쪽이 원점으로 회기하고 싶어지는 법이다. 보리는 그날 이후 며칠을 지나다가 관계를 끊자고 했다. 그런데 정작 고통은 그 이후에 시작되었다. 사람에게 정이 들고 그걸 끊으려고 하니 고통스러웠다. 차라리 그쪽에서 끊자고 했으면 덜 힘들었을까? 견디는데 너무 힘들어서 웬만하면 사람을 사귀지 말아야겠다고 생각했다. 그냥 살다 가자고 결심했다. 그러면서 여태까지 잘 살아왔다. 마음을 독하게 먹으니 또 그렇게 되었다. 아니 싱글 중에 특히 마음 가는 사람이 없었는지 모른다. 그러면서도 손도 안 잡을 테니 마음 가는 남친, 정말 괜찮은 남친 한사람 만나게 해달라고 기도했다. 아이러니였다. 보리는 결국 그 힘든 시간이 두려워 이후 사람 만나기를 기피 했다.

보리는 밤을 지새우며 써본 작품 「순간의 일탈」에 종종 심취했다. 인간에게 가장 격정적인 뒤끝은 죽음이다. 그때 갔어야 했다. 목숨을 건져준 T 박사가 차라리 원망스러웠다.

보리는 정말 사람이 그리웠다. 지나가는 사람이라도 붙들고 울고 싶을 정도로. 인정이 그리웠다. 그런데 사람을 사귀어 보면 그게 또 아니었다. 두세 번만 만나면 만지고 비비려 해서 무서워 사귈 수가 없었다. 성에는 성인군자가 따로 없었다. k와 헤어지면서 남자는 안 만나겠다고 다짐을 했다. 그게 의지로 될 일이 아니었다. 보리는 기도했다.

"저는 지극히 정상적인 여자이고, 도대체 말할 상대가 없어 못 살겠어요. 손도 안 잡을 테니 마음 통하는 좋은 친구 한 사람 만나게 해주세요."

간절히 기도했다. 그러나 하나님은 알고 계셨을 것이다.

"아니다. 너는 아직 40의 귀태가 고스란히 남아 있는 청춘이다. 너는 그러지 못한다."

하나님은 웃었을 것이다. 보리는 그렇게 들렸다. 이제 나이가 들고 모든 것에 익숙해지고, 남녀 간의 문제란 게 그리 달콤한 것만은 아니라는 것을 느낄 만큼 철이 들었다.

미래는 신의 영역이지만 인간이 행복하게 살기를 바라신다고 믿는다. 김 사장도 자신의 마음을 단정할 수는 없을 터이다. 좋다가도 싫어지고 조변석개하는 것이 인간의 마음이다. 우리가 서로에게 좋은 상대라면 오래 사귀어 볼 일이다. 보리는 그런 생각도 해 본다.

# 5. 왕진가방 속의 청진기

어디론가 훌쩍 떠나고 싶은 것은 계절이 주는 감상 탓만은 아니다. 달랑 남은 한 장의 사진으로 생전의 그를 본다는 건 고통이었다. 간암이라는 남편의 병명을 알았을 때는 이미 현대의학의 한계를 벗어난 후였다. 주치의는 수술도 항암 치료도 포기했다. 이것이 환자를 위하는 길이라고 했다. 1분 1초라도 환자를 편하게 해 두라고 했다. 그게 환자를 위하는 최상의 간호라고 했다.

새벽 3시에 연락을 받고 급히 병원에 닿아 보니 의료진 몇 분이서 인공호흡을 시키고 있었습니다. 다행히 임종은 할 수 있었습니다. 병마와 싸워가며 내외분이 같은 요양병원에 입원을 해 있었던 것입니다. 불쌍한 아내를 두고 먼저 세상을 뜬 것입니다. 그러나 정작 어머니는 먼저 떠난 남편의 죽음을 모르고 계십니다. 이렇듯 양부모님의 말년을 통하여 또 한 번 인생무상을 절감하였습니다.

『요양병원에서 삶의 길을 묻다』란 제하의 어느 분의 수필집에 나오는 내용이다. 인생은 누구나 죽음 앞에 이르러 허망으로 막음을 한다.

저렇게 멀쩡한 사람이 5개월 시한부 생명이라니, 현실은 너무 가혹했다. 남편의 투병은 한적한 요양병원에서 시작됐다. 5개월을 넘기자 희망도 보였지만 10개월을 곁에 있어 주더니 끝내 다시 깨어날 수 없는 영면에 빠져들었다. 담당 의사가 말한 생존기한에서 1년을 더 살았지만 그게 어디 산 것이겠는가. 사람이 자기의 죽을 날을 모르고 산다는 것은 신의 은혜라 여기고 싶다.

"당신은 행복한 사람이다. 당신을 아끼던 부인이 당신의 죽음을 애도하고 있다." 먼저 간 남편의 두 눈을 감기며, 구보리는 분명 이렇게 말했다.

구보리는 장례를 끝내고 2년이 지나도록 몸을 추스르지 못한 채 마음이 황폐해져 있었다. 아득하고 막막한 채 모든 게 공허했다. 막내는 사별을 겪은 미망인들의 경험담이 실린 책을 여러 권 사 와서 어머니에게 바쳤다. 남편을 잃은 아내의 슬픔이야 모두 비슷하겠지만 자신의 몫은 더 크게 보이기 마련이었다. 그러나 언제까지 처져 있을 수만은 없는 일, 보리는 몸을 추어올려 다루어야 했다.

언젠가 지상으로 접했던 '다비다자매회'의 기사가 머리에 떠올랐다. 싱글맘의 공통된 특징의 하나는 자존감 부족이라고 했다. 어쩌면 그렇게 정확한 지적인가 싶었다. 사별은 상실감, 이혼은 상처를 남긴다고 했다. 회원이 많다고 했다. 모임 그 자체가 공감이고 치유의 길이라고 했다. 다비다는 신약성서 사도행정에 등장하는 '여제자'를 칭하는 말이다. 욥바에서 살았고, 바느질 솜씨가 좋았다. 욥바는 항구도시, 풍랑으로 남편을 잃은 여인이 많았다. 그들에게 속옷, 겉옷을 선물한 사람이다. 그러나 차마 용기가 나지 않는다.

보리는 오 헨리 작 「마지막 잎새」의 주인공처럼 반전될 것 같지 않은 삶의 무기력을 어떻게 극복해야 할지 텅 빈 머릿속을 굴려본다. 어디를 봐도 온통 퇴락하는 잎새들이 심란함을 가중시킬 뿐이었다. 중병을 앓듯 가을을 보내고 있지만 겨울이 오기 전, 삶의 활력을 찾기 위한 돌파구가 필요했다. 어디론가 떠난다는 행위는 인간 삶의 또 다른 욕구에 지나지 않는다. 하지만 절실하게 무엇인가를 보고 느끼며 내가 살아있다는 것을, 아니 살아갈 구실을 찾아야 했다. 프랑스의 작가 마르셀 프루스트는 '진정 무엇인가를 발견하는 여행은 새로운 풍경을 바라보는 것이 아니라 새로운 눈을 가지는 데 있다.'라고 썼다. 보리의 머릿속에 서해가 떠올랐다. 서해의 낙조가 보고 싶었다. 일상의 탈출이 가져올 변화를 기대하며 잠시 소녀처럼 마음이 설랬다. 대전역에서 오후 2시에 출발한 차는 강경 젓갈 시장이나 한산모시관, 금강 하구언의 철새 도래지 같은 볼거리를 지나치며 오직 바다에 떨어지는 해를 보기 위해 달렸다. 바다에서 음이온이 많이 나온다던가. 해송으로 둘러싸인 바닷가 마을은 그림같이 아름다웠다. 짙푸른 솔향이 드리운 상쾌한 흙길은 원시림을 연상케 했다. 서천을 지나 드디어 춘장대에 도착했다. 하지만 소나무 언덕을 돌아 낙조를 볼 수 있으리라는 기대는 애초에 무너져 버렸다.

수평선에서부터 두껍게 깔린 검은 띠구름이 해를 가리고 있었다. 아쉬움을 접으며 차에서 내렸다. 해변을 바라보았다. 과연 바다의 요술은 나를 저버리지 않았다.

"아! 아! 저거다."

감탄사가 절로 나왔다. 파도가 왕래하며 빚어 놓은 가지런한 모래톱, 아니 완만한 곡선들이 드넓은 해변을 가득 덮고 있는 모습이라니! 장엄한 음악을 듣는 듯, 거대한 그림을 보는 듯 신비로웠다. 패이고 도드라진 선 하나하나가 살아 움직이고 있었다. 고운 모래와 진흙이 다져놓은 갯벌은 그대로 비단결이었다. 어떤 손길도 닿지 않은 대자연의 걸작품! 보리는 발자국을 남기며 안으로 안으로 걸어 들어갔다. 구름 속의 해는 아름다운 조명이 되어 어두워 오는 바다를 비추었다. 끊임없이 출렁이는 바다는 미소로 부푼 가슴을 열어 아마추어 사진작가를 포옹했다. 고은 물결이 포시시 솜이불처럼 촉감이 좋았다. 그대로 소르르 무의식의 세계로 침전되었다. 잠들고 싶을 만큼 매혹적인 저 바다, 환상적이었다. 바다는 방금 손질해 놓은 전원의 잔디처럼 매끈했다. 이처럼 좋은 사진 소재를 놓치다니, 보리는 해를 놓친 바다 안쪽으로 미친 듯이 빨려 들어갔다. 물이 허리를 지나 유방까지 차올랐다. 약간 찼다. 처음 가 본 라스베가스의 화려함이나 역사적인 금문교를 사진 한 장 없이 지나쳤을 때도 이렇게 안타깝진 않았는데. 언제 신비로운 저 해변의 모습을 다시 볼 수 있을 것인가? 가자! 해를 찾아, 해가 쉬는 곳까지 가 보자. 매사에 승부욕이 강한 편인 보리는 이쯤에서 물러설 수는 없었다. 눈이 현란하게 감동적이던 쟁반 같은 태양이 구름치마에 가리더니, 이젠 완전히 물속으로 빨려들었다. 몇 줄기 햇살무늬가 고슴도치 가시처럼 하늘에 꽂히고 있었다. 이것으로 끝이었다. 보리는 그 이후를 잊어버리고 말았다.

보리는 이튿날 되살아났고, 그가 누워 있는 곳은 어느 대학병원 응급실이었다.

보리를 수제자로 아껴주던 '무지개사진동우회'회장 T 박사는 간밤에 묘한 꿈을 꾸었다. 잔디 깔린 마당을 흰 눈이 덮고 있었다. 작은 도마뱀 두 마리가 반쯤 언 채로 눈에 파묻혀 있었다. 평소 동물을 좋아하는 그는 도마뱀을 손으로 녹여주고, 도마뱀의 집인 작은 담 구멍 속에다 다시 넣어 주었다. 그리고 도마뱀이 좋아하는 담벽에 나 있던 작은 양치식물 두세 잎을 따서 도마뱀에게 주었다. 그는 도마뱀이 양치식물을 좋아한다는 사실을 알고 있었다. 꿈속에서 그는 이 식물 이름이 '아스플레니움 루타 무라리스' 라는 것을 기억하고 있었다.

T 박사는 언젠가 책 속에 담긴 이 기사를 읽었는데, 그것이 머리에 저장되어 있었다. 보리는 저녁노을을 보면 이내 광기가 몸을 지배하는 '외상성 신경증 환자'가 되어있었다. 그는 '트라우마가족치료학회'에 가입해 치료도 받았다.

그런데 결국 문제를 일으키고 말았다. 보리는 한순간 풍덩 물속으로 들더니 다시 솟아나지 않았다. 순간 극적인 반전 극이 벌어졌다. T 박사는 반 나신인 보리의 몸을 어깨로 매고 해변가 모래사장을 뛰쳐나왔다. 사후死後 경직된 근육을 주무르며 소생 불가한 익사자를 살려 달라 몸부림치던 어느 가족의 통곡이 귓전을 때렸다. 역발산의 힘이 되었는가? 어깨 위의 여체는 참새의 무게였다. 순간 보리의 배에 담겨있던 물이 콰르르 쏟아졌다. 보리는 다시 살아났다. 실로 극적이었다. 말하자면 T 박사는 보리의 멘토 이자 생명의 은인이었다.

이 사실을 T 박사는 그간 출사出寫 다니면서 경험적으로 알고 있었다. 보리의 행동은 이날도 예외가 아니었다. T 박사는 철학자 델베우프가 꾸었다는 이 특별히 인상적인 꿈을 간밤에 꾸었다. 그래

서 보리의 행동 하나하나를 처음부터 눈여겨보기로 한

"사진은 예술이 아니야! 삶이 예술이지."

출사 때면 곧잘 주장하던 T 박사의 예술관이었다. 그는 의술에만 능한 의사가 아니었다. 어떤 의미에선 사진 한 컷이 환자 이상으로 소중했다. 그가 평소 주장하는 사진술 강의는 참으로 심오했다. 이렇듯 T 박사는 사진의 예술성을 역설적으로 주장하기도 하였다. T 박사는 가까운 친지처럼 정성을 다하여 '무지개사진동우회'를 이끌었다. 누구보다 보리는 그런 T 박사를 은인처럼 따랐다. 억센 사투리와 무뚝뚝한 경상도 사나이들이 우글대는 대구 시절의 신접살이 속에서 T 박사는 보리에게 늘 오아시스 같은 존재였다. 그러다가 어느 날 보리는 훌쩍 대구를 떠났고, 이젠 서로 간 안부만 오가는 사이가 되고 말았다.

한데, 느닷없이 T 박사가 소천했다는 부음이 전해졌다. 발인이 내일 아침 6시라 했다. 보리는 밤 열차를 탔다. 시누이 집이 가까이 있으니 거기서 자고 아침 발인제에 참석하면 된다. '소한내과' T 박사에 대한 고마움을 잊는다면 이는 배은망덕이다. 그는 한마디로 향기 나는 분이었다. 보리를 성숙하게 키워주고 제2의 생명을 만들어 준 은인이다. 보리는 그분에 대하여 「멋을 아는 신사」란 제목으로 글을 쓰기도 했다.

영정 속의 T 박사가 보리를 보자 빙그레 웃음을 쏟는 듯했다. 언제나 인자했던 눈동자다. 세월이 꽤 흘렀건만 지인들이 눈에 띄었다. 반가웠다. 서로들 변한 모습을 보고 놀랐다. 보리는 두 눈에서 눈물이 주룩 쏟아졌다. 눈물을 지우고 싶지 않았다. 물론 오버액션하는 모습에 의아해하는 사람이 있을지 모른다. T 박사와의 사귐은 불과 5년여 세월이었다. 그러나 그는 분명 그동안 친구요, 선생님이었고, 연인도 되고, 오라버니와 같던 유일한 남성이었다. 낯설고 외로웠던 도시였지만 T 박사와의 추억이 있었기에 따뜻함도 함께 연상되는 도시, 대구를 떠나오고 나니 새삼 그분의 향기가 그리웠다.

보리는 이렇듯 좀 색다르고, 큰일이 있는 날이면 꼭꼭 남편을 꿈에서 만난다. 자상한 분이었는데, 꿈속에 나타나는 남편은 언제나 미소가 없었다. 가까이에 있어 주지도 않는다. 그저 저쪽쯤에서 묵묵히 바라만 보다가 물안개처럼 사라진다. 이녁 곁으로 오기 전에 가까이 지내는 지인들과 스스럼없이 친분을 나누라는 뜻인지, 일절 남친과의 만남을 그만두라는 부탁인지 알 수 없어 갑갑했다. 남편은 살아생전 보리가 하는 일을 가로막은 적이 한 번도 없었다.

겨울 바다는 상상만으로 인간의 심성을 고독으로 밀어 넣는다. 그날의 일정이 머리에 삼삼하다. 그 일정은 반추만으로도 즐겁다. 일출의 풍광을 잡을 좋은 기회는 쉽게 오지 않는다. 해가 바다에 빠진 듯 어둠이 짙어지자 아쉬운 발길을 돌려 대천 쪽으로 숙소를 정하기 위해 차는 속도를 냈다. 방을 잡고 저녁을 먹은 뒤 보리는 어둠에 깔린 대천 해수욕장의 넓은 바닷가를 거닐었다. 혼자 거닐었다. 평소 같으면 어림도 없는 한적한 밤바다였다. 무명의 별들이 무한 쏟아져 내렸다. 바다가 별인지 별이 바다인지 짐작이 가지 않았다. 정작 여름에는 바다 근처에도 오지 않았는데, 그 많은 인파를 품었다가 떠나보내고 휴식하는 겨울바다! 부드러운 모래와 파도 소리가 더욱 명징한 겨울바다, 풍덩 몸을 던지고 싶은 충동이 인다. 어느 산골짜기에서 시작되었을 작은 물줄기가 실개천을 만들고 강을 이뤄 낮은 곳으로 흘러들면 어머니의 넓은 가슴처럼 모든 것을 포용한 채 끌어안는 바다. 보리는 그런 겨울 바다가 한없이 좋았다. 저쪽 켠 굽이치는 파도를 헤치며 모래톱을 밟고 선 일산기업 대표 김경래 사장 그자가 '어이-' 구보리 여사! 부르며 손짓을 하는 것 같았다. 한번 그렇게 부르며 달려왔으면 참 좋겠다. 옛정이 그대로 솟아날 것만 같았다. 꼭 김경래가 아니라도 좋았다. K대 영문학과 민 교수, 아니 트럼펫 교장님이나 컴퓨터 동기생 김상환씨 라도 상관없을 듯싶었다. 산내 사는 땅 부자 전씨 아저씨 동생이 그렇게 나타나도 반가이 맞아주겠다고 다짐해 본다.

망상도 희망 사항이 될 수가 있을까? 일단의 바다가마우지 떼가 먹이 사냥을 해서 발톱에 끼워 놓고, 몸을 흔들어 젖은 물을 뿌려 털듯, 보리는 머리를 좌우로 설레설레 흔들었다. 혼돈스러웠던 머리 가 약간은 개운했다.

어느 곳에 존재하든 동일한 모습으로 변함이 없는 저 바다! 인간 도 바다를 닮았으면 좋겠다.

어린 시절 가족동반 동해안으로 휴가를 떠났었다. 첫날부터 폭 풍우였다. 나흘 밤낮을 텐트 속에 엎드려 성난 파도가 포효하는 바다를 보며 자연의 위대함과 두려움에 가슴이 얼었던 바다. 보리 의 유년 시절 기억은, 온통 산과 구릉지여서 파도가 넘실대는 바다 는 동경의 대상이었다. 인간의 존재가 점 하나와 다를 게 없다는 첫 깨우침을 준 것도 그때의 바다였다. 무한한 생명력을 안고 있는 곳 이 또한 바다인지라 살아가다 기운이 소진되고 암울할 때면 바다 를 찾아 떠나는 것이 습관처럼 되었다. 어느 섬에선가, 현란한 열대 어랑 성게와 함께 헤엄쳤던 옥색 바다의 싱그러움에서 행복을 느꼈 고, 검푸른 태평양과 울릉도 앞바다를 보며 희망을 다졌다. 이렇듯 바다는 보리에게 상실의 의욕을 채워주는 원천이었다.

아침에 일어나 창문을 여니 비가 내린다. 우산을 쓴 채 잔잔한 물결을 밟으며 바닷가를 걸었다. 이별하는 연인처럼, 이제는 바다를 떠나야 할 시간이다. 어제저녁 어둠에 숨어 있던 폭죽 껍데기와 나 뒹구는 깡통들이 겨울 바다의 쓸쓸함을 더했다. 생명의 시원은 물에서 연유함이 아니던가! 남편이 태어나기 전부터, 그리고 세상을 등진 후에도 바다는 변함이 없었다. 형상은 보이지 않으나 실체는 자연에 동화되어 보리를 지켜보는 듯했다.

"사랑하라."

이르는 것 같았다. 생의 소중함과 인간의 존재함이 얼마나 아름다운지, 삶과 죽음이 자연의 일부라는 사실을 새삼 깨닫는다.

주위에는 사랑해야 할 대상들이 얼마나 많은가, 또한 사랑하는 사람들과 자연은 언제나 그 자리에서 지켜보고 있음을, 보리는 번쩍 정신이 들었다. 한 해를 마무리하는 계절 겨울이다. 상실감에 휩싸였던 의식 구석구석을 무한한 신의 사랑과도 같은 자연의 생명력으로 가득 자아를 채웠다. 스스로의 자아와 가치를 찾는 여행, 여행에서 얻은 충만함이 보리로 하여금 주어진 새로운 일상에 두려움 없이 도전하라는 에너지가 되었다.

보리는 장지로 떠나는 T 박사의 영구차를 먼발치에서 바라보았다. 쿵– 쿵– 심장 뛰는 소리가 들렸다. 멎었던 눈물이 주룩 쏟아졌다. 두 손을 합장하고 영생명복을 자꾸자꾸 빌었다.

# 6. 세계 10대 미도 PP

인과 관계엔 369법칙이 있다고 했다. 보리와 노량진의 그 김 사장은 딱 한 번 만난 사이다. 둘의 사이에는 분명 이성을 녹이는 백신이 있었다. 생각만 해도 가슴이 뛰고 얼굴이 붉어졌다. 손이라도 한 번 잡아본다는 생각을 하면 숨이 막힌다.

칠월의 끝 날이다. 노량진 친구 길여에게서 전화가 왔다. 길여는 차라리 거간居間꾼이었다. 보리에게 두 번이나 아니 세 번이나 그 짓을 했다. 고맙다는 생각이 들다가도 의심이 가고, 쾌씸하고, 불쾌하고, 때론 저주스러웠다. 친구를 궁지에 몰아넣어 2층 만들기 게임을 하게 하고, 거기서 대리만족을 느껴 보자는 소이 카타르시스를 맛보자는 것이 아니던가?

생일선물로 아이들이 어디 바람이나 쐬라고 한다면서 3박 4일 일정으로 섬나라를 다녀온다며 동행을 하자는 것이다. 그의 남편을 생각하면 동행한다는 건 사실 조심스런 일이었다. 길여도 익혀 알고 있는 내력이다. 옆엣 사람의 눈치를 의식해서 누질러 참고 살

뿐, 서로의 몸이 닿기만 하면 화끈 불꽃이 튈 연정을 품고 살아가는 사이다.

순진하게도 그냥 따라나섰다. 보리에게도 계산이 있었다. 남편과 둘이 가면 재미없다고 함께 가자고 청해왔으니 거절하기도 어렵긴 했다. 처음은 싫다 했다. '눈총받을 일 있냐?' 면서 거절했다. 며칠 후에 또 전화가 왔다. 이번에는 사설이 길었다. 다섯 명이 가면 가겠냐고 물어왔다. 그래서 생각해 보겠다고 했다. 모두 잘 아는 여자 친구 한 명과 몇 번 식사도 함께하고 안면이 있는 여행사 사장 그리고 구보리, 저네 부부 이렇게 다섯 명이 정해졌다는 거다.

좀 이른 시간 공항으로 나갔다. 청명한 날씨가 마음을 가볍게 하여 기분이 좋았다. 그런데 친구 한 명이 갑자기 일본서 아들이 와서 못 간다고 했다. 그런가 보다 하고 넷이 일행이 되어 출발했다. 여장을 푼 곳은 태국의 푸껫이었다. 세계에서 가장 아름다운 10대 섬으로 손꼽힌다는 큰 피피섬과 작은 피피섬, 죽기 전에 한번 가 보고 싶은 곳이었다. 과연 그곳은 처음부터 인간이 사는 세상이 아닌 선녀들이나 노니는 별천지였다. 이곳에서만이 즐길 수 있는 스노우쿨링의 환상적인 신비, 황홀경이었다. 한번 경험 후엔 당장 죽어도 여한이 없다는 말 거짓이 아니었다.

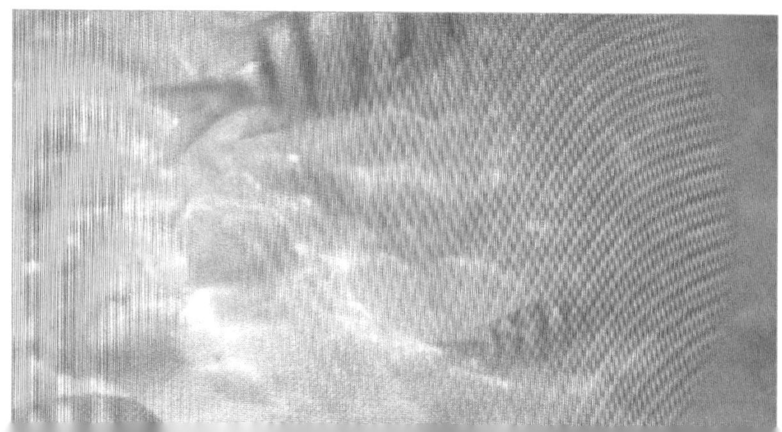

길여가 고마웠다. 죽기 전에 이런 곳을 안내해 주다니! 피피섬의
바닷물은 녹색, 연두빛, 파란색 그리고 검은색으로 이루어져 있다
는 가이드의 설명이 거짓 아니었다. 신기한 바다의 생물, 깨끗한 물
과 파란 하늘, 진짜 여행 맨날 다니고 싶은 곳이었다. 물빛 하늘 아
래 구름바다를 품고 있는 새하얀 백사장은 젊은 여인의 곱은 속 살
이었다. 사랑하는 연인과 저 백사장에서 산다면 100년이 가도 늙지
않을 것만 같았다. 보리는 신나게 수영도 하고,

　모래를 밟으며 소녀마냥 천방지축 날뛰고 좋아했다. 10년은 젊어
진 기분이었다. 피피섬에 사는 물고기들은 모두 입이 참 작았다. 그
런 생각을 하며 즐겼다. 이렇듯 해변가의 모래톱과 노느라 이틀이
꿈결처럼 흘렀다. 태양이 불타는 금빛 모래사장엔 만국어로 시를
빚는 섬새들이 살고 있었다. 영원히 잊을 수가 없는 진풍경의 시간
속으로 빨려들었다.

　식구 아닌 식구 네 사람이 모여 점심을 먹었다. 서로의 얼굴을 확
인해 보았다. 희디흰 피부가 섬 색깔로 변하고 있었다. 식사 후 친구
남편과 이여장李麗長 사장은 서로 어깨를 맞대며 모래사장으로 나
갔다. 든든한 체구가 듬직했다. 남친을 바라보는 보리의 시선에는
초점이 없었다. 남편을 보내고 생긴 버릇이었다. 그런데 마른하늘
아래 벼락이 기다리고 있었다. 길여가 어려운 흥정을 해왔다. 여기
까지 와서 남자끼리 방을 쓰니 재미없다며, 남편이 강하게 동침을
요구한다는 것이다. 여행사 사장과 합 방을 하라는 소리다. 보리는
어이가 없었다. 그러나 보리는 난처한 내색을 보이지 않았다. 짜질

스럽게 보이기가 싫었다. 합방合房을 한다고 무엇이 달라진다는 법은 없다. 두 사람이 마음먹기에 달려 있다. 보리는 그저 얼굴에 웃음을 담았다. 선의로 해석했다. 사실 보리와 길여의 관계는 보통의 사이가 아니었다. 정확히 말하면 세 사람의 관계는 3각 연인 사이가 된다. 현실적으로 친구의 남편이지만 그 남편은 보리의 짝이 될 사람이었다. 길여도 그것을 얼풋이 알고 있는 터이다. 구보리와 같이 살 사람이었는데, 길여가 가로 채간 것이나 진배없는 야릇한 과

태국 안다만해 스쿠버다이빙

거사에 묶여 있는 존재들이다. 구보리는 두고두고 원망들을 일을 하고 싶지는 않았다. 이 사장과 하룻밤 지내면 된다. 마음에 걸리는 것은 딱 하나 이여장 사장이 싱글이라는 사실이다. 그는 이혼하고 어머니와 아들하고 10년째 혼자 산다. 밥도 한자리에서 먹고 술도 한 잔씩 나눈 사이다. 취기가 돌면 곧장 보리를 누나라고 호칭했다. 홀아비 이 사장은 전적으로 길여 쪽 사람이다. 기회를 핑계 삼아

하룻밤 정사를 나눈들 걸릴 게 없는 처지였다. 말하자면 양쪽 모두 빗장이 풀린 야생마였다. 마음만 먹으면 서로 재혼을 해도 법의 보호를 받을 수 있는 자유인이었다. 이 사장에게 꽃다운 부인이 있다면 보리의 마음이 이렇듯 조여오지는 않았을 터이다. 양쪽이 고삐 풀린 말이니 보리밭, 콩밭 뛰어든들 대수인가. 길여! 그 친구가 전에도 몇 번 짝을 맞추려 애쓴 적이 있었다. 보리는 친구 길여가 또 이런 수작을 부린다면 저네 남편을 대여貸與해 달라고 청을 넣어보리라는 생각까지 했다. 이날 보리의 오후 시간은 온통 물 위의 고무풍선이었다. 붕붕 떠돌아다니는 붕어빵 신세였다. 바람 부는 대로 물결치는 대로 흘러 다녔다. 관광이고 뭐고 눈앞에 제대로 뵈는 게 없었다. 붉은 해가 마지막 열기를 토해내며 서쪽 하늘을 물들이고 있었다. 보리는 정신이 몽롱했다. 흡사 땅에서 막 캐어낸 못생긴 고구마 모양의 말레이반도, 그 반도가 불에 타고 있었다. 바닷가의 석양은 순식간에 인간의 이성을 흐리게 했다. 남성이 있고, 여성이 있고, 금기가 있고, 체면이 있고, 뭣이 있고 그런 것들은 모두가 구차한 장애물이었다. 젊음이 이글거리는 해변, 여기엔 원초적인 동물의 생식 본능이 존재할 뿐이었다. 보리는 더이상 지체할 시간이 없었다.

"이 사장? 저 부부가 오늘 밤 방을 함께 쓰겠다네요!"

보리가 작심하고 입을 열었다. 이 사장은 귀를 의심했다. 그리고 얼굴색이 변했다. 보리라는 여인은 농담을 모른다. 그런 그가 이런 이치에 맞지 않는 제의를 해 오는 것이다. 이 사장은 잠시 정신이 멍했다.

결국 구보리라는 미인 싱글여와 신체 건장한 이여장이라는 싱글 남이 이국땅 말레이반도 화려한 크라운호텔에서 한방을 써야 할 처지에 이른 것이다.

이 사장 앞에서는 언제나 좀 거만을 떨던 보리였다. 보리는 농을 할 줄 모르는 여인이다. 농이라도 그렇지, 할 농 안 할 농이 따로 있다. 보리는 더이상 할 말을 끊고 입을 봉해버렸다. 이 사장은 실감이 나지 않는다는 듯, 보리의 얼굴색을 살폈다. 순간 이 사장은 보리가 자기를 먼저 보쟁이려고 하는 수작 같이 들렸다. 묘한 분위기가 흘렀다. 이 사장은 용기를 내어 얼굴 예쁜 보리란 여인을 살포시 건너봤다. 몸맨두리가 유난히 싱싱하고 고와 보였다. 이 사장의 야사한 눈매는 보리로 하여금 속살을 싸고 있는 보늬까지 홀라당 벗어 보이는 기분을 일게 하였다. 감정 조절을 위한 얼마간의 시간이 필요했다.

'부딪쳐보자 될 대로 되라 제기럴!'

보리는 자포자기 상태였다. 일단 그렇게 맘을 정리했다. 극에 이르면 더 강해지는 쪽은 언제나 여자 쪽이었다.

태국 피피섬에서(스노쿨링)

　방갈로와 정원이 아름다운 예쁜 이름의 크라운호텔, 아침에 일어나서 조반을 먹으러 내려가면 갖가지 과일과 음식이 진열된 식탁이 구미를 자극했다. 창을 통해 비쳐오는 눈부신 햇살과 파란 바다, 행복은 전신으로 전이되어 희열을 느끼게 했다.

　저녁 식사 후 산책을 했다. 겁의 세월에 씻긴 바닷가 모래사장은 파도 소리를 잠재운 채 열기에 저려 그대로 후끈후끈했다. 발바닥이 간지러웠다. 뒤돌아본다. 세 가닥의 발자국이 사장 위에 점선으로 이어졌다. 이 길의 저쪽 끝이 인생의 종착점이었으면 참 좋겠다는 생각이 들었다. 이 사장은 한참 뒤진 자리를 유지하며 따랐다. 남편을 먼저 보낸 보리의 머리에 늘 저장이 되어있는 주제가 있었다. 과부의 시세는 두부 한모 값인지 모른다. 두 부부가 걷는 속도는 보리보다 빨랐다. 이여장과 보리의 거리는 차츰 좁혀지고 있었다. 앞서가는 부부의 뒷모습이 참으로 행복하게 보였다. 그러다가 그들의 모습은 희미해졌다. 신기루 바로 그것이었다. 신기루는 오래 머물러 주지 않았다. 조금 후 둘은 시야에서 완전히 사라졌다. 자기들 방으로 올라간 것이다. 뒤이어 남편 노천수의 화사한 모습이 밤안개 속에 희미하게 보였다. 이 사장은 보이지 않았다.

'당신은 행복한 사람이다. 당신의 죽음을 슬퍼하는 사람이 옆에 있다. 눈을 감고 편안하게 가시라.'

그대를 임종하며 보리가 빌어준 마지막 기도였다.

보리의 머릿속은 고객 많은 백화점의 매장처럼 복잡했다. 일만 가지 생각이 떠올랐다. 이 친구들, 왜 나를 굳이 재혼이란 무덤으로 인도하려 드는가? 혼자 사는 나의 뒷모습이 눈물겹도록 가련하게 보였던가. 아니면 동물 본성대로 에로티즘을 즐기라는 뜻인가?

'백년의 인연이 있어야 같은 배를 탈 수 있고, 천년의 인연이 있어야 같은 잠자리에 든다고 했다. 이 낯선 섬, 환상적인 바다와 분위기에 젖어 기회를 핑계로 삼아 미친 척 이 남자와 정사를 나눠봐?'

보리는 그런 생각도 해본다. 이쪽도 저쪽도 주인 없는 싱글, 그리고 아직은 이성을 만끽할 수 있는 청춘의 몸이다. 싱글끼리 부딪친들 놀림 받을 일은 아니다. 여호와께서도 용서하시리라! 보리는 그렇게 생각했다. 막다른 생각인가? 아니면 자포자기인가? 1회용 섹스는 분명 사치일 터이다. 아니다. 어쨌거나 섹스 뒤엔 책임이 따른다. 그 책임은 결혼과 연결된다. 남자는 여자를 한 번이라도 먹으면 그때부터 주인행세를 한다고 했다. 그 뒤엔 어떤 일이 이어질지 모른다. 보리에겐 노량진의 김경래 사장도 있었다. 생각만으로도 황홀감을 자아내게 하는……. 여자와 남자의 다른 면이다. 남자는 한 끼 밥 먹듯 쉽게 생각하는 부분이 여자에겐 어렵게 느껴진다.

둘은 스탠드바에 마주 앉았다. 바의 분위기는 호젓했다. 구태여 밤과 낮을 구별할 필요가 없는 곳이기도 했다.

"우리 맥주 한잔하고 잡시다."

보리가 먼저 말을 걸었다. 그리고 이 사장의 얼굴을 빤히 쳐다봤다. 이 사장은 특유의 가잠나룻을 사자의 갈기처럼 뻣뻣이 새웠다. 얼굴에 가늘게 경련이 일었다. 둘은 서로간의 주량을 대충 안다. 밝혀보면, 보리는 쏘주 두병, 이 사장은 배가 조금 넘었다. 둘의 사이에 맥주는 대작이 처음이니 알 수 없다. 맥주를 기피했던 것은 화장실 넘나들기 싫어서였다. 단 둘이서 취하도록 먹어보지를 못했다. 저쪽은 주량이 넘칠 만큼 주문했고, 이쪽도 좀 많이 마셨다. 처음에는 제법 진지한 말들이 오간 것 같은데, 취한 뒤에 나눈 얘긴 단 한 소절도 생각나지 않는다. 흔히 말하는 필름이 끊어져 버렸다. 대충대충 생각나는 말이 있었다. 왜 이혼을 했느냐고 물었고, 부인이 바람을 피웠다고 대답을 한 것 같다. 집에 있는 시간보다 여행사 일로 외지에서 더 많이 머물렀으니, 젊은 혈기에 샛눈을 떠볼 만도 하거늘 너무 성급했다며 지금 생각해 보니 후회가 된다고 했다. 실은 용서를 해 주고도 싶었는데, 저쪽에서 반성하는 눈치가 보이지 않았던 것이다. 후문인데 서로 좋아 붙어산다는 말도 있고, 이내 헤어졌다는 소문도 들렸다. 이 사장이 구보리를 보고 혼자 살다가 죽을 것이냐고 물어본 것 같고, 구보리는 재혼할 생각이 없다며 펄쩍 뛰었다는 생각이 삼삼히 떠올랐다. 왜 그렇게 서로들 그런 말을 주고받았을까? 둘 다 서로를 호신하려는 속셈이 녹아 있었다. 아내의 외도를 용서해 줄 용기가 있었다는 것도, 보리가 일관되게 재혼을 부인한 것도 모두 스스로를 보호하기 위한 가식이었는지 모른다. 사나이의 관대함, 여인의 절개를 확인해 주고 싶었던 표현이 더 적절했을 터이다.

둘은 새벽 2시가 넘어서야 방에 들어갔다. 그러니까 스탠드바에 마주 보고 앉아서 6시간을 횡설수설 떠들었다. 둘의 사이에는 공통점도 많았다. 싱글만이 느끼는 외로움 같은 거 말이다. 정확하게 저쪽은 아직 불혹 딱지가 붙어있었고, 이쪽은 지천명의 나이에 막 들어서고 있었다. 둘 다 젊디젊은 몸이었다. 말이 그렇지 밤시간이면 정말 견디기 어려울 때가 많았다.

저쪽은 옷도 못 벗고 쓰러졌고, 이쪽도 피식 안기듯 누웠다. 화려한 더블침대가 눈 설지 않았다. 노 서방하고 결혼해서 30년 가까이 자던 침대와 크기도 모양도 닮았다. 설핏하나마 그렇게 느꼈다. 처음은 서로 등을 지고 누웠다. 아마도 엉덩이가 닿아 불편했을 터이다. 더 기진맥진 인사불성인 쪽은 이 사장이었다. 보리는 교태를 부리면서 짐짓 이 사장을 고주망태로 만들었다. 사실 두 사람에게는 처음부터 맞지 않는 장소였다. 남친과 대작을 하고, 호텔의 독방에 들었다면 일반적인 프로그램을 따라야 한다. 이를 거부하고 딴짓을 했다가는 되돌릴 수 없는 불상사가 일어날 수 있다. 공포와 설렘과 불안과 초조가 범벅이 된 하룻밤, 두 사람은 초주검이 되어 그렇게 잠들었다.

대형 유리창으로 비쳐오는 음침한 바닷물이 철석철석 파도 소리를 내며 귓전을 때렸다. 그게 간밤의 자장가였다.

변했다.

"끽! 끽!"

바닷새 우는 소리가 들렸다.

"찰랑 찰랑"

파도를 타고 대형 유리 창문을 넘어와 베갯머리를 간지럽히는 코러스가 있었다. 감미롭고 환상적이었다. 처음 겪어보는 서정적 분위기였다.

피피섬의 24시는 미명으로부터 시작된다. 두터운 구름 사이를 뚫고 나온 빗살무늬가 고왔다. 동이 텄다. 정신이 먼저 든 쪽은 보리였다.

이상한 광경이 벌어지고 있었다. 잠자리에 들 때의 분위기가 아니었다. 이 사장은 바닥에 홀로 누워 있었다. 맨바닥이 아닌 매트리스를 깔고 그 위에 반듯하게 누워 있었다. 꽉 찼다.

건장한 40대 후반의 남자가 거기 누워있었다. 더블 매트리스였다. 보리는 섬찟 공포심이 일었다. 보리는 몸의 몇 군데를 만져보고 어쩌고, 확인을 했다. 멀쩡했다. 보리의 체구도 작은 편은 아니었다. 전신이 근육질이어서 탄탄했다. 그러나 저 체구가 밤새껏 나를 누르고 있었다면 분명 나는 반죽음이 되어있을 터이다. 이런 생각까지 들었다. 땅에 깔린 침대용의 두툼한 요는 밖에서 차용해 온 것이 아니었다. 잠자리에 붙어 누었던 침대의 껍대기였다. 그렇다면 보리가 잠든 사이 빼내어 바닥에 깔았다는 소리다. 설마하니 나를 짐짝 취급은 하지 않았을 터이다. 살포시 안아서 옮겼다는 소리다. 살포시 안아서 땅에 내려 놨다가 다시 살포시 안아서 제자리에 올려놓을 때까지 인사불성 보리는 정말 모르고 잠이 들어 있었을까? 생각해 보니 이 사장이 살포시 껴안고 땅으로 내려놓을 때, 이 사장을 살포시 껴안았다는 생각이 나기도 했다. 말하자면 이층놀이에 버금가는 놀이를 했다는 소리다.

보리의 머리는 알송달송 정리가 되지 않았다. 그렇지 않았기를 바라는 마음인 터이다.

　이 사장은 수렁에 빠지듯 여태 깊은 잠에 골아 떨어진 상태였다. 그런데 그 잠자는 모양새가 가관이었다. 일등품 댓 자 송이버섯 한 그루가 살 사이를 뚫고 올라와 있었다.

　남편이 중병 진단을 받은 직후였다. 송이가 몸보신에 좋다는 소리를 듣고 짐짓 강원도 양양 어느 산에 올라 송이를 채취해온 적이 있다. 묵은 흙의 재와 겹겹이 덮인 솔잎 층을 밀어 올리며 뿌듯이 솟은 송이의 힘을 보았다. 이 송이를 먹고 남편도 그렇게 힘이 돋아나기를 바랐다. 그 분위기와 너무 흡사했다. 한 겹 흰 가운이 그것을 가리고 있었다. 그런데 아무리 보아도 비정상적인 부피였다. 보리는 훌러덩 가운을 걷어버리고 싶은 충동이 일었다. 저 신실한 몸으로 밤새껏 맷돌질을 했구나 싶었다. 죽지 않은 게 다행이었다. 하기야 위짝에 눌려 아래짝이 깨지는 맷돌은 어디에도 없었다. 맷돌의 구성도 인간과 같이 단순했다. 위·아래 두 짝이 아래짝 가운데 중쇠를 중심으로 암쇠를 박아 끼워서 서로 벗어나지 않도록 조립이 되었기에 아무리 돌려도 궤도 이탈을 하지 않는다. 물에 잔뜩

불린 콩을 넣고 부지런히 돌려대면 희뿌연 물이 뚝뚝 떨어진다. 밤 새껏 그 짓을 했을 터이니 저자는 원 없이 쏟아내었을 터이다. 치가 떨렸다.

한데, 순간 보리의 머릿속을 스치고 지나가는 별빛이 보였다. 찬 찬히 생각했다. 그때서야 안도의 숨을 내쉴 수가 있었다. 저놈이 간 밤에 떡을 치지 않았음이 분명했다. 떡을 치고도 저렇게 힘이 남아 있을 수가 없는 노릇이다. 남편이 경우가 그것을 입증했다. 아침이 되면 남편의 그것은 언제나 바람 빠진 고무풍선이었다. 내 남편만 의 현상인가? 사고는 비정상으로부터 유발되는 법이다. 보리는 확 인을 해 두고 싶었다. 약간은 억울한 사연이기도 했다. 살며시 가운 을 들쳤다. 가관이었다. 그놈이 개선장군의 모습인 채 머리만 끄덕 이고 있었다. 안심이다.

보리는 간밤의 사정을 차곡차곡 챙겨봤다. 몸을 가누기 힘들 정 도로 취해 있었다. 방으로 드는 자세가 흡사 포복을 연습하는 논산 훈련소 신병 같았다. 뿌리 없는 등걸처럼 픽식 침대 위에 쓰러졌다. 누워있는 이 사장은 물에 빠진 익사자가 거물에 걸려 나온 모습을 하고 있었다. 보리는 그런 이 사장의 모습이 약간은 측은하게 보였 다. 부인이 옆에 있었다면 그냥 자게 두지는 않았을 터이다. 막상 이 사장보다 보리의 가슴이 더 답답했다. 달려들었다. 단추를 따고 소 매부터 잡아당겼다. 육중한 몸을 보리의 힘으로 움직이기에는 역부 족이었다. 그래도 포기하지 않았다. 양말도 벗겨 주었다. 술 냄새가 폭폭 풍기는 몸을 마다하지 않고 보리가 달려들어 고사리 같은 손으로 옷을 벗기고 있다는 사실을 이 사장은 문득문득 느낄 수 있었다. 이 사장은 그때마다 옷이 벗겨지도록 몸을 움직여 주었다. 어찌어찌하여 윗옷을 벗기는 데 성공했다. 아랫도리 처리는 어렵지 않았다. 이 사장은 보리가 잡아끄는 대로 몸을 틀어 천징을 향한 채 반듯하게 누웠다. 이 사장의 허리띠는 잠금장치가 좀 특이했다. 처음 보는 것이었다. 미군들이 사용하는 특수 장식이었다. 어찌해 볼 도리가 없었다. 허리띠는 이 사장이 꾸물럭 꾸물럭 손수 따주었다. 그리고는 인사불성 황천길에 들었다. 저 친구 그냥 자다가 우물쭈물 입은 채로 쉬-를 하는 날에는 낭패를 본다. 보리는 그런 생각 때문에 결사적으로 허리띠를 열어 놓으려 했던 것이다. 이 사장의 팬티가 보였다. 그런데 색깔이 망측했다. 빨간색이었다. 옷을 헤치고 자세히 봤더니 여자의 것이었다. 아마도 부인의 팬티를 입고 있는 듯했다. 여기까지는 보리도 제정신이 약간 남아 있었다. 그 뒤는 생각하지 않기로 했다. 낯선 섬 이국의 하룻밤을 그렇게 보냈다. 나중에 친구는 말했다.

"에구 이 바보, 너는 손에 떡을 쥐워 줘도 못 먹어."

그러나 혹자는 이렇게 말할 것이다.

"떡을 먹었는지 안 먹었는지는 하나님만 아시지."

쏘주에 비해 맥주의 취기가 오래간다는 사실을 보리는 그날 저녁에 처음 알았다.

고대 이스라엘의 제2대 왕, 다윗(David)의 아들 솔로몬은 1천 명의 부인을 거닐었다. 그 중 후궁이 300명이었다. 솔로몬의 아내들은 솔로몬의 마음이 하느님으로부터 멀어지도록 빌었다. 남편이 지구 밖으로 사라지기를 원했다는 소리다. 구약성서 열왕기 상 11절에 나오는 내용이다.

보리는 생각해 본다.

'만약 그때 내가 솔로몬 옆에 있었더라면 어떻게 되었을까!'

속으로 씨-익 웃었다. 남편이 가고 밤 시간이 괴롭지 않았던 것은 여호와의 힘이 있었기 때문이었다. 보리는 크리스천임이 스스로 자랑스러웠다. 사람들은 조금만 친해져도 말이나 행동에 조심성이 없어지는 경우가 흔한데, 좋았던 인연이 악연으로 변하는 경우가 말의 잘못 때문임을 보리는 여러 번 경험했다.

# 7. 인연은 인연일 뿐

'한 여인이 20년 걸려 성인으로 만들어 놓은 아들을 다른 여자가 불과 20분 만에 뿅으로 만들어 버리는 경우가 있다.'

서대문 김 사장이 이 메일로 보내온 말이다. 김 사장하곤 그렇게 해서 3년 넘게 메일을 주고받았다. 김 사장은 일본에 자주 출장을 가며 늘 바빴다. 넷이 만나기로 시간을 맞춰봤지만 한 번도 만나지 못했다. 안 만나는 건 괜찮은데 문제는 그쪽으로 마음이 너무 쏠린다는 것이다. 고민고민 하다가 안 되겠다 싶어서 메일을 끊자고 먼저 제의했다. 한 키 높이의 장애물을 뛰어넘을 자신이 없었다. 김 사장은 유부남이다. 김 사장은 자기가 위로를 많이 받았고, 이제야 사람 사는 것 같다고, 회사 일로 바빠 신경을 못써 줘 미안하다며 계속하기를 원했다.

김 사장에게 보리는 분명 모르핀과 같은 여인이었다. 수십 년의 즐거움을 채로 걸러본들 보리로부터 받은 위안과 비교가 될까? 김 사장은 명문고에 명문대학을 나왔다며 현학의 자세에 곡학아세했던 자신이 너무나 경박했음을 통감했다. 김 사장은 처음 보리를 보는 순간 '물망초'의 꽃말이 생각났다. 애인을 준다며, 도나우 강에서만 산다는 '섬꽃'을 꺾어 오겠노라 강물에 들었다가 회오리치는 물살에 힘을 잃고, 그대로 사라져간 청년의 아름다운 순애보, 그가 마지막 남긴 말, "나를 잊지 마세요." 김 사장은 그 청년이 자기일 수도 있겠거니 생각했다. 첫눈의 구보리는 아름답고 지성미가 넘치는 여인이었다. 좀 새롱대는 부인하고는 하늘과 땅 차이의 분위기였다. 앙그러진 몸피에 유순한 얼굴, 반듯한 이목구비, 넘쳐나는 교양미, 몰강스러운 성격에 새줄랑이 부인과는 너무나 대조적이었다.

그런데 보리의 절교 선언은 모험이었고, 위험한 발상이었다. 3일 밤을 뜬눈으로 지새운 보리는 밥알을 삼킬 수가 없었다. 단 일회를 만나본 사람, 그 사람을 잊을 수가 없어 이렇듯 환장을 하다니, 보리는 미쳐도 제대로 미쳐 있었다. 순한 말을 전세 내어, 사람에게 정이 들고 그걸 끊으려고 하니 너무 고통스러웠다. 차라리 그쪽에서 끊자고 했으면 덜 힘들었을까? 견디는데 너무 힘들어서 이제는 절대로 사람을 사귀지 말아야겠다고 결심했다. 그냥 살다 가자. 그렇게 맘먹었다. 그러면서 어찌어찌 여기까지 잘 버티어냈다. 마음을 독하게 먹으니 또 그렇게 견딜 수가 있었다. 자신이 생각해도 대견스러웠다.

친히 아는 대학의 교수가 『생각의 속임수』란 책을 냈다며 보내왔다. 내용이 퍽 진지한 값진 책이었다.

"사랑의 환상이란 아무것도 아닌 감춘 '베일'의 힘에서 나오는 것"

이라고 했다. 맞다. 보리는 그 사람 딱 한 번 만나서 저녁 식사 한 끼 한 게 전부였다. 그리고 아는 것이라고는 전무했다. 고향이 어딘지, 어디서 자랐는지, 공산주의 사상을 갖고 있는지, 아는 것이라곤 아무것도 없었다. 그런 유부남에게 정을 홀라당 빼앗겼다. 이건 정상적인 관계일 수가 없었다.

아이러니 한 건 그러면서도 손도 안 잡을 테니 마음 가는 남친, 정말 괜찮은 남친 한사람 만나게 해달라고 기도했다는 거다. 이렇듯 사람은 양면성을 부인할 수 없는 것이다. 나도 남도 이해할 수 있는 부분이다. 이것이 인간의 본성이 아닐까 싶다. 보리는 살아가면서 어쩔 수 없는 현실에 무너질 때가 한두 번이 아니었다.

보리는 남편과의 사별 이후 짙게 맘 가는 이성을 갖지 못했다. 호감이 가는 인사가 있다고는 하나 그때마다 외로움을 견뎌내기 위한 수단에 불과했다. 남녀를 불문코 삶에서 만나 스치고 지나는 관계였다고나 할까? 그러다가 만난 선망의 오파상 김 사장이었다. 한때 가슴을 재가 되도록 불타게 한 그 김 사장 지금 만나자고 찾아온들 반갑지 않고, 또 만날 마음도 없는 인연이 되어버렸다. 인간관계 다 부질없는 짓이다. 지금까지 만나며 알고 지내는 모든 이에게 좋은 관계 유지하며 사는 날까지 살아가는 게 소망이었다. 원초적으로 삶이 팍팍한 사람에겐 마음의 여유가 없는 법이다.

노량진 쪽에서 오피스텔을 얻어 판매업을 하고 있는 길여를 보리의 남편은 희한하게도 좋아했었다. 그랬던 존재의 길여가 보리를 재혼시키려고 무던히 애를 쓰는 것이다. 한번은 일산기업 대표, 또 한번은 피피섬 의 여행사 이 사장…… 그 사이에 끼인 사연이 또 하나 있었다. 보리가 남산 국악당에서 일할 때인데 맺어주고 싶었던 사람이 있었다. 충청도 한 마을에서 오빠 동생하며 알고 지낸 사람이라며 소개를 받고 두어 번 만나 면식이 있는 큰 교회 장로와 밥을 먹자 해서 나갔더니 어떤 남자가 와있었다. 중풍에 걸린 부인을 오랜 동안 지극정성 간병 하다가 5년 전에 떠나보내고 독신으로 살고 있다고 했다. J대를 졸업하고 회계사가 직업이라고 했다. 보리는 처음부터 선을 그었다. 별로 호감 가지 않았기에 재혼할 맘 없다고. 더구나 같은 교단 내에서 연애를 하고 지내기는 어렵다. 금방 소문이 퍼진다. 알기로는 그 회계사 지금까지 독신으로 지내는 모양인데, 인연으로 키워나갈 수 없었다. 친구 보리를 재혼시키는 일 이제는 길여도 포기했다. 사람을 소개해도 잘 안 되고, 서로 나이도 들었다. 구보리에겐 떡을 손에 올려놓아도 못 먹는다는 걸 안다. 하나,

젊은 나이에 혼자 몸이 되어 쓸쓸히 지내는 친구를 생각하면 가슴
이 아팠다.

# 8. 함정의 마술

남편이 세상을 떠나던 그해의 가을, 그날처럼 하늘이 맑았다.

일산기업의 김 사장이 메일을 보내왔다. 의외였다. 솔직히 잊어버렸고, 기다리지도 않았다. 냄비가 물을 끓이다가 물이 마르면 제 몸을 태우듯, 김 사장에게 쏠려 달달 끓던 애간장이 타버리고 재만 남았다. 아내의 고질병을 비관하다가 같은 배를 타고 현해탄을 건널 적 서로 껴안고 스스로 수장을 택한 줄 알았던 서대문의 그 김 사장한테서 메일이 온 것이다. 꼭 3년만이다. 그 김 사장, 사실 그간 행적이 궁금한 것은 사실이었으나 사정을 알아볼 성의는 없었다. 거간 역할을 자임했던 친구 서대문의 길여도 김 사장에 대해선 함구했다.

종로3가 국일관이라고 했다. 풍정낭식하던 보리의 심장이 다시 뛰었다. 눈을 감고 생각해 본다. 요변스런 자신의 교양에 의구심이 일었다. 그대를 만날 때보다 그대를 생각하며 지내고 싶었다.

'내가 왜 이렇지? 아무래도 미쳤나봐!'

보리는 간사해지는 스스로의 태도를 저주했다.

'아니야 내가 간사해지는 게 아니라 저쪽에서 나를 간사하게 만들잖아! 영혼이라는 게 있다면 비슷하다 싶은 그런 사람이 있을 것이야. 한 번을 보면 다 알아버리는 그 삶의 속마음과 감추려 하는 아픔과 숨기려 하는 절망까지 다 보여지는 사람.'

그러다가도 보리는 자존심이 상했다.

'저가 뭔데?'

보리는 확! 웃음을 토해냈다. 억지로 웃었다. 3년 전의 그리움이 '물망초'의 꽃말로 전이되어 부메랑으로 돌아온 것인가. 매일을 끊자 해놓고, 신열을 앓으며 지새운 밤이 주마등처럼 머리를 스친다. 2년여 메일로만 서로 회포를 나누던 컴퓨터 연인이었다. 때로는 회춘 역할도 했다. 걷잡을 수 없이 마음이 기울어 무슨 사고가 날 것 같았다. 그래서 이쯤에서 메일을 끊자고 한 것이다.

김 사장은 일본에 자주 출장을 간다며 늘 바빴다고 했다. 넷이 만나기로 시간을 맞춰봤지만 여의치가 않았다. 안 만나는 건 괜찮은데 그쪽으로 자꾸 마음이 기울었다. 공포심이 일기도 했다. 큰 환란이 일 것만 같았다. 아직은 죽을 나이가 아니니 더 살고 싶었다. 고민고민하다가 먼저 메일도 끊자고 했다. 김 사장은 처음엔 자기가 위로를 많이 받았고, 이제야 사람 사는 것 같다고, 회사 일로 바빠 신경을 못 써줘 미안하다고 했다. 그런데 막상 끊고 나니까 너무 힘들었다. 사람에게 정이 들고 그걸 끊으려고 하니 고통스러웠다. 차라리 그쪽에서 끊자고 했으면 덜 힘들었을까? 생각해 보면 김 사장도 보리를 무척 좋아했다. 그 역시 보리에게 마음이 급속도로 빨려들고 있었다. 그렇다면 왜 순순히 절교하자는 제안을 받아들였을까? 처음에는 예스 노를 반반으로 잡았다. 이틀이 가고, 일주일이 가고, 한 달이 넘도록 답을 주지 않았다. 독뱀같이 찬 사람, 냉혈동물이 따로 없었다. 그렇게 생각했다. 오기가 생겼다. 이럴 수가 없다. 그간의 모든 행동이 가식이었던가. 보리의 최종결론은 위선자라는 낙인이었다. 어느덧 김 사장은 보리에게 연애학을 심층적으로 강의한 강사로 변해 있었다. 그렇게 3년을 넘겼다. 그런데 만나자는 메일을 보내온 것이다. 그것도 명령조로 장소를 정해놓고 나오라는 것이다. 보리를 '표본실의 청개구리'쯤으로 여기는 수작이었다. 그렇다. 무시하자. 무시해버리자. 모두가 지나간 일이다. 철없는 장난이다. 있을 수 있는 일이었고, 내가 다친 건 마음뿐, 귀중한 몸둥아리는 털끝 하나 다친 곳 없었다. 하느님이 보살펴 주신 거다. 보리의 생각은 이렇듯 다부졌다. 그렇다면 못 만나줄 이유가 없지 않는가. 결국 보리의 생각은 거꾸로가 되었다. 비굴할 필요가 없다는 결론에 이른 것이다. 구보리의 모순당착이다. 그의 단점이자 끼(DNA)였다. 기차가 움직이는 노선에 두 가닥의 철선이 깔리듯 보리의 가는 길엔 이성이라는 동행자가 필요했다. 이는 분명 먼저 간 노천수의 선물이었다.

해운왕 오나시스와 재클린의 얼굴이 떠올랐다. 별로 기분 좋은 인물은 아니라는 생각이 들었다. 남자는 돈을 축적하고 나면 취하고 싶은 순서가 섹스라고 했다. 재클린은 어느 쪽인가. 오나시스는 빈민가 월세방에서 살았다. 그리고 선박왕이 되어 돈을 주체할 수 없을 만큼 벌었다. 다음은 권력을 취하고 싶었다. 오나시스다운 처세였다. 재클린은 살아 있는 권력이었다. 적어도 권력의 체취가 묻어 있는 몸이었다. 오나시스는 그걸 취하고 싶었고 쟁취했다. 손해 본 쪽은 재클린이다. 금욕을 채우기 위해서 매춘을 했다. 동양의 정서로는 맞지 않는 처세술이다.

홀로가 된 보리에겐 식솔이 넷이나 딸려있다. 그것도 모두가 학생의 신분이다. 애비 잃은 이 4형제를 길러내어야 한다. 잘 나간다는 생산업체의 대표, 김 사장은 알부자로 소문이 나 있었다. 그것이 이성을 좇는 보리에게 점호點呼대의 우선순위가 될 수 있었을까? 아니면 단순 무선無線이었을까? 보리는 머리를 가로저었다.

사람의 관계에서 우연은 1%라고 했다. 나머지는 필연이란 소리다. 길여와의 만남이 우연이 아니듯, 그렇다면 김 사장과의 만남도 필연이라는 소리인가. 진리와는 거리가 너무 먼 정의였다.

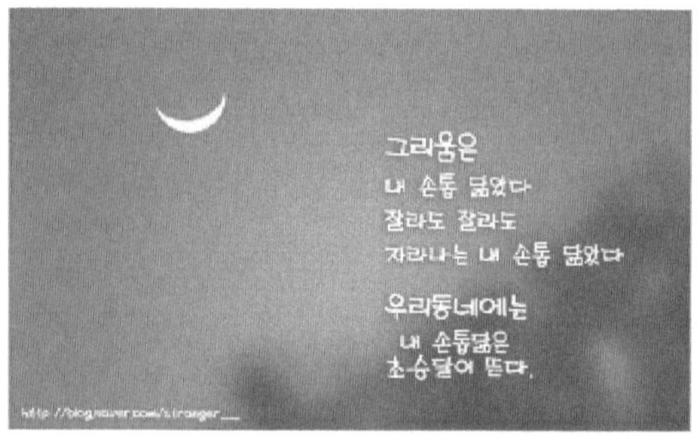

보리는 시간을 정확히 맞추어 국일관으로 갔다. 김 사장이 먼저 와 기다리고 있었다. 1층 로비였다. 그는 신수가 퍽 좋아 보였다. 보리는 약간 의아스러웠다. 차라리 죽고 싶다던 김 사장이었다. 환자를 둔 남편의 모습이 아니었다. 기분이 처음부터 꿀꿀했다.

보리는 손을 먼저 내어밀다 후퇴시켰다. 그러자 김 사장이 오른손으로 보리의 등을 싸안았다. 보리는 거부하지 않았다. 좋아서라기보다 여들없는 행동을 보이기가 싫었다. 보리는 김 시장이 이렇게 대담하게 나올 줄을 상상도 못했다. 사업가의 눈을 가진 김 사장은 눈치가 빠른 사람이다. 외국물을 많이 마시고 다니며 배운 터라 행동에 어색함이 보이지 않았다. 보리는 포옹보다 더 야한 스킨십을 요구더라도 따를 수밖에 없었다. 보리는 두 손으로 양쪽 유방을 감쌌다. 김 사장은 그 모습 그대로 보리를 안았다. 두둑해서 더 좋았다. 보리는 쐐기를 박는다고 한 짓인데 소용없는 집 단속이었다. 실수였다. 남이 보아도 어색한 장면의 표출이었다. 이 정도의 애정 표시는 실례되는 행동이 아니었다. 괜한 촌티만 보인 쪽팔리는 짓이었다.

"우리 이층으로 갈까요?"

김 사장은 대뜸 그렇게 제안했다. 보리는 머리를 가로저었다. 다방은 지하에 있었고, 이층은 통째 카바레였다.

"삼층이 좋지요."

보리는 선 듯 그렇게 제안했다. 언제가 서대문 친구 길여에게 끌려 입장해본 적이 있었다. 3층은 카페였다. 마주 앉아 커피를 마시는 정도는 괜찮다 싶었다. 좀 사납게 보이고, 체구가 월등히 큰 젊은 녀석 둘이 서로 맞보며 출입문을 지키고 서 있다가 문을 열었다. 붉은 천으로 된 또 한 겹의 문이 가로막고 있었다. 앗차! 실수다. 좀 이상했다. 식당가 냄새가 아니었다. 명품사진을 찍겠다고, 무슨 사진작가나 된 듯이 출사를 나다닌다며 오밤중에 집을 빠져나오고 하던 대구 시절, 카바레에 드나들 때 익혀 보았던 그런 분위기였다. 보리의 육신은 이미 금지구역을 넘어서고 말았다. 흡입되듯 홀 안으로 끌려들었다. 카바레였다. 3층이 춤추는 곳이라곤 전연 예측을 못했다. 비릿한 냄새가 코를 찔렀다. 되돌아 나가기엔 때가 늦었다. 불쾌했으나 내색하지 않았다. 원탁 테이블인데 빈자리가 있었다. 짐짓 익숙한 솜씨로 의자에 앉았다. 쟁반에 맥주 두 병과 안주를 담아 핸섬보이가 들고 왔다. 이것이 기본이었다. 보리는 세련된 솜씨로 먼저 한 컵을 들이마셨다. 김 사장은 두 컵을 마셨다. 김 사장은 기다렸다는 듯이 보리의 손을 두 손으로 덥석 잡았다. 전주가 있었던가, 손에 열이 올라있었다. 이 장면은 한동안 보리가 그려보던 구상화이기도 했다. 카메라의 렌즈에 담아 보고 싶었던 피사체의 모습이었다. 눈을 감으면 신기루처럼 떠오르곤 했던 장면이었다. 싫지 않았다. 김 사장은 보리의 성격을 꿰뚫어 읽고 있었다. 이성적이고 지적이고 미인형의 보리는 감정의 기복이 심했다. 보리의 몸가짐은 언제나 요조숙녀였다.

나중에 알고 봤더니 二층은 숏 나이트, 三층은 미드 나이트 손님이 주 단골이었다. 고급 손님은 三층을 선호한다는 뜻이다. 외국인도 심심치 않게 보였다. 피부색이 고운 소련 여성도 눈에 띄었다. 소련 여성은 상대적으로 사람 냄새를 덜 풍긴다고 했다. 피부층이 두텁기 때문이다. 그들은 추위를 막아내기 위해서 솜옷 대신 두터운 피부를 입고 산다고 했다. 그래서 살갗이 서로 닿아도 냄새가 배지 않는단다. 남편이 그러더라고 길여가 얘기했다. 노량진 친구 길여의 남편은 출장차 소련을 드나든 경험이 많았다.

"미안합니다. 구 여사!"

뭐가 미안하단 말인가?

"…………?"

"많이 보고 싶었습니다."

왜 3년간 벙어리였나?


"………!"

"이제 조금 여유가 생겼습니다."

부인이 정상을 되찾았다는 건가?

"……."

"그동안 우여곡절이 많았습니다."

아내의 상을 입었다는 하소연인가?

"…."

보리의 입은 좀처럼 열리지 않았다. 쌓였던 아쉬움을 벌충하고 싶었다. 보리는 시선을 맥주잔에 꽂았다. 보리는 맥주 한 컵만 마시기로 마음과 약속을 했다. 목마른 황소가 물을 들이키 듯, 김 사장

은 손수 맥주를 컵으로 옮
겨 담아 단숨에 비우곤 했
다, 여러 잔 마셔댔다.

"이 남친 돌았나 보네?"

보리는 속으로 중얼거렸
다. 겁이 났다. 저러다가 인
사불성이 되면 뒤처리가 난

감해진다. 피피섬의 크라운호텔 이 사장과의 장면이 연상되었다. 김
사장은 그때의 그 이 사장보다 덩치가 더 컸다. 김 사장은 숨이 찼
다. 두 번째 손가락을 갈고리 모양으로 만들어 목 밑에 쑤셔 넣고
우물럭 주물럭 넥타이를 풀어헤쳤다. 푸짐한 목덜미가 네온사인에
반사되었다. 울대 밑에 가로줄이 살짝 보일뿐 아직 젖가슴은 한참
아래인 듯한데, 까맣고 굵은 가슴 털이 풍성했다. 매혹적이었다. 저
속속들이는 얼마나 푸성질까? 순간 보리는 흥분제를 들이킨 듯 희
한한 생각에 빠졌다. '보리는 벌떡 일어났다. 뒤도 돌아보지 않고 밖
으로 횡하니 나가버렸다.' 춤방으로 리드했을 때 기분 나쁘다며 보
리가 저런 행동을 할 수도 있을 것이라 짐작했다. 김 사장은 그렇게
각오를 했었다. 한데 보리는 그 정반대로의 입장을 취하고 있었다.

'내가 왜 이 꼴이 되었지!'

보리는 자존심이 몹시 상했다. 보리는 김 사장의 꾀에 스스로가
걸려들었는지 모른다. 보리의 행동은 자신을 여지없이 놀라게 만들
었다. 보리는 허벅지를 꼬집어 봤다. 아팠다. 됐다. 내가 내 정신 지

키면 된다. 그러고 보니 남편을 떠나보낸 지 5주년이 가까워 지고 있었다. 52세로 주인 없는 여자가 되었으니 5년을 더하면 57세가 된다. 한물간 인생이다. 그런데 물이 질정질정 되살아났다. 보리는 갑자기 눈앞이 캄캄했다. 밖에는 비가 세차게 내리고 있었다. 자정이 가까웠다. 외국인인 듯싶은 미녀 춤꾼이 나긋나긋 미소를 지으며 두 사람 앞으로 다가왔다. 김 사장에게 춤 한번 추자며 인사가 깍듯했다. 저것 보세요. 곤드레가 된 줄 알았던 김 사장이 목줄을 조이며 끌려나갔다. 낚아채 간 무희는 일제였다. 둘은 일본말을 주고받았다. 물론 김 사장은 자기의 직업을 말하지 않았다. 무희의 춤은 현란했다. 보통솜씨가 아니었다. 두 사람은 보리의 시선이 닿지 않는 안쪽으로 밀려들어 갔다. 잘된 일이다. 으슥한 커튼 속으로 들어가서 한 시간만 서로 비비고 만지다가 나오기를 바랐다. 제발 그렇게 되기를 바랐다. 보리 앞에서 혼자 발동이 걸려 사람 못살게 굴지 모른다는 생각이 들어서다. 출사 다닐 때 어느 회원이 그런 말을 했다. 그렇게라도 빼고 나면 더 이상 한눈팔기 싫어진다고….

'무지개사진동우회' 시절이다. 보리는 이럴 대구시절이라 불렀다. 2차를 간다며 따라가곤 했던 카바레 솜씨를 약간 가지고 있었다. 당하고 보니 도움이 되는 터이다. 아픈 부인을 두고 저 짓을 하다니, 보리의 마음은 이내 저주로 바뀌었다. 보리는 그저 멍청히 앉아서 휘황찬란한 조명만 바라보았다. 원탁 위에 놓인 맥주잔을 잡고 하트모양을 하고 있는 뻑뻑한 꽃무늬를 입으로 호호 불어 깨뜨렸다.

이번에는 아주 젊은 핸섬보이가 다가왔다. 보이는 손을 내밀며 악수를 청했다. 보리는 앉아있던 그 자세에서 좀 푸짐하게 생긴 엉덩이만 살짝 들어 악수를 받아주었다. 한데 그 보이는 악수중인 손에 힘을 주어 보리를 기립하게 만들었다. 둘은 안쪽 어둑한 곳으로 들어갔다. 차라리 좋았다. 꽃뱀이었다. 보리는 꽃뱀의 리드에 응해주었다. 더 안쪽의 풍경은 후끈후끈 열이 올라있었다. 둘의 몸이 하나가 된 짝이 더 많았다. 보리는 기어이 배신감이 솟구쳤다. 3년 만에 만나자고 해서 기대를 하고 왔는데, 이런 곳으로 끌고 와서 욕을 보이다니! 어처구니가 없었다. 화류여인쯤으로 여기고 있는 듯했다. 핸섬보이는 과연 꽃뱀다운 춤 솜씨였다. 보리는 흔들리기 시작했다. 출사 다닐 때 이끌어주던 종이남친 하곤 차원이 달랐다. 흔들리다가 겁이 덜컹 났다. 돌발사고가 일어날 것 같았다. 보리는 실수 아닌 실수를 가장했다. 꽃뱀의 발등을 연거푸 3번 내리밟았다. 꽃뱀은 품고 있던 떡개구기를 풀어주듯 슬그머니 놓아주었다.

　김 사장이 돌아왔다. 그는 오자마자 보리에게 춤을 청했다. 보리는 허든거리며 스텝을 밟았다. 김 사장은 몇 번 뺑뺑이를 돌렸다. 보리의 춤 솜씨는 이내 바닥이 드러났다. 차라리 안고 도는 게 좋을 성싶었다. 보리는 옆 손님에게 피해를 줄까 부끄러웠다. 아예 김 사장에게 안겼다. 편했다. 보리의 상반신은 김 사장의 넓은 어깨 품에 안기어 호흡이 가빴다. 황홀한 것인가. 뭇 사내들이 이 기분에 술을 마신다는 생각이 들었다. 구보리는 자기 합리화에 강한 여인이었다. 그것이 이성 간의 접촉을 유발하는 힘이 되어 주는지 모른다.

　김 사장은 더 강하게 보리를 껴안았다. 아니지 힘을 가하는 쪽

은 보리였다. 숨이 칵칵 막혔다. 이성이 그리울 때면 보리는 예수
님의 섬김으로 대신했다. 그 힘을 잃고 말았다. 로마 교황청 뒤뜰
에 심어놓은 악명 높은 장미정원을 생각했다. 장미나무엔 가지가
많다. 수도자가 밤이면 이 장미가지를 꺾어 종아리를 때려 피를
흘렸다. 욕정을 물리치기 위해서다. 종교는 인간의 본성인 욕구
를 잘라버리는 모순을 안고 있다. 동물에게 종족보존의 수단으로
생리현상을 유발하는 유전자를 심어놓은 것도 신의 뜻이다. 그런
데 모세의 십계명에 '간음하지 말라'는 덕목이 있다. 도대체 이
'Ten Commandments'의 한계가 어디까지인지, 회의적일 때가
있었다. 정의가 감성을 앞설 수 없다는 진리를 오늘 하루만 받아
드리기로 보리는 작정했다.

생맥주 4병을 목물하듯 목구멍으로 넘겼다. 죽기 살기로 마셔댔
다. 피피섬의 크라운호텔에서 마신 량의 2배가 넘는다. 그날 저녁
이 사장이란 남정은 분명 성인군자였다. 보리는 이미 올라탄 배였
고, 그가 얼마든지 노를 젓을 수도 있었는데, 그는 보리를 그냥 살
려두었다. 그날의 분위기는 그랬다. 새벽 2시가 넘어 방에 들어가 그
는 옷도 못 벗고 쓸어졌고, 이쪽도 그랬다. 분명 더블침대가 화려했
다. 그 뒤의 일은 그저 삼삼했
을 뿐이다. 상황의 전부였다.

보리는 김 사장의 춤 스타일
에 육신을 맡긴 채 스텝을 밟
다가 몇 번을 그냥 바닥에 주

저물러 앉았다. 아랫도리가 풀려서 고무인형이 되어 있었다.

'내가 왜 이렇지? 이렇게 되었지? 이 친구 마느라 병원으로 내치고 숫제 나를 안방으로 모실 작정을 하고 있나보네! 어림없지!'

구보리는 남편 노천수를 임종하며 약속한 것이 있었다.

'재혼하지 않을걸요.'

보리의 하루하루는 늘 복잡 미묘했다. 그런 분위기 속에서 살아왔다. '슬픔을 학습하는 슬픔'이 더 슬펐다.

시골로 치면 먼 곳 첫닭이 울 시간이 되었다. 저마다 품고 있던 열기를 음양에 맞추어 불사르던 홀 안은 파시를 맞은 듯 썰렁했다. 두 사람은 춤 방을 벗어났다. 김 사장은 보리를 업고 가까이에 있는 호텔로 들었다. 호텔의 분위기는 안온했다. 비린 내움이 세탁된 듯 역겨움이 가시고 코끝으로 향수 내움이 배어왔다. 초입부터 호화판으로 깔린 양탄자가 피로를 덜어냈다. 역시 잘 나가는 사장이라 서비스가 달랐다. 취하긴 했는데 이쯤의 인식은 가능했다. 더블 침대가 방 가운데 놓여있었다. 방이 크고 화려했다. 방은 온통 황금색으로 치장을 하고 있었다. 침대는 가구가 아닌 예술이라고 했던가, 실감이 갔다. 보리는 문어처럼 물커덩한 육신을 침대 위에 풀어놓았다. 그리곤 이내 숙면이란 수렁에 빠져들었다. 얼마나 지났을까. 화장실에 가고 싶었다. 눈을 떴다. 그런데 입고 있던 옷이 죄다 벗겨져 있었다. 옷은 바닥에 개구쟁이 옷처럼 벗겨진 채 차례대로 포개어 있었다. 이상했다. 내 집도 아닌 그것도 호텔에서 잠을 잤다. 보리는 평소 잠버릇이 있어 조금 덥거나 불면의 징조가 보이면 훌러덩 벗어놓고 잠자는 버릇이 있었다. 그러나 여기는 집이 아닌 호텔이다. 하나뿐인 침대였고, 부득이 붙어 자긴 해야 하는데, 그렇다면 서로 반대쪽을 바라보며 등과 엉덩이를 붙이고 잠을 잤을 것이다. 그런데 왜 옷이 홀라당 벗기어 있을까? '나쁜 놈! 김경래 그자가 이 짓을 했을 것이다. 내가 정신을 잃고 있는 사이 발가벗겨놓고 장난감처럼 가지고 놀았구나, 남녀 잠자리체형에 12가지가 있다고 친구들이 그러던데, 이자가 밤새도록 날 맘대로 안고 놀았네-. 분명 그랬다. 아니다, 분명 서로 돌아누워 등을 붙인 자세로 잠이 들었다. 보리는 갑자기 소름이 끼치도록 무시무시하고 끔찍했다. 보리는 몸의 중요한 부분을 확인했다. 평소와 다를 바 없었다. 침상 위에 놓여있는 화장지를 여러 장 허비했다. 화장지에 아무것도 묻어나오지 않았다. 일단은 안심했다. 그런데 김 사장이 보이지 않았다. 머리맡 티 테이블에 하얀 메모 쪽지가 놓여있었다.

"자리를 비워 드리는 것이 도리라 생각됩니다. 세렝게티의 야수들도 잠든 짐승은 다치게 하지 않는 법입니다. 구 여사께서 김경래의 요청을 인식하지 못하는 상태였습니다. 아무런 저항능력 없이 혼절상태로 쓰러졌습니다. 신변을 지켜드리지 못해서 미안해요. 문은 안으로 잠겨 있습니다. 아침 일찍 일본에 가야 할 일이 생겼습니다. 돌아오는 대로 연락 올리겠습니다."

그렇게 씌어 있었다. 보리는 기어이 배신감이 느껴졌다. 눈물이 주르륵 쏟아졌다. 술에 취한 여인을 혼자 남겨두고 자리를 뜨다니, 이는 어떤 이유로도 설명이 되지 않는다. 변고가 생기지 않은 게 다행이다. 보리는 길게 한숨을 쉬었다. 한숨에 묻어 뜨거운 눈물이 다시 솟았다. 그냥 두었다. 많이 흘렸다. 바드득 이가 갈렸다.

대전의 육사 k가 그리웠다. 건전한 정신에 국가관이 투철하고, 양쪽 모두 사별로 싱글이 되었으니 합쳐진들 저주받을 일이 있을까. k의 경제력이 새삼 원망스러웠다. 두 쪽 식솔을 합치면 숫자 2가 모자라는 10자리가 된다. 모두가 소비자들이다. k의 알콜 문제는 그다음이었다. 그는 겨우 버스 한 댄가 회사에 지입시켜놓고, 본인도 그 회사에 출근하고 있었다. 남의 힘 빌리지 않고 살아간다는 소리다, 희망이 보이지 않았다. 어쩌면 보리의 생각이 현명했는지 모른다. 이성과 인장이라는 막연한 기대감에 젖어 새로운 인생을 설계할 수는 없는 노른이었다.

# 9. 헌 땅 메우기

그날 이후 보리는 시궁창 내움에 취한 채 나날을 보냈다. 노량진의 오피스텔의 친구 길여를 찾아갔다. 비즈니스 관계라 소개해 주던 임 사장이란 남자가 와 있었다. 둘의 사이는 퍽 가까운 동업자같이 보였다. 그도 놀라고 보리도 놀랐다.

"아유! 구 여사님 오래간만입니다. 반갑습니다. 김경래 사장이 같이 왔더라면, 그 친구 요즘 바빠서 저도 잘 못 만납니다."

임 사장은 묻지도 않는 김경래 사장 이야기를 끄집어내었다. 그리고 보리를 빤히 쳐다보았다. 무슨 소식이나 듣고 싶은 눈치였다.

"그 김 사장 며칠 전 저와 단 둘이서 미드나이트 했는데요."

이렇게 빗장을 지르려다 참았다.

"김 사장 부인 할 수 없이 정신병원에 장기 입원시켰답니다."

수다 떨 위인으로 생각지 않았는데 임 사장은 말이 많았다.

보리는 대꾸 없이 그저 듣기만 했다.

"잠깐만 기다려 주세요. 내 김에게 전화 넣어보겠습니다."

임 사장은 무엇이 미안했던지 반색을 하며 폰을 끄낸다.

"시간 있소? 여기 귀한 손님이 기다리고 계신데? 아- 나와 보면 알아요."

저쪽에서도 반갑다는 기색으로 전화를 받는 것 같았다.

1시간이나 지났을까. 택시가 오피스텔 현관 앞에 멎는 소리가 나더니, 안경 태를 치받아 올리며 김 사장이 들어섰다. 보리는 별로 내키지는 않았지만 일어서며 수줍은 표정으로 인사를 했다. 길여는 친구 보리의 얼굴 표정을 읽어나갔다.

서로서로 가벼운 악수를 나누고 자리에 앉았다. 묘하게도 3년 전에 앉았던 그대로 좌석 배치가 되었다. 이것도 인연인 모양이다.

"반갑습니다. 잘 오셨습니다. 그날 자리에서 일어서며 자주 식사나 하자고 약속을 해 놓고, 한 번도 만나지 못했죠?"

길여가 해시시 웃으며 먼저 말을 꺼냈다. 아무도 대꾸하지 않았다. 김 사장이 댓두러기 눈으로 길여를 쳐다봤다.

길여는 화제를 바꾸었다.

"사모님은 좀 어떠세요?"

김 사장은 그저 머뭇거리기만 했다.

'저 친구 임 사장에게서 무슨 소리를 들었는가?'

며칠 전 김 사장과 갈때까지 가버린 사연은 아무도 모른다. 어쨌거나 보리의 맘은 편치 않았다. 김 사장이 보리를 힐끗 쳐다봤다. 보리는 얼굴이 확 달아올랐다. 잘못하면 피피섬의 크라운호텔 사건까지 뒤집어쓸 판이다.

“요즘은 그만합니다.”

김 사장은 친구 쪽을 바라보며 대답했다. 어느 쪽 말을 믿어야 할지 보리는 어리벙벙했다.

김 사장은 풀 죽고 기운 빠진 환자처럼 힘없이 말했다. 그만하다니, 보리 보고는 1년 전에 입원을 시켰고, 중증이라고 했다. 임 사장이 김 사장의 말을 받아 무슨 말을 하려다가 참았다. 보리는 모두의 입에서 더이상 사모님 말이 안 나오기를 바랐다.

“구 여사님 오랜만이네요. 여기는 자주 오시나요?”

한 참 후에 김 사장이 말했다.

“……”

이번에는 임 사장이 말을 받아 보리를 보며 말했다.

“정말 오랜만입니다.”

“책임은 나에게 있습니다.”

길여가 말을 이었다. 보리는 유구무언 벙어리가 되어있었다.

네 사람은 3년 전 처음 들렀던 그 식당으로 갔다. 마침 4인방짜리 방 하나가 비어 있었다. 임 사장이 안쪽으로 들어갔다. 길여는 쭈빗쭈빗 하다가 임 사장 옆에 앉았다. 김 사장이 임 사장 앞자리에 앉고 보리가 길여와 맞보고 앉았다. ‘純 차이나’란 이름을 가진 고급 청요리집이었다. 돈이 아까운 사람은 가지 못한다는 소문으로 도배塗褙를 한 술집이다. 팁의 단위가 수백이었다.

최고급 요리를 시켰다. 명색이 사업을 한다는 오너들이 대접을 하는 자리였다. 재력가 일산기업 김경래 대표가 스폰사였다. 네 사람이 만나서 식사 한 끼 하자고 철석같이 약속을 해 놓고 3년 만에 얼굴을 맞대보는 정말로 귀한 자리였다. 불도장을 먼저 시켜놓고, 술안주로 희귀 요리인 중국제비집을 주문했다. 제비집은 여덟 접시에 담겨 나왔다. 술은 취향에 따라 먹기로 했다. 고량주, 조부답鳥不踏 그리고 빼놓을 수 없는 마오타이, 세 가지가 나왔다. 보리와 길녀의 눈에 익은 술은 고량주 정도였다. 고량주가 독주이지만 술 먹고 난 담날 숙취가 없어 좋았다. 더러 먹어본 술이다. 조부답은 귀한 술이다. 조부답은 중국의 황제나 최고위층이 먹는 술이다. 냄새만 맡고도 취한다. 길여와 보리는 마오타이와 조부답이 담긴 술잔을 앞에 놓고 안주부터 먼저 먹었다. 불도장은 한참 후에 나왔다. 불도장, 음식 이름이 재미있었다. 스님이 월담을 했을 수도 있을 만큼 맛이 있다는 의미이다. 그만큼 구미가 당기는 음식이었다. 닭고기, 돼지고기, 오리고기, 양고기, 말린 전복 등등 30 가지가 넘는 진귀한 재료들을 소홍주라고 하는 술항아리에 넣고 뚜껑을 닫은 다음 약한 불로 고와서 만드는 음식이다. 진귀한 재료들이 많이 들어가는 만큼 맛도 있지만 건강에 더없이 좋다는 음식이다. 물론 황실에서만 먹었다. 특히 몸이 허할 때 입맛이 없을 때 먹으면 제격이었다. 중국의 최고급 요리엔 삼무라 하여 3가지가 없다고 했다. 맵거나 짜가나 얼얼해서는 아니 된다. 물론 영양이 풍부해야 된다.

네 사람은 3가지 술을 돌아가면서 조금씩 맛을 봤다. 조금씩 맛을 본다고 하지만 술이란 그렇게 다루어지지 않는 속성을 가지고 있다. 불도장이 들어오기도 전에 모두가 나가떨어질 지경에 이르렀

다. 보리가 요조숙녀요, 사임당 속살이라고 하지만 다분히 끼를 안고 태어난 여인麗人이라 했다. 만에 하나 취중에 정신이 혼미하여 국일관 이야기가 나온다면 산통은 깨어진다. 술은 권하지 않고 각자가 알아서 홀짝 홀짝 마셨다. 불도장이 나왔다. 이미 불도장의 진가를 느낄 수 있는 정신상태가 아니었다. 임 사장이 먼저 골아떨어졌다. 혀가 굳어 발음이 제대로 나오지 않기로는 김 사장도 마찬가지였다. 정신이 말똥한 것은 길여뿐이었다. 길여는 취하지 않으려고 절주했다. 보리는 취하고 싶어서 과음했다. 불도장의 맛을 알고 먹은 사람은 길여 뿐이었다. 보리는 입맛을 실험하기 위하여 먹었다. 김 사장도 임 사장도 숟가락을 들었다. 앞에 앉아있는 두 여인을 봐서다. 꼿꼿한 자세이던 보리의 상반신이 자꾸만 김 사장 쪽으로 기울었다. 길녀는 그 모습이 약간 불쾌했다. 보리가 남친 앞에서 자세를 비꼬는 태도를 보인 적이 단 한 번도 없었다. 김 사장은 자기 쪽으로 기울어지는 보리의 상체를 어깨로 받아주며 자연스레 부목이 되어주었다. 시간이 지나자 보리는 아예 김 사상의 어깨 위에 자기의 머리를 올려놓았다. 길여의 눈에는 자꾸 보리의 그런 모습만 보였다. '저 친구들 갈 때까지 다 가버린 사이가 되었구면.' 결국 길여는 그렇게 결론을 내렸다. 김 사장은 왼쪽 팔을 보리의 등 뒤로 찔러 넣고 보리의 아래쪽 허리를 감싸 안았다. 그렇게 하고서야 보리의 상반신이 고정될 수 있었다. 말하자면 김 사장이 보리를 정면이 아닌 측면으로 끌어안았다는 소리다. 보리는 김 사장이 자기를 끌어안고 있다는 것을 의식하면서도 별로 이상하지 않았다. 국일관의 하룻밤 사이에 그렇게 길들어버렸다. 바로 앞에서 이 모습을 감상하고 있을 길여에게 마음이 씌어 지지도 않았다. 하기야 길여는 처음부터 두 사람의 사이가 저렇게 되기를 기다리고 있었다. 그게 인사를 시켜준 목적이었기 때문이다. 보리가 선천적으로 끼를 가지고 있다는 사실을 길여는 잘 알고 있었다. 끼란, 심성의 다른 표현일뿐, 직역하면 바람이라는 소리다. 태국 피피섬의 역사도 사실 남편이 부인과 동침하겠다고 원한 것이 아니라, 보리로 하여금 하룻밤 청춘을 불살라 보라고 길여가 꾸민 연극이란 것을 보리가 모를 턱이 없었다. 길여의 남편이란 사람은 누구보다 보리를 깨끗하게 살다가 가기를 원하고 있는 처지였다. 이야기 한 대로 자칫 평생을 둘이 한 지붕 밑에서 살 수 있었던 사이였기 때문이다. '여기까지 와서 남자끼리 방을 쓰니 재미없다. 남편이 불평하더라.' 이렇게 길여가 말을 던졌을 때 보리가 펄쩍 뛸 줄 알았다. 그렇게 했더라면 이여장과 신방 꾸리는 일은 해프닝으로 끝났을 터이다. 낭창스레 받아들이고 하룻밤을 껴안고 자고 난 뒤에 하는 꼴이란……. 길여는 그게 뇌꼴스러웠다.

　그토록 김 사장에 대한 욕정의 갈증을 느끼고 있었던 보리였건만 별 촉감이 일지는 않았다. 술은 요술쟁이다. 몸의 어느 부분이 어떻게 반응하는지 청진기가 없이도 100% 정확히 그곳을 잡아낸다. 국일관의 1야가 보리의 피부 촉감을 뭉개버렸다.

임 사장은 평소 주벽이 있는 사람이다. 그의 주벽은 상사를 짓씹는 버릇이었다. 사장이 되고 부턴 덜했다. 그걸 참느라 임 사장은 연신 화장실을 오갔다. 임 사장이 자리를 뜰 때마다 길여는 몸을 뒤로 밀쳐보지만 임 사장의 탄탄한 장딴지가 길여의 무릎 살을 짓눌렀다. 똑같은 장면이 보리 쪽에서도 나타났다. '純 차이나'의 오롯한 4인방, 방의 분위기는 점점 침묵 속으로 빠져들었다. 바쁜 쪽은 오히려 귀가해서 원고라도 메꾸어 봐야 할 보리였다. 퇴근이 워낙 불규칙한 임 사장 댁은 아예 남편의 귀가 시간에 개의치 않았다. 자정 전 시간대에 들어와 주면 더없이 고마워하는 아내였다. 김 사장 부인 서화자씨는 정신병원에 입원 가료 중이다. 결국 임 사장이 1번 타자로 인사불성 정신이 나가버렸다. 길여의 무릎을 베개 삼고 아예 옆으로 누워버렸다. 맹송맹송 맑은 정신으로 버티고 있는 길여는 괴로웠다. 그동안 긴 시간을 동업해 오면서도 이런 경우는 없었다.

우지마라 냇물이여 언제인가 한번은 떠나는 것이란다.
우지마라 바람이여 언제인가 한번은 버리는 것이란다.
계곡에 흐르는 돌처럼 마른 가지 흔들리는 나뭇잎처럼 삶이란 이렇듯 꿈꾸는 것
어자피 한번은 헤어지는 길인데 슬픔에 지쳤거든 나의 사람아

청솔 푸른 그늘 아래 누워서 소리 없이 흐르는 흰 구름을 보아라
격정에 지쳐 우는 냇물도 어차피 한 번은 떠나는 것이다.


남편이 보고 싶을 때면 생각나는 보리의 자장가였다. [언젠가 한 번은] 오세영의 글이다.

김 사장에겐 분명 이성을 녹이는 백신이 있었다. 가까이 있기만 해도 가슴이 뛰고 얼굴이 붉어졌다. 간밤에도 으스러지는 포옹을 당했었다. 사실 그 시간의 황홀감은 보리로 하여금 살아있음의 의미를 느끼게 했다.

'사랑이 머리에서 가슴까지 내려가는 데 70년이 걸렸다.'고 했다. 김 추기경의 말씀이다. 보리의 가슴에 진정 김 사장의 사랑이 뿌리를 내리고 있는 것인가. 노을에 물들고, 파도 소리에 황홀했던 그 시절이 보리에게도 있었다.

분위기 있는 다방이었다. 귀에 익은 클래식 화음이 조명과 잘 어울렸다. 서로 간 쫓기는 시간이었다. 서로가 만들어 준 그리움이 스로의 마음을 슬프게 했다. 여로女路를 다시 설계해보는 구보리에겐 아까운 시간인지 모른다. 지난 3년의 세월은 분명 구보리의 청춘을 앗아간 시간이었다. 구보리는 그 3년에 대한 공백을 지워버리고자 애썼다. 이쪽이 키워온 비밀처럼 저쪽도 키워온 사연이 있을 거라 여겼다. 그것으로 상계相計하고 싶었다. 분위기 있는 다방의 그 자리는 언제나 비어 있었다.

김 사장이 무거운 분위기를 누르며 화두를 열었다.

"일전엔 실례가 많았습니다. 너무 고마웠습니다."

"아닙니다. 4사람 모두가 과음을 했나 봅니다."

"구 여사는 저에겐 은인입니다. 살아있다는 사실이 기적이었습니다. 질식해서 죽는다는 생각 많이 들데요. 구 여사 아님 이승 사람 아닐 수도 있었습니다. 이 매일의 힘이 나를 건재하게 했습니다."

보리는 듣기에 거북살스러웠다. 꽃말에도 과장은 있어, 향이 1만 리까지 퍼진다고 '만리화'라 하였는데, 실제로는 향이 별로이듯……. 동쪽이 서쪽에서 먼 것처럼 김 사장과의 인연은 그렇게 멀리 있었다. 보리는 짐짓 그렇게 느끼고 싶었다. 친구 김길여와 임수산이라는 사장 두 사람의 모습과 행동은 퍽 자연스럽고 아름다웠다.

"가족의 자격과 의미를 생각하게 되는군요. 사랑이 머리에서 가슴까지 내려가는 데 70년이 걸렸다는 어느 성직자의 말씀을 기억하시나요?"

보리는 중얼거리듯 말했다.

김 사장은 창문 쪽을 바라보며 눈을 자주 깜박거렸다.

"저의 꿈은 기대치를 높여보자는 쪽이었습니다. 그대를 처음 만나던 날 느낌이 참 좋았습니다. 사랑의 눈엔 무엇이 씐다고 하지요. 잠시동안 함께 있었는데 오래 사귄 친구처럼 마음이 편했습니다."

보리는 한번 불러보고 싶었던 애칭, 김 사장을 '그대'라 불러주었다.

김 사장은 미소 짓는 보리를 바라보았다.

"현실적 비애를 조물주의 탓으로 돌려봤지요."

이번에는 보리가 창문 쪽을 응시하며 눈을 자주 깜박였다.

"꿈이 뭉개진 사람에겐 삭막하지만 실존이 전부일 수밖에요."

보리는 김 사장의 옆모습을 보며 말을 받았다. 김 사장은 꿀 먹은 벙어리가 되었다.

"원위치로 돌아가야겠어. 이곳은 나에게 어울리지 않아. 그렇게 생각했죠."

"유구무언입니다."

김 사장은 역시나 말이 궁했다.

"1회성 기회인가요?"

김 사장은 그렇게 물었다.

"하루는 종일이 아닙니다. 종일이라 하더라도 그것은 하루일 뿐입니다. 즐거움의 시간은 잠깐이었고, 고통의 시간은 길었습니다. 많이 기다렸죠. 그러나 나의 세월은 연기처럼 사라져 버렸습니다. 꽃이 지고 열매가 맺듯이 사람의 만남도 이연이 닿아서 이렇게 이야기를 나눌 수 있군요! 손등에 입 맞추는 것, 슬며시 손잡아주는 것이 사랑이라고 했습니다. 살다가 힘든 일이 생길지라도 누구를 탓하지 말라고 하였습니다. 안고 가야지요."

너무 늦었다. 서로 간 가슴에 담아두고 끓일 일이 아니었다. 단둘이 얼굴을 맞대고 앉아 진지한 얘기를 나누며 지내야 했다. 어느 쪽의 잘못도 아니었다.

보리가 다시 말을 이었다.

"세계 3대 바가지 긁는 여자가 누군지 아시지요? 소크라테스의 부인, 공자의 부인, 요한 웨슬레의 부인이랍니다. 솔로몬은 일찍이 '궁전에서라 해도 바가지 긁는 여자와 사느니 오막살이에서 혼자 사는 게 더 낫다.'고 했지요."

보리는 이렇듯 하룻밤 사이에 담대하고 옹골찬 냉혈 여로 변해 있었다.

"그런데 문을 안으로 잠가놓고, 왜 도망을 갔나요? 점령해 보니 쾌감이 좋던가요?"

화려한 더블침대와 팔보다 긴 베개가 놓여있었다는 감각뿐 인사불성, 김 사장이 비행기에 태워 일본의 지사로 옮겨 놓는다 해도 모를 지경이었다. 일어나 눈을 떴으나 인체를 확인해볼 염은 없었고, 그냥 가볍게 세척하고 옷매무새를 여몄다. 그리고 현장에서 벗어났다. 설령 인체에 험 집이 생겼다고 해서 그것이 그리 문제가 될 건가? 지금까지 남편 이외의 어떤 남정에게도 성애를 느낀 적이 없었고, 그것을 요구하지도 않았다. 정신이 빠져버린 육체는 단순히 살찜뿐이다.

'신은 모든 것을 본다. 그러나 우리는 신을 보지 못한다. 마찬가지로 정신은 눈에 보이지 않는다. 그러나 무든 것을 보고 있다. 정신이 육체를 지배한다. 그러나 육체는 결코 정신을 지배하지 못한다. 자신을 변화시키기 위해서는 정신적인 개선이 이루어져야 한다. 육체적인 변화만으로는 결코 자기 자신을 바꿀 수 없다.'

톨스토이가 한 말이다.

김 사장은 쭈물쭈물 뭔가 하고 싶은 말을 입안에서 씹고 있었다. 그리고 이렇게 말했다. 진지한 말투였다.

"비신사적이죠? 구 여사께선 자아의식이 불가능한 상태였습니다."

"그 말 믿어도 되나요? 증거를 제시하실 수 있나요?"

"맘먹기에 따라서는 제 맘대로 취급할 수 있는 상태였습니다."

"나체를 보니 별로이던가요?"

"너무나 풍만하더군요. 맘으로만 그렇게 느꼈습니다. 구 여사 몸에 제 손이 닿은 곳이라고는 유방뿐이었습니다. 그것도 의도적이 아니었습니다. 아무렇게나 누워있었습니다. 그냥 두면 아래로 떨어질 지경이었지요. 안고 옮기는 과정에서 윗옷과 브라자가 밀렸습니다. 벗겨질 때는 쉬웠는데, 제자리로 숨기는 과정이 더 복잡했습니다. 그래서 손을 대어본 것입니다."

"행복은 살 수 없지만 스페인은 갈 수 있다. 그것은 똑같은 소리다. 이런 속담이 있습니다. 그대가 점령하지 안했다면 이미 육체적으로 흡족한 욕정을 불태웠다는 소리지요. 그거나 이거나 같은 이치 아닌가요?"

지금 두 사람은 이치에 맞지 않는 이야기를 하고 있는 것이다. 간음은 접속으로 이루어지는 것이고, 스페인의 속살 보기는 오지 탐험으로 가능한 것이다. 잠을 자고 있던 보리는 심한 배뇨 증세를 느끼고 눈을 뜨고 변기에 앉았다. 그 과정에서 스스로 탈의를 한 옷가지는 1점도 없었다. 전라全裸의 상태로 잠을 잤다는 소리다. 어느 남자가 오매불망 그리던 여친을 호텔 방으로 안내하여 홀라당 벗겨 놓고, 캔버스에 그린 명화를 탐닉하듯 입맛만 다시다가 그냥 놓아 두었을까? 말은 되는 말이라야 말인 것이다.

"안전사고는 생각 못 했나요?"

김 사장은 호텔 보이에게 특별히 부탁하고, 두둑하게 사례했다. 명함도 받아 두었다.

"이렇다고 하던데요. 일주에 두 번 아내에 대한 의무로 섹스를 하면 남편은 물론 아내에게도 좋다. 1년에 104번 동침해야 한다."

김 사장은 대꾸하지 않았다.

보리는 남편이 병들기 전 그렇게 살고 싶었다. 김 사장에게 동정심이 일었다. 그는 부인을 위해서 금욕주의자가 된 듯했다. 김 사장은 무슨 뜻인지 몰라 다음 말을 기다렸다. 김 사장은 두 손으로 보리의 손등을 꼬옥 감싸 잡았다. 보리는 뿌리치지 않았다. 보리는 한쪽 손을 빼어서 윗옷의 단추를 누르며 옷매무새에 신경을 썼다. 김 사장의 애정 담긴 눈초리가 보리의 가슴팍을 향했다. 보리는 그것을 뜨겁게 느낄 수 있었다.

"메밀에 꽃이 피지 않아 밀알이 맺지 않는 것은 생리현상이 멈춘 석여와 같은 이치이지요. 저는 이미 반복리듬이 멎은 여자입니다."

"그것과 무슨 상관이 있나요? 그런 사고는 19세기에 이미 끝났습니다. 3백 살 올리브나무에 꽃이 피었다는 얘기 들어보지 않으셨나요? 이 나무는 2천 년 넘게 살기도 한답니다."

무슨 말을 하려다가 보리는 잠시 머뭇거렸다.

"꽃은 지면서 향기를 풍긴다고 하였습니다. 꽃은 져도 꽃맺이를 남기는 법이지요.

구 여사님은 남이 넘볼 수 없는 아름다움과 덕을 지니고 있습니다."

여자 셋이 모이면 접시를 뒤집어 놓는다고 했는데, 김 사장의 눈에, 보리는 시간이 지날수록 박눌한 모습으로 비쳤다. 보리는 확실히 사람을 끌리게 하는 센티멘털리스트였다. 김 사장은 나름대로 보리와 함께라면 어떠한 애로隘路인들 겁나지 않을 자신이 있었다.

"언제이고 사랑이 더 절실한 쪽에서 이별을 선언하는 법입니다. 선생님이 기혼자시라 잘못하면 보채는 걸로 보일까봐 제가 많이 참았지요."

김 사장은 어찌할 바를 몰랐다. 안절부절못하는 그 모습은 흡사 채무자와 채권자의 만남 같았다. 보리를 바라보는 김 사장의 눈이 너무나 처연했다.

"우리는 좋은 사람으로 만나 착한 사람으로 헤어져 그리운 사람으로 남아야 합니다."

보리는 서둘렀다. 보리는 의자를 앞으로 당겼다. 그리고 남은 커피를 모두 비웠다. 김 사장은 약간 혼돈스러웠다. 자기를 취하고 싶어 하는 것도 같았고, 배척하고 싶어 하는 것도 같았다. 보리는, 가장 발칙한 인문학이란 『에로틱 세계사』의 '왜 한국인은 섹스를 공부하지 않는가?'를 생각했다.

"여자의 욕정은 남자의 욕정에 비교하면 빵 한 조각에 비유될 만큼 적다. 여자의 성욕은 일흔 살에 이르면서 잦아든다. 이는 역설적으로 일흔 살 이전에는 침대에서 즐거움을 누릴 수 있다는 소리다."

베네딕토회 수녀원장이 한 말이다.

김 사장의 침묵은 계속되었다. 보리가 힘없이 입을 열었다.

"야튼, 제겐 김 사장님의 이성을 받아들일 누적기온이 모자랍니다. 슬픔을 학습하는 시간이 길었습니다. 그걸 김 사장님을 통하여 깨쳤습니다. 사랑과 성김은 일체라야 된다는 사실을 비로소 깨달았습니다. 개나리가 먼저 피어나는데 가온량加溫量이 있듯이, 벚꽃도 나름대로 가온량이 있답니다. 식물에는 봄꽃이 늦서리에 피해를 입지 않도록 늦게 피우게 하는 유전자 조절 단백질이 있데요. 저는 김 사장님의 사업에 내조가 될 만한 힘이 축적되어 있지 못합니다. 이 나이에도 봄이 오면 춘화가 좋아 야산에서 시간 보내는 날이 많

고, 여름이면 비키니 차림으로 파라솔 밑에 앉아 멀리 보이는 바닷
새의 군무에 취한답니다. 그러다가 낙엽 지고, 그 자리에 눈이 쌓이
면 카메라를 들쳐 메고 뛰쳐나가는 환상에 젖곤 하는 미숙아인 걸
요. 남편은 이런 미숙아가 좋다며 조선 팔도 내 뒤를 따라다녔습니
다. 정의를 완성하는 것은 사랑이고, 그것이 바로 인간애란 것을 느
끼게 되네요."

　김 사장은 보리의 두 손을 다시 한번 감싸 잡았다. 조금 전의 온
기가 그대로 남아 있었다. 보리도 그렇게 느꼈다. 보리는 백 속에서
깨끗한 손수건을 꺼내어 이마에 비친 땀을 조심스럽게 닦아냈다.

　"제 남편과 가까워질 때 담아두었던 시가 있지요."

　보리는 허리를 수직으로 펴느라 목을 당겼다. 그리고 눈을 감았
다. 스스로 감정을 조절하는 듯했다. 낭랑한 목소리로 차근차근 풀
어 읊었다.

나, 사랑을 다해 사랑하며 살다가

내가 눈감을 때 가슴에 담아가고 싶은 사람은

지금 내가 사랑하는 당신입니다.


시간이 흘러 당신 이름이 낡아지고

빛이 바랜다 하여도

사랑하는 내 맘은 언제나 늘 당신 옆에서

은은한 향내 풍기며 꽃처럼 피어날 것입니다.


이마에 주름이 지고

아무것도 가진 것 없는 몸 하나로 내게 온다하여도

나는 당신을 사랑할 것입니다.


사랑은 사람의 얼굴을 들어다보며


사랑하는 것이 아니라

그 사람의 마음을 그 사람의 영혼을

사랑하는 것입니다.


주름지고 나이를 먹는다 해서 사랑의 가치가

떨어지는 것은 아닙니다.

가슴에 묻어둔 당신 이름 석 자

세월의 흐름 속에서도 변치 않고


당신의 향기로 언제나

변함없이 당신하나만 바라보며 살겠습니다.


당신을 사랑했고

앞으로도 당신을 영원히 사랑할 것입니다.


"오늘 밤 자정을 기해 저를 취해 보세요. 화첩 블로그입니다. [볼수록 신기하고 아름다운 꽃] 분량은 200컷입니다. 제목이 그렇듯 꽃의 매무새가 각양각색이라 흥미가 있습니다. 그 중에 저의 솜씨도 끼어있습니다. 시나 소설은 설명으로 이해가 되지만, 꽃은 감상으로 가능하지요. 잠을 도난당했을 때는 취음제가 됩니다. 판다의 습성을 기억하고 있나요? 곰은 곰인데 판다는 육식을 못합니다. 대나무가 주식이지요. 유전자가 변형돼 고기 맛을 못 느낀다나 봐요. 저도 고기 맛을 잊었습니다. 오랜 가뭄을 겪다가 보니 육류 맛을 잊은 거지요. 육식이 가능한 판다가 대나무를 먹게 된 이유는 생존경쟁을 위해 다른 동물이 잘 안 먹는 먹이를 선택한 거랍니다. 판다의 행동이 느린 것은 에너지 소모량을 줄이기 위한 불가피한 사정. 그 사정이 저와 엇비슷하지요. 저가 남정네와 살닿기를 멀리하는 이유도 어쩌면 그렇습니다. 대나무 잎에는 영향분이 그리 많지 않지요.

그러나 99%를 생식한다는 판다에게도 육식을 취하고 싶은 의욕이 1% 정도는 남아있답니다. 저에게도 육식을 취하고 싶은 욕망이 그 정도 남아있나 봅니다. 인간이 죽기 전 한번 가보고 싶다는 안다만 해海의 태국 영領 푸껫 PP섬을 다녀온 적이 있지요. 물론 단둘만의 여행은 아닙니다. 저쪽 부부 짝과 그리고 나와 더불어 외간 남친이 같이 간 것이지요. 푸껫 라사다항Rassada Pier에서 P섬을 잇는 수 상역할에는 스피드보드, 페리·크루즈, 대형유람선이 있지요. 일행 은 피피크루즈를 타고 2시간여 항로 끝에 P섬에 닿았지요. 해변엔 벤자민이 고목으로 서 있고, 산 밑에 고운 모래사장이 손바닥 정도 로 보였고, 작고 예쁜 원숭이 10여 마리 놀고 있었던 게 특히 인상 에 남아 있어요. 에메랄드로 채색된 물속에서 잠수놀이(스노쿨링) 를 할 때는 분명 인간계가 아니었습니다. 그냥 그 물속에서 입 부리 가 아주 작은 이름 모를 고기들과 친구 되어 살고 싶은 충동을 느 꼈습니다. 하늘에서 내려다보면 P자가 거꾸로 되어있는 모양이라 붙은 이름 P섬. 과연 '머물다 죽어도 여한이 없겠다.'는 말 실감했습 니다. 푸른 바다가 한없이 펼쳐져 보이는 호젓한 해변에 숙소를 마 련했지요. 방갈로와 정원이 아름다웠던 숙소. 창을 통해 비쳐오는 햇살과 눈이 시리도록 물색이 푸른 바다. 온몸으로 전해오는 희열 을 느끼며 행복에 취했죠. 그 이름도 정겨운 크라운호텔, 결국 나는 동행자가 공식으로 짜 놓은 연극의 막장 주인공이 되어 위험천만 의 소용돌이에 빠져들었답니다. 어쩌면 1%의 육욕이 발동했을지도 모르지요. 침대의 2분의1 주인은 부인과 이별하고 10년간을 독수공방하는 체격이 건장한 남정. 다른 반쪽은 긴 시간 남성의 체취를 그리며 살아야 했던 젊은 미망인, 두 사람은 쪼개어 놓은 소나무 장작이 되어 뻐덕한 근육질을 보이며 더블침대에 누웠습니다. 철썩이는 파도 소리가 모래사장을 간지럽히며 묘한 하모니를 연출하고 있는 환상적인 이국의 정서, 저는 여러 생각에 휩싸였어요. 이 낯선 섬, 환상적인 바다와 분위기에 젖어 미친 척 이 남자와 정사를 나눠봐? 그날 밤 남정은 밤이 새도록 살려 달라! 무언의 아우성을 내지릅디다. 두 사람 사이의 급간은 손바닥 거리, 그 남정이 선을 넘어 오지는 않더라고요. 다 썩은 새끼줄 쳐 놓고 피가 마르도록 가고픈 북녘땅을 눈앞에 두고도 넘을 수 없는 38선을 보며 배운 극기심이 발동했나 봅디다. 지금 생각하니 약간은 후회스럽네요. 만약에, 만약에 그 대상이 일산기업의 김경래였다면 사정이 달랐을랑가? 나중에 친구는 말했어요. ―에구 이 바보, 너는 손에 떡을 쥐어줘도 못 먹어― 그러나 혹자는 말할는지도 몰라요. '떡을 쳤는지 안 쳤는지는 하나님만 아시지.' 사장님께 전하는 사전 경고는 아닙니다.”

　보리는 김경래 사장에게 하고 싶은 말 다했다. 거짓말도 약간 보탰다.

　벌써 어둠이 밝음을 덮쳤다. 생사의 교차점에 이르는 시간이다. 시간 선택에 여유가 없다. 보리는 서둘렀다. 땅거미가 내리기 전 현관문을 열어야 된다. 모든 것을 보리는 잊기로 했다.

　막내딸 수진이가 문을 따주었다.

# 10. '박쥐삼작노리개'와 '검은과부거미'

"엄마 초청장!"

애교둥이 막내가 초청장을 손에 들고 앞뒤로 돌려가며 흔들었다.

"트럼펫 교장선생님이 보내오셨네요."

보리는 수진이가 건너 주는 초청장을 받았다. '트럼펫 독주회'를 연다는 내용이었다. 보리는 눈을 감고 잠시 생각에 잠겼다. 보내오지 말아야 할 초청장이었다. 트럼펫 교장님은 그동안 보리에게 너무 치분덕거리던 사람이다. 그는 나이 오십 초반에 상처를 하더니, 반년을 못 참고 보리를 괴롭혔다. 그는 운 좋게도 그 나이에 교장직에 올랐고, 트럼펫 다루는 솜씨가 특출하여 주변에서 인기 독점이었다. 호남형 체구에 너그러운 성미여서 특히 중년 여인들이 그를 많이 좋아하고 따랐다. 봉투 속에는 내용물이 한 장 더 끼어있었다. 판박이로 인쇄한 청첩장에 분홍색 카드가 하나 더 추가되어 있었다. 내용이 기찼다.

구보리 여사님께.

불초 소생이 [금빛 트럼펫 독주회]를 갖습니다. 일평생 동안 익혀온
트럼펫 연주회올시다. 이 자리에 구 여사님께서 불참하신다면 그날
연주회는 열리지 않을 것입니다. 꼭 오실 것으로 믿습니다.

　구보리는 쪽지에 씌어진 내용을 보는 동안 얼굴색이 여러 번 변
했다. 세상에 이럴 수는 없다. 구 여사가 꼭 나올 거라 믿는 구석이
있어서 애교풍 떠느라 내용을 이렇게 작성할 수도 있겠지만, 이는
강권이다. 이는 모욕주기다. 만약에, 만약에 구보리가 불참한다면
충분히 연주회를 연장할 수도 있는 위인이었다. 보리는 차라리 웃
음이 나왔다. 어쩌면 저토록 자기 관리에 허술할까? 독재의 유형도
여러 형태이구나 싶었다. 그러나 뒷말이 무서웠다. 대한민국 국민은
누구나 남의 말 즐기는 DNA를 가지고 태어난다. 별의별 말이 토를
달고 구보리의 주변을 따라다닐 것이다.

불쑥 미겔 데 세르반테스의 소설 『돈키호테』가 머리에 떠올랐다. 길가에서 책을 들고 울고 웃는 사람을 보고 "저 자는 미친 게 아니라면 돈키호테를 읽고 있는 게 틀림없다."라고 말한 스페인 국왕 펠리페 3세의 말이 귓전에서 울었다. 외형이야 어떻든 '돈키호테'의 머리 속에는 범인凡人이 따를 수 없는 정의감으로 불타고 있었다. 섬 하나를 통째로 주겠다는 약속만 믿고 함께 길을 떠나는 돈키호테, 그의 모든 행동은 정의로웠다. 풍차를 거인으로 착각하고 공격하다가 말에서 낙상하고, 풀을 뜯어 먹는 양 떼를 군인으로 오해하여 공격하다가 양치기들한테 뭇매를 맞기도 하고, 포도주 가죽 부대를 거인이라며 공격해서 주막 주인에게도 얻어맞으면서도, 마법사가 마술을 걸어 적들이 변장을 했다고 하면서 자신의 뜻과 용기를 조금도 꺾지 않는 돈키호테. 트럼펫 교장님의 독선이 여기에 미치지 말라는 법은 없었다.

보리는 가급적 트럼펫 교장님의 장점만 생각하고 싶었다. 교장이라는 직함, 대형 교회의 장로라는 위치, 남성 다움, 적당한 해학과 말의 재치가 뛰어난 사나이, 많은 사람이 모인 자리라 하더라도 이내 손안에 넣을 수 있는 카리스마, 이쯤이면 누구에게도 꿀릴 것이 없는 남친이었다.

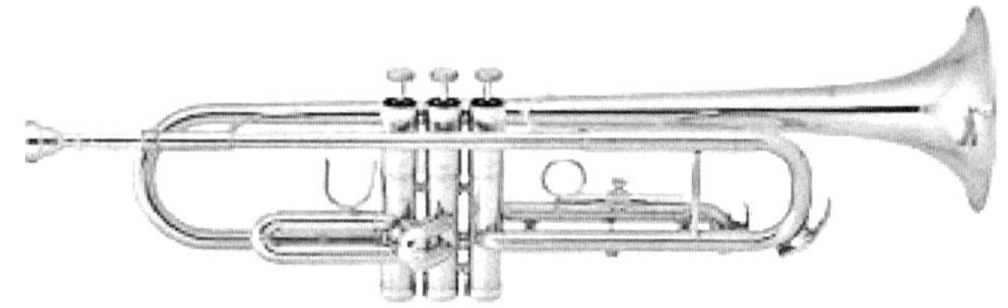

노란색 황등 트럼펫

　이런 위인의 트럼펫 교장님께서 사진작자가 되어 보겠다고 어느 날 [무지개사진동우회]에 입단했다. 보리는 가슴 설레는 신사가 입단했다고 좋아했다. 문학이던 사진이던 악기이던 예藝자가 붙는 업종은 스스로가 배우고 깨쳐야 성공을 할 수 있다. 물론 재능을 타고나야 한다. 여자이던 남자이던 체구가 크고 보면 우둔한 인상을 지울 수가 없다. 그런데 교장님의 트럼펫 솜씨는 아마추어 경지를 벗어난 프로급이었다. 정말 보리가 들어도 천부적인 기예를 타고난 것 같았다. 감미롭다고나 할까? 애절하다고나 할까? 대중음악을 연주할 땐 꼴까닥 넘어간다. 중년의 때 낀 정서를 말끔하게 세척 해준다는 '봉선화 연정'은 특히 인기 있는 곡이었다. 이 노래를 들으면 지나가던 산새도 날개짓을 멈춘다고 했다. 한번은 야외회식 중 유원지에서 머무른 적이 있었다. 트럼펫 교장님이 '봉선화 연정'을 연주했다. 삽시간에 사람들이 모여들었다. 그의 트럼펫 연주는 기교에 더하여 열정이 넘쳤다. 3곡을 내리 소화 시킬 정도로 폐활량이 좋았다.

　그는 출사가 있는 날이면 꼭꼭 자가용을 몰고 다닌다. 두 대의 카메라 세트, 트럼펫 그리고 본인의 큰 덩치, 참아 누구와 동승 하기가 송구스러웠던지라, 숫제 자기 차를 몰고 다니는 것이다. 문제는 언제나 그 옆자리인 조수석에 보리를 모시고 싶어 한다는 것이다. 보리는 곤욕스러웠다. 처음 몇 번은 호의라 여겨 응했다. 구차스럽기는 촬영 현장에 가서도 마찬가지였다. 사진 촬영에 대한 이론을 캐묻는 데는 딱 질색이었다. 찍고자 하는 사물의 상을 렌즈를 통해 감광유제에 옮겨 담는 일련의 작업이 촬영이다. 물론 이론이 필요하다. 더 중요한 것은 실기다. 찍고 찍고, 버리고 버리고, 대저 1천 컷 정도는 찍어야 피사체가 눈에 들어온다. 그간 보리는 노출에 대해서 상세히 설명을 해주었다. 촬영의 첫 단계가 적정 노출 구하기다. 적정 노출은 정확한 사진을 얻기 위한 가장 중요한 기초임을 여러 번 강조했다. 여기까지는 좋았다. 결국 문학서클 중 사귄 여염집 아낙과 해서는 안 될 일을 저지르고 말았다. 다른 건 몰라도 보리는 이 건에 대해선 이해를 해 줄 수가 없었다.

그 앞서 이런 일이 있었다.

'달이 차고 기운다.'는 자월면에 있는 이작도에 출사를 나갔다. 일행이 6명이었다. 여자 3명에 남자 3명의 조합으로 이루어졌다. 물론 계획된 집합은 아니었다. 대학교 사진학과 교수, S 기업 중역, 그리고 트럼펫 교장 합쳐 남정이 셋, 인사동에서 찻집을 경영하는 정 마담, 남편이 미국대사관 직원으로 있어 주로 홀로 지낸다는 제갈 여사, 그리고 구보리, 이런 짜임의 여친 3명, 비교적 화합형 집단이어서 어딜 가나 격에 뒤지지 않는 치레를 하고 다녔다.

촬영 코스는 A코스, B코스, C코스로 나누고, 포인트는 소이작도 풀등, 승봉도 부채바위, 승봉도 해안 산책로, 이렇게 자리를 잡기로 정했다. 주제는 일몰을 카메라에 담아오기였다. 촬영 장소는 쉽사리 합의가 되었는데, 난제는 팀 구성에 있었다. 섬이고 밤에 움직이는 시간대라 여자끼리 조를 짜게 할 수는 없었다.

구보리가 먼저 제안했다. 제비를 뽑아 조를 짜기로 했다. 트럼펫 교장을 손쉽게 피하는 방법일 수가 있었기 때문이었다.

"제비를 뽑아 조를 짜보지요?"

모두들 그게 좋다고 호응했다. 트럼펫 교장은 맘에 내키지 않았으나 반대할 명분이 없었다. 그야말로 닭 쫓던 개 지붕 치어다 보기였다. 그러나 보리와 짝이 된다는 확률은 $\frac{1}{3}$이다. 이는 낮은 희망이 아니었다. A조, B조, C조라 쓴 쪽지는 여자 쪽에서, 그리고 가조, 나조, 다조라 표시한 쪽지는 남자 쪽에서, 가위 바위 보를 통하여 한 장씩 가려 잡았다. 보리는 C조에 배정되었다. A조와 가조가 짝이 된다. 보리는 제발 트럼펫 교장님이 다조가 되지 않기를 바랐다. 트럼펫 교장님이 선수로 표를 뽑아 들었다. 그는 4겹으로 접혀 있는 종이쪽지를 조심스레 펼쳤다. 순간 가슴이 쿵! 하고 울렸다. 얼굴에 희색이 만연했다. 보리의 시선이 반사적으로 트럼펫 교장님께로 빨려들었다. 트럼펫 교장님은 보리를 건너다보며 빙그레 미소 지었다. 오월동주까지는 아니었으나 보리의 실망이 컸다. 보리가 바라던 짝은 S 기업의 중역이었다. 이왕이면 마음 가는 사람과 만나서 이런저런 얘기도 나눠가며 시간을 보내고 싶었던 것이다. 대기업 중역이면 중소기업 사상 역할을 하고 있다는 뜻이 된다. 남편의 회사경영에 대한 어려움과 본인의 내조에 대한 반성, 뭐 이런 뉘우침 같은 것도 저버릴 수 없는 처지의 구보리가 아니던가. 또 김 사장의 대일무역 분위기 같은 것도 남의 그림 목넘이 하듯, 훔쳐볼 기회라 여기는 구보리였다.

'하필이면, 여기까지 와서!'

운명은 비켜 가지 않았다. 아무튼 출사의 과정은 무리 없이 척척 진행되었다. 그러나 불행이 목전에 기다리고 있었다. 트럼펫 교장님과 조를 이룬 보리는 풀등을 포기하고 선착장에서 멀지 않은 '손가락바위'께로 촬영 장소를 바꾸었다. 보리가 제안하자 트럼펫 교장님은 좋다며 쾌히 동조했다. 산을 좋아하는 보리는 숲산이 아니면 바위산이라도 밟고 싶었다. 노을에 물든 심장을 파도 소리의 황홀경에 세탁하고 싶었다. 그렇게 출발한 출사 계획이었다. 그러나 출렁이는 바닷물과 불타는 일몰의 순간을 포착해 보려던 아마추어 6인조 사진작가의 기대는 허무하게 무너졌다. 대자연의 시새움인지 모른다.

옹진군 자월면에 딸린 섬, 승봉도

일몰시간 수분을 남겨두고, 돌풍이 몰아친 것이다. 간간이 빗줄기도 합세했다. 바닷바람이 얼마나 강했던지 손가락바위는 오르지도 못했다. 손가락처럼 생겼다고 해서 붙여진 이름이다. 멀리서부터 밀려오는 집채 같은 파도가 바위 난간을 때렸고, 바람은 밤까지 이어졌고, 결국 인천부두로 나가는 뱃길은 끊겼다. 적막강산이었다. 3명의 남자와 3명의 여자는 전연 예측이 불가했던 자연재해의 주인공이 되고 말았다. 꼭 소설 속에서나 있을 수 있는 스토리가 형성될 수 있는 배경이 설정되었다. 맘먹기에 따라서는 희한한 일이 벌어질 수 있는 공간이 마련되었다. 6명의 지식인들, 서로는 서로에 대하여 궁금증이 일기 시작했다. 기다리고 있을 집에 안부부터 전해야 했다. 애로사항은 예측이 불가였다.

추억엔 아름다운 추억과 그렇지 못한 추억이 있는 법이다. 폭풍우가 멎으면 이들은 다시 만나야 된다. 큰소리로 외치면 서로 간의 의사가 통할 것도 같은 소이작도, 이 작은 섬에서 6인의 카메라 멘들은 도리 없이 하룻밤을 유숙해야 한다. 모두들 지성을 갖춘 성인들이니 현명한 처신으로 하룻밤을 넘길 터이다.

그날 이후 '무지개사진동우회' 회원 입에서 이작도 출사 얘기는 나오지 않았다.

사안을 구체적으로 엮어보면 이랬다. 보리와 트럼펫 교장님은 대구 시절 사진 동우회에서 처음 만났다. 일 년에 몇 번씩 출사를 같이 나갔고, 동인전 전시회 땐 진지하게 작품 토론도 했다. 둘의 사이엔 취향이 같음을 서로 간 인식했다. 그러다가 보리는 서울로 오게 되고 둘의 관계는 자연적으로 소원해졌다. 트럼펫 교장님은 보리의 행방이 늘 궁금했다. 우연한 기회에 서울의 한 문학회에서 문학 활동을 한다는 소식을 역시 사진동우회의 한 회원으로부터 들었다.

보리와의 재회가 이루어진 내력이었다. 트럼펫 교장님은 외모와 달리 섬세한 면도 있었다. 남이 모르는 문학적 기질이 있음을 보리는 처음부터 감지하고 있었다. 트럼펫 교장님은 보리에게 여러모로 무난한 남친이 되었다. 문제는 그의 행동에 절제가 없다는 것이다. 교장선생님 다운데도, 대형 교회 목사님다운 데도 없었다.

'동각문학회출판기념회' 장소에 느닷없이 트럼펫 교장님이 축하객으로 나타났을 때 보리는 놀랐다. 한편 반갑기도 했다. 인연이란 이렇게도 이어지는 것이로구나 여겼다. 더 반가웠던 쪽은 트럼펫 교장님이었다. 축하객으로 참석했던 트럼펫 교장님은 동각문인회 문학수업을 신청해왔다.

해안선과 풀등이 아름다운 용진군 이작도

트럼펫 교장님이 동각문학회 회원이 되어 문학 공부를 하겠다고 마음의 결정을 내린 것은 순전히 보리 때문이었다. 트럼펫 교장님은 보리가 같은 장로회 교우라는 사실에 한껏 기대를 가지고 있었다. 장로와 평신도의 만남은 가장 이상적인 교우관계였다. 서로 간 친교에 많은 도움이 되었다.

출판기념회 다음 다음 날인가, 트럼펫 교장님이 보리에게 전화를 넣었다.

"트럼펫 교장 한입니다."

보리는 좀 당황스러웠다. 마침 교우들과 교회 일로 모여서 의논을 하고 있었다. 덤벙대는 모습은 하나도 변한 것이 없었다.

걸걸한 음성이 전화기 밖으로 새어 나왔다.

"아 네 교장 선생님 안녕하세요? 저가 전화 다시 올리겠습니다. 네 네."

보리는 이렇게 서둘러 전화를 끊었다. 그리고 옆 사람 모르게 숨을 다듬었다. 혼자 사는 여자의 입장이란 전화 받는 데도 어려움이 따랐다. 자칫 실수하는 날에는 낭패를 본다. 육사의 k는 물론, 일산 기업 김 사장 사이의 구구한 사정도 아는 교우가 있었다. 여기에 트럼펫 교장님까지 가세하면 교회에서 처신하기 어려워진다. 혼자 몸 간수 하기란 이렇듯 어딜 가나 어려움이 따랐다.

"네 구보리입니다."

보리는 조심스럽게 전화를 받았다.

"그제는 실례가 많았습니다. 잘들어 가셨는지 궁금해서 전화 넣었습니다. 많이 피곤하시지요?"

"아니요. 전연 그렇지 않은데요."

발신자가 여자라면 이렇게 부드
럽게 받을 수 있었다. 일상적인 전
화 한마디에도 신경을 써야 되니,
짝 잃은 외짝의 설움은 당사가 아
니면 모른다.

하룻밤 사이에 만리장성을 쌓
는다는 말이 있다. 그만큼 가까워
진다는 뜻인가 보다. 3일을 넘기
지 못하고 트럼펫 교장님으로부터
또 전화가 왔다. 선약이 없으면 내
일 점심 식사 대접 하겠다는 내용

이작도 손가락을 닮은 손가락바위

이다. 선약이 있어서 어렵다고 끊은 통화를 했었는데, 하루를 넘기
자 새벽 댓바람에 또 전화가 왔다. 보리가 먼저 전화를 넣었어야 했
다. 이것저것 하느라 기회를 놓쳤다.

"아직 여독이 풀리지 않으셨나보지요?"

"그렇지는 않습니다."

"그럼 됐습니다. 국일관 바로 앞에 커피숍이 있습니다. 12시도 좋
고 1시도 괜찮습니다."

이번에는 트럼펫 교장님이 일방적으로 전화를 끊었다. 의도적이
었다. 역시 전화기를 계속 잡고 있으면 사정상 다음으로 미루자는
제안이 나올지 모른다는 생각을 하고 있었던 모양이다. 그런 면에
서는 누구보다도 상황판단이 빠른 트럼펫 교장님이었다.

해적이 숨어 살았던 인천 이작도

인천 앞바다 섬에서 돌아온 트럼펫 교장님은 바쁜 와중에도 이작도 이야기를 작품으로 꾸렸다. 출사 이야기가 주 내용이었다. 일상의 절반은 이수의 등 뒤에 머물러 있다는 치정이 주제였다. 트럼펫 교장님은 보리로부터 작품의 총평을 듣고 싶었다. 보리는 정말 어이가 없었다. 이쪽 이야기는 들어보지도 않고, 일방적으로 좋아한다는 내용이다. 보리가 딱 싫어하는 대목이었다. 트럼펫 교장님은 그 술수를 의도적으로 쓰고 있는 터였다. 보리가 그걸 모를 까닭이 없었다. 그렇다고 전화를 되걸기란 쉽지가 않았다. 저쪽이 독신남이라서 보리는 전화 걸기가 더 어려웠다. 보리는 그런 경험 여러 번 겪었다. 분명 싱글인데 여자 목소리가 들릴 때가 있었다.

보리는 상황이 난처했다. 이러지도 저러지도 못했다. 일단 받은 전화였으니 나가지 않을 수 없었다.

트럼펫 교장님은 지난밤을 꼬막 지새우며 꾸린 글 한 편을 보리 앞에 내밀었다. 보리는 집에 가서 조용히 읽어보고 메일을 이용하여 소감을 전하겠다고 했다.

“글 쓰시느라 수고하셨어요. 한편의 글쓰기가 쉽지 않은데….”

보리는 일상적인 감정으로 그렇게 말했다. 그렇게 말은 했지만 또 전화 받을 생각을 하니 질렸다. 일단 읽어보기로 했다. 의외였다. 서두부터가 매력 있는 문장이었다. 보리는 이분에게 이런 글재주도 있구나 싶어 조금은 의아스러웠다. 집에 가서 차분히 읽어봐야겠다는 욕심이 생겼다. 고이 접어 백에 넣었다. 그러자 트럼펫 교장님은 서운하다는 내색을 보이며, 이 자리에서 읽어 주기를 원했다. '이 작도에서 하룻밤'이라는 주제의 글이다. 주 주제는 이수가 자기에게 정을 주지 않은 데 대한 불만이었고, 부주제는 다음에 찬스가 온다면 갚겠다는 다짐이었다. 글의 후반부에는 트럼펫 교장님의 성격이 고스란히 담겨 있는 듯했다. 그런 산문이었다. 후반부에 이를수록 글은 무거운 그림자를 드리우고 있었다. 목적의 달성을 위해서는 물불을 가리지 않겠다고 은근히 보리에게 위협을 가하고 있다는 생각을 지울 수가 없었다.

“이 작품 어디에 발표하실 건가요?”

보리는 또 패착을 두고 말았다. 일단 주머니에 넣고, 다음에 만나서 얘기를 나누자며 자리를 떴어야 했다. 그리고 교장님의 의중을 더 생각했어야 했다.

“구 여사님과 상의하려 했지요.”

“아는 분이 이 작품 읽고서 어떤 생각 가질까? 그런 생각 해 보셨나요?”

“그거야, 작품인데?”

"그럼 처음부터 소설을 쓰신 건가요?"

트럼펫 교장님은 망설이다가 이렇게 말했다.

"문학 작품과 픽션, 불가분의 관계 아닌가요?"

"가미되지 않을 수는 없겠지요. 이야기 그 자체가 허구라면 이는 수필일 수가 없습니다. 수필은 어디까지나 사실을 바탕으로 하는 문학이어야 한다는 강의 받으셨잖아요. 그리고 다음부턴 오픈된 곳으로 장소를 정하세요. 호텔 들락이는 거 누가 보면 안 좋은 소문 돕니다."

트럼펫 교장님은 유구무언이었다.

"자기는 원했지만 내가 냉정하게 굴었다는 표현이 있는데, 교장 선생님이 무엇을 저에게 원했고, 저가 무엇을 응하지 않았다는 건가요?"

"그거야!"

트럼펫 교장님은 우물쭈물 말을 못 이었다.

남녀가 편이 되어 팀을 만들 때 보리는 트럼펫 교장님과 같은 조가 되리라고는 생각지 않았다. 이날의 기분은 흡사 오월동주 격이었다. 가)조의 사진학과 교수와 인사동 찻집 정 마담, 나)조의 제갈 여사와 S기업 중역, 이렇게 한 조가 되었다고 했다.

보리를 제외 한 조는 비교적 순탄하게 맺어진 대진이었다.

지극히 정상적인 두 남녀가 파도소리 난잡한 외딴 섬 분위기 있는 호텔 방에서 돌부처가 되어 돌아앉아 면벽하며 뜬눈으로 지새우는 일 쉽지는 않았다. 트럼펫 교장님은 분명 보리를 껴안고 농도 짙은 스킨십을 원했고, 보리는 천연덕스럽게 이를 서양식 인사로 넘겨쳤다. 워낙 익숙한 솜씨로 받아친 보리의 행동에 섬뜩해진 트럼펫 교장님은 제물에 피식 기가 죽고 말았다.

"우리가 하룻밤 묵은 그 집은 호텔도 아니고, 펜션도 아니고, 여염집도 아니고, 다방도 아니고 그런 분위기 아니었던가요? 그리고 우린 뜬눈으로 밤을 지새우고, 그런데 무엇을 원했고, 무엇을 거절했다는 소리인가요? 모르긴 해도 다른 팀도 그러했을 것입니다. 사실 저는 그날 밤 그런 경험마저 없었더라면 교장 선생님과 사귄 것 후회했을 것입니다. 믿을 만한 분이다 싶었습니다. 상대의 맘을 이해하고 존중할 줄 아는 사람이 좋은 사람 아닌가요? 그날 바깥 날씨 기억하시나요? 먹잇감을 앞에 놓고 으르렁대는 맹수처럼 밤이 새도록 비바람이 몰아쳤습니다. 저는 날씨가 궂으면 견딜 수 없는 불쾌감에 빠집니다. 심리학적 통계에 나와 있는데, 동물도 좋아하는 날씨가 있더라고요. 개구리는 비가 내리는 날씨를 좋아하고, 박쥐는 바람 없는 맑은 날씨를, 북극곰은 눈이 펑펑 내리는 추운 겨울을, 족제비는 안개가 땅 위에 자욱이 내려앉는 날씨를 좋아 한데요. 매미는 바람이 맴맴 도는 날씨를 좋아한답니다. 쥐나 새는 몸이 안개에 젖으면 빨리 달릴 수 없으니, 생명에 위험을 느끼게 되지요. 그래서 그런 궂은 날을 싫어한답니다. 저가 쥐띠이거든요. 궂은 날은 죽기로 싫습니다. 전 트럼펫 교장님이 처음 우리 문학회에 들어오시어 글을 쓰시겠다고 했을 때 미끼지 않았습니다. 첫 작품 보고 실망했습니다. 그리고 몇 개월 뒤 스스로 탈퇴하시겠다고 했을 때

저도 포기했습니다. 담당 강사 선생님이 계신데, 저에게 퇴고를 부탁한 연유를 모르는 것 아닙니다. 몇 작품 봐 드리려 했고, 그럭저럭 시간이 지나면 회원 간에 신뢰가 쌓이겠지 그리 마음먹었던 것이지요.”

“저도 약간은 억울한 면이 없지 않습니다. 저가 외국을 많이 돌아다니는 편인데, 그쪽 인사법을 어느 정도 익혔습니다. 이작도에서 구 여사와 나눈 피부접촉에서 서양식 인사법, 어긋난 부분이 어디에 있었나요?”

이 말에 보리는 대꾸하지 않았다.

“나중에는 극구 싫어하시는 얼굴 표정 보고 실망했습니다.”

구 여사는 어리둥절했다. 역시 대꾸는 하지 않았다.

트럼펫 교장님은 그날에 나누었던 인사를 시범으로 다시 보여주

고 싶었다. 트럼펫 교장님은 자리에서 벌떡 일어났다. 얼굴색이 약간 상기되어 있었다. 구 여사도 일어났다. 트럼펫 교장님과 마주 보고 섰다. 트럼펫 교장님이 두 팔을 벌렸다. 구 여사는 어느 영화의 주인공처럼 스스럼없이 가까이로 다가갔다. 트럼펫 교장님은 양어깨에 힘을 빼고 구 여사를 살포시 껴안았다. 수초 간 안고 있다가 슬며시 풀어주었다. 보리는 연기하듯 트럼펫 교장님이 하는 대로 응했다.

"이 모습이 그날 저하고 취했던 이작도 폼의 전부입니다. 그런데 다음에 만나면 꼭 복수를 하겠다며 벼르고 있다니 기대도 되고, 두렵기도 합니다."

"……."

트럼펫 교장님은 어이가 없었다. 빤한 일을 가지고 왼 새끼를 꼬듯 저렇듯 뽀롱 뽀롱 구는 건가! 낭창맞아 보이기도 했다.

"이 정도였다면 저가 왜 화를 냈을까요? 더도 말고 덜도 말고, 그날과 같은 스킨십을 재연해보세요."

그렇게 주문하고 보리는 눈을 감았다. 그리고 트럼펫 교장님의 어깨 힘이 가해지기를 기다렸다. 그러나 트럼펫 교장님은 같은 폼의 스킨십 재연하기를 거부했다. 트럼펫 교장님은 그날의 잘못을 인정하고 사과를 하겠다는 태도를 취했다. 구보리가 그날 트럼펫 교장님의 스킨십에서 거부감을 느낀 것은 조여 오는 어깨로부터의 압력이 아니라, 하체가 느끼는 음습한 남성 때문이었다. 그날 보리가 조금이라도 틈을 내주었더라면 사건은 일어났을 터이다.

이쯤에서 보리는 하나의 주제를 더 주고 다음 주 이날까지 산문
한 편을 더 써오라고 했다.

# 11. 무거운 발자국

트럼펫 교장님의 '트럼펫 연주회'는 계획대로 열렸다.

트럼펫 교장님을 두고 그간 말이 많았다. 한푼어치 교양머리 없는 사람이라고 했다. 그의 지나친 행동은 지인으로부터 그와 마주치기를 꺼리어 피하거나 얼굴을 돌리게 했다. 저런 교육자 처음 본다고도 했다. 누구와 어디서 무엇을 하다가 들통이 났다고 들떼놓고 얼버무리는 그와 가까운 친구도 있었다. 심지어 그는 이성을 녹이는 킬러세포를 기르고 있다며 비아냥대는 사람도 있었다. 많은 사람이 그의 행각行脚을 두고 돈키호테라 낮추었다. 그러나 보리는 교장님의 얼굴에 피뜩피뜩 지성미가 묻어있음을 느끼곤 했다. 소설 속의 참 돈키호테 버금가는 위인이 그리 많다던가? 돈키호테야 말로 행동하는 위인이 아니던가.

'트럼펫 교장님 당신이야말로 참 돈키호테가 될 수 있습니다. 트럼펫 교장님의 허튼 걸음 하나하나는 진리탐구에 접근하는 사다리 밟기입니다. 당신의 마음속 깊은 곳에 담겨 있는 진정성을 이 보리

는 읽을 수 있었습니다.'

어쩌면 보리는 교장님의 데설궂은 행동이 싫지 않았는지도 모른다.

돈키호테야 말로 드문 호걸이었다. 미친 자 행세를 했지만 그가 품은 양심은 정의구현이었다. 그의 거동은 그대로 행동하는 양심이었다. 그리고 그는 분명 누구나 범접할 수 없는 예술혼을 지니고 있었다.

보리는 내키지 않는 발걸음이지만 트럼펫 연주회에 에멜무지로 참석하기로 일단 마음의 약속을 했다.

가자! 가야지! 가서 진정성 있는 축하를 해주자!

보리는 조금 늦었다. 사회자는 그때까지 식을 진행 시키지 않고 누군가를 기다리고 있었다. 보리가 나타나자 식은 곧바로 시작되었다. 보리는 이쪽 입구 쪽에서 트럼펫 교장님과 눈인사를 했다. 동각문인회가 보낸 예쁜 화분 하나가 중앙에 놓여있었다. 축하 온 사람들이 많았다. 리본에는 이렇게 썼다. '韓奎鎬 장로님의 트럼펫 공연을 진심으로 축하드립니다. 회장 구보리'. 이작도의 6인방은 물론 '무지개사진동우회'회원들은 빠짐없이 참석했다. 회장 T박사도 와 있었다. 식순은 1,2부로 짜여 있었다. 중간중간 성악찬조도 있었다. 마지막 곡은 'Danny boy'였다. 합창으로 열창했다. 이 노래는 우리에게 아주 친숙한 노래다. 모두가 알고 있듯, 북아일랜드의 항구도시 런던데리 지방에서 전해지는 민요로, 우리나라로 치면 아리랑 격이다. 그러나 이 노래의 깊은 내용은 우리가 알고 있는 것과 너무나 상이했다. 사랑하는 아들을 전쟁터에 보내는 병든 부모의 애끓는 마음이 담겨 있는 노래다. 전 세계적으로 250여 명의 가수가 취입을 할 정도로 애창 받는 노래다.

한 소절만 감상해 바도 애간장이 끓는다.



이런 비극이 담겨 있다.

인간은 슬프면서 슬픔을 달랜다고 했다. 죽음은 산 자의 남음 몫이라 했다. 맞는 말이다. 심리학자의 주장을 빌면 인간은 남의 슬픔을 보며 위안 받는다고 했다. 인간의 이중성이다.

암튼 우리는 이 노래를 넓고 푸른 초원에서 한가로이 풀을 뜯고 있는 양들과 긴 지팡이 하나를 들고서 양을 이끌고 있는 목동을 상상하면서 불렀다. 노래를 부르기 전 노래의 배경을 사회자가 멘트 했다. 그래서 모인 식구 모두는 손에 손잡고 합창하면서 구국을 기원했다. 애국을 다짐했다. 조국을 지키자고 했다. 만국어萬國語인 음악이 갖는 힘이다. 하나가 되었다. 과연 트럼펫 교장님의 예술혼이 빛났다. 트럼펫 교장님의 트럼펫 연주는 보리의 마음을 흡족케 했다. 보리의 마음속에 트럼프 교장님이 위대하게 보였다. 보리는 트럼펫 교장님에게 성심을 다하기로 맘먹었다. 사실 보리는 그간 트럼펫 교장님께 호의적이지 못했다. 미안했다. 트럼펫 교장님을 약간 능멸하였는지도 모른다. 트럼펫 교장님은 다른 많은 사람들과 달리

옹졸하지 않고 푼더분한 데가 있어 굳 남성이었다.

둘째 날이 저무는 오후 그 호텔에서 둘이 만났다.

"연주회 수고 많으셨어요. 다들 흐뭇했습니다."

이별할 때는 아쉬운 듯 손을 잡고 한참을 놓지 못하는 경우도 있었습니다.

트럼펫 교장님은 기분이 좋았다. 그러잖아도 그는 보리를 만나 총평을 듣고 싶었다.

"피날레가 멋있었습니다. 가슴 뭉클했습니다. 서로 잡은 손을 못 놓아 아쉬워하며 눈물짓는 이들이 않았지요!"

"교장님의 진지하신 그 표정에 모두들 감명이 깊었을 것입니다. 특히 '대니 보이'를 연주할 때는 천상에 오르는 꿈을 꾸는 듯했습니다. 황홀했습니다."

"저가 트럼펫에 입문하여 어느 정도 익숙해졌을 때는 끼니를 잊을 정도였습니다. 그때 집사람이 내 곁을 떠났지요. 오랜 지병은 당뇨였고, 긴 세월을 식사하듯 약만 먹다가 갔습니다. 벌써 5년이 지났습니다."

불행한 여인입니다. 살면서 건강이 최우선이라는 것 그때 느꼈습니다. 그래서 저는 가급적 즐겁게 살자, 이런 생각을 가지게 된 것입니다. 구 여사님 건강 타고나신 것 복이라 여기세요.

"사랑은 가슴에서 피어나고, 휴식이 되어 준다고 했습니다. 적적한 그 맘 당해본 사람만이 실감하지요!"

적적함을 뼈저리게 경험한 보리는 위안하듯 그렇게 말했다.

데니 보이 폴모리아(영상)

"세상에서 가장 무서운 힘이 무엇인지 아시나요? 경청이랍니다. 상대방의 긴 말을 싫어 않고 조용히 들어주는 사람 보셨나요? 저에게 구 여사님은 그런 분이시지요."

보리는 해맑은 눈으로 교장님을 빤히 쳐다보고 있었다. 이날 따라 교장님의 코가 더 크게 보였다. 입도 좀 큰 편이었다. 작은 여자 입 하나 반은 될 성싶었다. 눈도 보통이 넘었다. 한 여인쯤은 쓸어 담을 법했다. 중절모자 밖으로 흰 머리카락이 삐져나와 있었다. 그게 좀 보기 뭐했다.

트럼펫 교장님의 두 눈에 눈물이 그득 고였다. 보리는 가슴이 찐했다. 교장님은 먼저 보낸 아내가 그리워 가슴이 저렸다. 사실 보리는 저녁 식사를 대접해주려고 짐짓 이 시간대를 잡았다. 여자의 웃는 모습이 남정의 감성을 녹이듯, 남정의 눈물은 여심을 흔들어 놓는다. 보리는 앉아 있는 그 자세에서 상반신을 앞으로 엎어뜨리며 트럼펫 교장님을 살포시 서양식으로 포옹을 해주었다. 홀로 몸인 채 5년을 금욕한다는 것이 어디 쉬운 일인가. 홀애비 사정은 과부가 안다고 했다. 측은지심이 울어났던 것이다. 보리는 그렇게 인사를 해놓고 속으로 놀랐다. 순간 보리의 피부 깊숙이 트럼펫 연주자의 비릿한 수컷 내움이 들이찼다. 평소 같았으면 구역질을 했을 정도다. 그렇지 않았다. 남편에게서 느꼈던 그런 체취와 흡사했다. '이렇게 하지 말아야 되는데!' 보리는 금시 후회가 되었다. 남정네는 단순하다. 호의를 호의로 받아주지 못하고, 그것을 바로 애정행각으로 착각을 한다.

트럼펫 교장님은 말이 없었다.

"참 좋은 사람 정말이지 없더라고요. 바른 사람도 드물고요. 나이 들면 만나서 편해지는 사람이 필요하데요. 부부는 항상 서로 마주보는 거울과 같다고 했는데, 거울이 없기로는 서로가 마찬가지군요."

보리는 비 맞는 중이 되어 혼자 중얼거렸다.

"………."

보리는 분위기를 바꾸었다.

"저가 준 주제수필 구상해 보셨나요?"

트럼펫 교장님도 이내 순수로 돌아갔다.

"그게 너무 어려워서…"

중동 붐이 일고, 그것으로 하여 대한민국의 인력이 온통 열사의 나라로 쏠린 때가 있었다. 40대의 한 노총각이 돈을 모아 잘살아보겠다고 야부진 각오를 하고 먼 길을 떠났다. 노총각에겐 가까이 지내는 두 처녀가 있었다. 첫 선물을 샀다. 반지와 은장도이다. 두 여인 중 결혼을 하겠다고 마음을 굳힌 처녀가 있었다. 또 한 처녀는 좋아는 지냈으나 그저 그랬다. 그런데 이 선물이 길을 잘못 들었다. 주소를 오기한 것이다. 청혼을 하겠다고 굳힌 처녀에게 보낼 선물이 엉뚱한 곳으로 갔다.

보리가 트럼펫 교장님께 숙제 물로 내준 주제수필의 얼개였다. 트럼펫 교장은 기한을 일주일쯤 달라고 했다.

과연 일주일 후에 숙제를 해왔다. 긴 꼬리는 반드시 밟히는 법이다. 현관 로비에서 무지개사진동우회 T회장과 마주쳤다. 잘못하면 좋은 일 하고 구설수에 오를 판이다. 마침 트럼펫 교장님은 화장실을 가느라 같이 있지 않았다. 보리는 당황스러웠다. 보아하니 동우회 T회장께서 이 호텔을 자주 이용하는 것 같았다. 보리는 회장님을 모시고 로비에 딸린 커피숍으로 들어갔다. 그리고 트럼펫 교장님께 문자를 보냈다. 지인을 만나 이야기 중이라며, 그 9호실로 먼저 들라 했다. 당황스럽기는 T회장도 마찬가지였다. 산전수전 겪어온 T회장은 눈치 빠르게 바쁘다는 핑계를 대고 자리를 먼저 피했다. 보리는 아직 온기가 남아있는 커피잔을 치우면서 마음이 무거웠다. 이 시간대에 여자 혼자 몸으로 호텔 로비에 나타난다는 것이 흔한 일이 아니다.

"어인 일로 여기에?"

T회장이 이렇듯 놀라워 할 때,

"예, 일본과 오퍼상 하는 친구가 있어요. 저도 약간의 수입이 발생하는 동업관계입니다."

보리는 이렇게 둘러댔다. 거짓말을 해도 천연덕스럽게 했다. 한데 그런 거짓말이 죄송스럽지가 않았다. 동전銅錢에 양면이 있듯, 인간의 심성에는 분명 선과 악이 공존한다는 평범한 논리를 빌어 와 자위를 해본다. 그러나 마음이 풍성하게 놓이지는 못했다.

"저 노인, 트럼펫 교장님과 같이 있다는 것 알고 있나?"

보리는 세삼 자격지심이 발동하기 시작하는 것이다. 현관 로비까지 나가서 작별 인사를 나누었으니, 적어도 회장님이 호텔을 완전히 벗어난 것은 사실일 터이다. 그러나 보리는 마음이 놓이지 않았다. 로비 쪽으로 나가서 한 번 더 확인을 했다. 눈에 보이지 않았다. 마침 로비의 반대쪽으로 빈자리가 보였다. 보리는 빨리듯 그 자리를 빌어 앉았다. 휘황찬란한 조명이 눈부셨다.

보리는 눈을 감고, 트럼펫 교장님과의 관계를 설정해 본다. 어디

까지나 사진찍기를 좋아하는 동호인이다. 우정일 뿐이다. 이성애는 전연 가미될 수 없는 사이다. 보리는 혼란스러웠다. 복수를 하겠다는 적장敵將과 만나야 한다. 어쩌면 피를 보게 될지도 모른다. 그 피는 세척되지 않는 피가 될 것이다. 이런저런 복잡한 사건들이 뭉쳐 보리를 혼란스럽게 했다. 피곤이 보리를 엄습했다. 몸이 사르르 수침이 되는 듯, 아래로 아래로 녹아내렸다. 잠이 왔다. 보리는 자지 않으려 두 눈을 크게 떴다가 감았다가를 반복했다. 그러나 잠을 이길 수는 없었다. 다음에 만나면 꼭 복수를 하겠다던 그 소망은 무엇일까. 이것이 오늘의 주제였다.

시간이 많이 흘렀다. 무작정 보리를 기다리던 트럼펫 교장님은 침대에 누워있었다. 보리는 노크 없이 문을 따고 들어갔다. 잠이 들어 있을 거라 예상했다. 역시 예상은 맞았다. 트럼펫 교장님은 곤히 잠들어 있었다. 보리는 수면에 방해자가 되고 싶지 않았다. 조심스럽게 다른 침대로 가서 누웠다. 피곤이 전이된 듯 보리 역시 몸 가누기가 힘들었다. 몸이 천근으로 무거웠다. 별로 한 일이 없는데도 그랬다. 트럼펫 교장님은 활동하는 모양새에 비해 잠자는 모습이 퍽 안온하게 보였다. 흔들어 깨울까 하다가 그냥 두고 옆 침대로 갔다.

반대로 트럼펫 교장님이 눈을 떴을 때 보리는 곤히 잠들어 있었다. 천사 같은 모습이었다. 잠들어 있는 모습이 움직일 때의 모습보다 훨씬 미색을 띠고 있었다. 트럼펫 교장님은 보리를 흔들어 깨울 용기가 없었다. 설마하니 해가 지도록 자지는 않을 터이다.

얼마나 지났을까. 보리는 무엇에 짓눌리는 중압감을 못 이겨 잠을 깼다. 트럼펫 교장님이 코앞에 서 있었다. 보리는 기분이 약간 이상했다. 이제 본격적으로 복수전이 벌어질 터이다.

"T 회장님 여기에서 만났습니다."

보리는 얼떨결에 묻지도 않는 말을 내뱉었다.

"저도 만났습니다."

트럼펫 교장님이 얼른 답을 받았다.

"회장님 여기 자주 오시나보지요?"

보리는 약간 겁먹어 있었다.

"회장님 이 호텔 회장과 친구사이입니다."

"그래요? 그래서 이 호텔을 아지트 삼았군요?"

"서로 믿을 수 있고, 좋은 일 아닌가요?"

보리는 아차 싶었다. 세상 물정 다 아는 대구의 T회장, 그의 눈을 속일 수는 없었다. 보리에게 신경 쓰이는 일이 새로 생겼다.

"지난번 제게 보여주신 『이작도에서 하룻밤』 그 글의 내용 속에 다음에 찬스가 온다면 꼭 갚겠다. 그게 무슨 뜻이었는지 오늘 기회를 드리겠습니다. 호기라 생각하시고 실천해보세요. 설마 사람을 다치게 하지는 않을 테지요?"

보리는 이렇게 말을 했으나 내심 긴장이 되었다. 저 우람한 체구에 급한 성질, 혹시라도 인체에 흠집이라도 내지 않을까 조바심이 일었다. 보리가 그간 트럼펫 교장님께 특별히 맘 쓰일 일은 하지 않았다. 있었다면 그것은 오해로 빚어진 사안이었을 것이다. 서로가 머리를 맞대고 푼다면 불가한 일이 있겠는가? 보리는 자신이 있었다. 트럼펫 교장님의 요구대로 모든 것은 들어주면 된다. 교직자이고, 대형 교회 목사님이 불합리한 요구를 해오겠는가? 모든 것은 합의해서 풀어 가면 될 터이다. 오늘은 꼭 후한을 위해서 집고 넘어가야 했다. 하루 이틀 보고 말 사이도 아니다. 서로 늙어가면서 말동무라도 했으면 좋겠다는 생각을 해보는 보리였다.

이렇듯 보리는 여유 만만했다. 긴장하는 쪽은 트럼펫 교장님이었다. 그러고 보면 보리의 인품을 평하되 내강외유형의 선비풍이라 함이 맞는 듯했다. 트럼펫 교장님도 생각이 있었다. 서로 간 나이 들어가는 처지에 헛물만 켤 일이 아니었다. 이성 간의 접속에서 여자가 선제적으로 모션을 취하는 경우는 없는 법이다. 속으로는 호박씨 까고 있을지도 모른다. 그러기에 마냥 신사적인 행동이 쫄짱부 같이 보일 때도 있을 것이다. 적당한 분위기에 적당한 완력, 이것이 수놈의 모습이다. 그간 보리의 행동을 보건데, 소극적이거나 신사도로는 해결이 불가한 면이 분명 있었다. 냉혈동물 바로 그런 타입이었다. 어떻게 하든 오늘은 결판을 내어야 한다. 본인도 그걸 은근히 기다리고 있는지 모른다는 생각에 트럼펫 교장님은 흥분이 슬슬 일었다. 그래서 최종적으로 생각한 것이 순서를 바꿔보는 것이라 여겼다. 먼저 합방을 치르는 일이다. 여인이란 한 번의 합방으로 모든 것을 허물어 준다. 그것은 마치 창과 팡패 싸움의 성문城門 사수하기와 같은 이치였다. 성문이란 한번 허물리면 그것으로 끝장이다.

트럼펫 교장님의 계획은 어쩌면 오늘 아주 쉽게 성사가 될 것 같았다. 어떠한 요구도 들어주겠다고 허락한 보리였기 때문이다. 그리고 보리가 그것을 스스로 요구하고 나섰기 때문이다. 이렇게 좋은 기회가 또 올 수는 없겠구나 싶었다.

다시 서사하면 이렇다. 트럼펫 교장님의 복수 운운은 애정행각을 두고 하는 소리였고, 보리의 머릿속은 진지하게 애정 고백이라도 해 온다면 어쩌나 그런 생각으로 복잡했다. 정식으로 청혼을 해 온다면 일거에 끊어버려야 한다. 싹을 틔울 틈을 보이지 말아야 한다. 보리는 숙기 있게 나갔다. 그리고 홀가분하게 그저 문우文友로 지내고 싶었다.

트럼펫 교장님은 계산이 좀 복잡해졌다. 섣불리 대할 일이 아니구나 싶었다. 보리를 두고 '현모양처요, 요조숙녀에 군자호구'라 여겼기에 더욱 놀라웠다. 세기의 미녀 클레오파트라는 코가 문제였고, 동양의 미녀 양귀비는 눈이 문제였고, 조선의 미녀 황진이는 사랑이 문제였다고 했는데, 보리는 젠더 섹스 gender·sex가 문제였다. 양귀비의 꽃말이 위로, 위안, 몽상이라고 했는데, 보리야 말로 3박자를 몸에 지니고 다녔다. 보리와 친분을 두고 지내는 남정네의 공통된 의견은 보리가 양귀비의 꽃말과 동일하다고 했다. 사실 보리와 얼마간만 사귀어 봐도 이를 느낄 수가 있었다. 황진이가 사랑한 사람은 서경덕이오, 클레오파트라가 사랑한 사람은 안토니우스인데, 작가 구보리가 사랑하는 사람은 누구인가? 양귀비는 당나라 현종과 온천휴양지인 화청지에서 서로 안 죽을 만큼 사랑에 빠졌었다. 그런데 보리는 누구와 어디서 사랑놀이를 하는지, 숱한 남성과 친분을 유지하면서도 뒷말이 생산되지 않았다. 그것도 새삼 궁금했다.

비밀의 화신인가, 아니면 위선의 가면을 쓰고 요조숙녀인 척 마술을 하고 있다는 건가? 트럼펫 교장님도 이게 이상했다. 그래서 짐짓 한 번 깊게 사귀어 보고 싶었는지도 모른다. 찬스가 오면 복수하겠다는 말은 이를 실천해보겠다는 소리였다. 여자는 정조를 잃지 않고 있을 때만 그것을 소중히 여긴다고 했다. 황진이는 한낱 미천한 기생의 신분이었으나, 성품이 고결하여 사치스럽고 방탕한 생활을 즐기지 않았고, 덕이 있는 선비들과 교류하기를 좋아했으며, 편협하지 않은 지식인으로 세상을 바라보는 안목이 있었기에 많은 활량이 눈을 흘겼다.

"왜 자신이 없나요?"

보리는 은근히 다그쳤다. 트럼펫 교장님은 얼굴색이 붉어졌다. 트럼펫 교장님은 일이 난처해지면 얼굴색이 붉어진다. 그만큼 다혈질이었다.

"단 완력은 금물입니다."

이것 하나는 분명 짚고넘어가야 된다는 판단이 섰다. 트럼펫 교장님은 아전인수 격으로 자기만 좋은 쪽으로 생각했다. 자고로 도도한 척하는 여자가 쉽게 문을 열어주는 법이다. 약삭빠른 고양이 부뚜막에 오른다고, 너무 약삭빠르다가 보면 자기 꾀에 넘어가는 수가 있다. 적당히만 달구어 놓으면 제물에 훨훨 타는 것이 정욕이다. 보리가 나대는 폼이 그냥 어물쩍 넘어갈 것 같지가 않았다.

트럼펫 교장님은 일단 작은 창의 커튼을 내렸다. 커튼은 두꺼웠고, 이중 구조로 되어 있었다. 이제 하나 남은 창문의 커튼을 내리면 암흑이 된다. 마지막 커튼을 내리지 않았다. 가뜩이나 협객 기질의 트럼펫 교장님은 뭉클 가슴이 뛰놀았다. 그대로 보리의 몸체를 부둥켜안고 침대에 뒹굴고 싶은 충동이 일었다. 방안의 침묵이 이를 원조하는 듯했다.

트럼펫 교장님은 얼른 취침 등을 켰다. 왜일까? 보리가 비명이라도 지를 줄 알았는데, 너무나 태연해서 서먹한 기분이 들어서다. 보리는 저쯤의 거리에서 팔짱을 끼고 서 있었다. 보리는 그저 그런 자세를 유지하면서 트럼펫 교장님이 하는 짓을 바라만 보았다. 취침 등은 아주 알맞은 밝기로 더블 침대를 비추었다. 방안의 풍경은 홍등가를 웃돌 정도로 화사하고 섹시한 분위기를 연출했다.

트럼펫 교장님이 드디어 두 팔을 크게 벌린다. 기다리던 보리는 성큼 다가가서 트럼펫 교장님의 품에 안긴다. 안온하고 포근했다. 트럼펫 교장님은 양어깨에 힘을 빼고 구 여사를 살포시 껴안는다. 수초 간 안고 있다가 슬며시 풀어준다. 보리는 연기하듯 트럼펫 교장님이 하자는 대로 응했다. 트럼펫 교장님은 흐뭇한 듯 눈을 크게 뜨고 얼굴색이 밝아졌다. 트럼펫 교장님은 손수 창문을 열었다. 복수전의 단막극은 그렇게 끝났다. 그날 이작도의 포옹과 오늘의 포옹은 한 치의 오차 없이 재생되었다. 그날 이작도의 포옹은 강제였고, 오늘의 포옹은 합의였다는 사실이다. 구보리의 용병술이었다. 교장님의 타고난 트럼펫 재주를 보리가 따를 수 없듯이, 이수의 섬세한 천성을 교장님은 흉내 낼 수 없었다. 모두의 승리였다.

"저도 약간은 억울한 면이 없지 않습니다. 저가 외국을 많이 돌아다니는 편인데, 그쪽 인사법을 어느 정도 익혔습니다. 이작도에서 구 여사와 나눈 피부접촉에서 서양식 인사법에 어긋난 부분이 어디에 있었나요?"

이 말에 보리는 대꾸하지 않았다.

"나중에는 극구 싫어하시는 얼굴 표정 보고 살망했습니다."

구보리는 어리둥절했다. 역시 대꾸는 하지 않았다.

구보리는 남편 노천수가 옆을 떠난 이후 많은 남정네에게 많은 유린을 당했다. 그들의 노리개였다. 화려하고도 섬세하게 만든 여인들의 장신구인 노리개였다. 1작도 아니오, 2작도 아닌 3작노리개였다. 그것도 박쥐3작이었다. 백동白銅으로 만들고 표면에 칠보를 장식한 박쥐 모양의 장식물 세 개가 달린 박쥐삼작노리개였다. 다채로운 색상과 귀한 패물을 사용하여 화려하고도 섬세하게 만든 장신구. 노리개는 여인들의 미와 품위를 더해준다. 이 노리개의 구조는 띠돈, 끈목, 패물, 매듭, 술로 되어있다. 몸채 아래에는 명주실을 길게 늘어뜨려 미를 추가했다. 띠돈은 가장 위에 있고, 고리로서 노리개를 옷고름에 걸도록 만든 것이다. 삼작노리개는 세 개의 노리개를 한데 묶어 한 벌로 만든 노리개이다. 노리개는 저고리의 고름이나 치마허리에 착용하던 여인들의 장신구로 조선 시대 궁궐 내 여인 그리고 상류층부터 일반 평민들까지 널리 착용하였다. 목걸이나 귀걸이를 대신하여 가장 다양하게 발달한 장신구였다. 노리개는 주체의 개수, 노리개의 재료에 따라 나누었으며 노리개를 사용하는 용도 및 상징적 의미에 따라 한 번 더 구분된다. 노리개는 의상의 색과 종류 및 계절에 따라 다르게 착용했다. 이는 장식을 넘어서 실용적으로 사용한 지혜를 담고 있음을 의미한다. 노리개는 장식품이자 그 당시 여성들의 정성, 염원 그리고 생활을 엿볼 수 있는 한 시대의 표출물이었다.

구보리가 노리개가 된 것은 성정이 매몰치 못한 탓도 있긴 하다. 강하면 부러진다는 밥상머리 교육도 일조를 했다. 이것저것 이유가 있었겠지만 구보리가 그렇게 유약하게 된 것은 혼자 몸이 되고부터다. 많은 남정네가 구보리를 청상靑孀이라고 헐값 취급한 것은 사실이다. 그래서 더 많은 사람으로부터 사랑 내지는 보호를 받고 싶었다. 시간이 흐를수록 나이가 들수록 대전의 k가 그리웠다. 그리고 한발 작 밖으로 내디디면 손에 물 넣지 않고, 귀부인처럼 허리춤에 노리개 달고, 살 수 있는 귀품도 분명 지니고 있었다. 일산기업 김경래 대표는 진심으로 구보리를 좋아했다. 그는 구보리를 취한다면 세상을 얻는다고 했다. 그 김 사장의 모습도 눈에 삼삼했다.

# 12. 혼미의 영과 육

거실의 벨 소리가 요란하게 울었다. 보채는 아이의 투정 같은 음원이다.

"아유!"

구보리는 가슴이 철렁했다.

"저 벨 소리 이젠 그만 울렸으면 좋겠다."

아침 댓바람에 우는 벨 소리였다. 어쩌자고 이러는지 모르겠다. 남편이 집 떠난 지도 한참 되었건만 시도 때도 없이 울어대는 저 벨 소리 정말 이젠 지겹다.

"집파리가 발바닥에 있는 혀로 맛을 느끼듯, 눈치껏 세상을 살아야 한다. 맹인 돌다리 건너듯 조심성이 있어야 한다. 30 청상도 많다. 잘생긴 것이 너의 죄이니라. 노 서방 돌아오지 못하는 먼 길 떠났다. 다 잊어버려라! 애비의 씨앗이다. 잘 키워!"

벨 소리 너머에 기다리고 있는 부탁지 말씀일 터이다. 보리는 지겨울 만도 했다. 보내오는 전화에 순서를 매겨보면 친인척이 1번이다. 딴은 위로하는 전화였다.

보리는 습관처럼 벨 소리가 7번 이상 이어질 때까지 기다린다. 성급하여 그 전에 끊어버리는 전화가 많았다. 여느 때는 10번 이상, 아니 그 이상 울 때까지 기다려도 끊지 않는 전화가 있다. 오기가 생긴다. 그러나 신호가 끊어지기 전 답변에 임할 사전 점검이 필요한 전화가 대다수이기에 길게 우는 전화일수록 무시할 수가 없는 것이다. 음정의 고저와 장단, 대화의 시간 정하기. 그리고 감정까지도 계산에 넣어야 한다. 조식 시간대에 맞추어 보내오는 벨 소리로 보아 아마도 친가 쪽의 가까운 사람인 모양이다. 가까운 친척의 전화는 시간을 가리지 않는다. 아침 일찍 이거나, 늦은 저녁 무렵이 많았다. 이것저것 따지고 예의를 갖추어 오는 전화는 주로 오후 두 세시 경이다. 친구의 전화도 오후 시간대가 많았다. 가끔 절친이 아침 일찍 전화를 주기도 한다. 보쟁이려고 하는 지인의 아침 전화는 딱 질색이다. 전화의 내용이란 게 주로 모여서 나눈 식사 분위기 정도이거늘, 이런 류의 전화를 군이 아침부터 한다니! 어떤 경우는 그냥 넘길 수 없는 내용까지 보태기도 했다. 고작 이 정도의 전화질을 아침부터 한다는 것은 삼갈 일이다. 처음부터 확! 구역질 나는 전화는 받고 나면 닭살이 일주일 넘게 가기도 했다. 어쩌면 저리도 눈치가 무치일까! 저러고도 남편 사랑받으며 살고 있겠지. 기막힐 일이다.

보리는 심드렁한 맘으로 전화기 몸체를 앞으로 당겼다. 제발 남자 목소리가 아니길 바란다.

점잖고 여유가 풍긴다. 종가의 시숙어른이구나 싶었다. 몸이 굳어진다. 긴 호흡을 안으로 이으며 긴장을 풀어본다. 아유! 또 근신하라는 훈육! 보리는 혼자 탄식을 해본다. 꼭 석탄 열차 기관실에서 내뿜는 그런 냄새가 수화기를 타고 건너왔다. 그러나 공손을 떼어낼 수는 없었다.

"네"

"그렇게 하겠습니다."

보리는 '네' 소리 열 번을 반복했다. 그러나 고맙게 생각하자. 저렇게라도 하지 않음 이 구보리 청춘을 넘기기 어려워진다. 보리는 환청이기를 바랐다. 보리는 전화기를 한 번 더 앞으로 끌어당겼다. 자세를 다시 가다듬었다. 그리고 두 손으로 수화기를 공손히 들었다. 손에 경련이 이는 듯했다.

"k대 민입니다."

남자 목소리였다. 송화자는 첫대바기에 농조로 나왔다. 톤이 굵고, 위엄이 약간 끼어있는 목소리였다. 시숙이 아침부터 위엄을 보이고 있었다. 보리는 그리 생각했다. 보리는 어리둥절 잠에 취한 표정을 지운다. 생각을 다듬어봐도 이성 간의 아침 전화로는 맞지 않는 말투였다. K대라니? 얼어 죽을 민은 또 뭐고? 보리는 아침부터 기분이 확 가시었다. 보리는 음정音程을 요모조모 따져본다. 친인척이 아닌 것 마는 틀림없었다. 그것만으로도 다행이었다. 보리는 수화기를 귀에 붙인 채 다음 단어를 기다렸다.

참아,

"누구세요?"

하고, 반문하지는 못했다. 상대에게 무안을 안겨주기 싫었다. 잠시 시간이 흘렀다.

"구 여사 접니다."

역시, 저쪽에선 이쪽에게 극 절친의 분위기를 보기고 싶은 위인이었다.

보리는 좀 답답했다. 관등성명을 대는 것은 전화 걸기의 초보 예의이다. 그것을 지키지 않으니 오해가 발생하기도 하는 것이다. 보리의 기분은 반가움 반, 언짢음 반으로 섞어졌다. 그런데 분명 음성은 귀에 익었다. 그렇다. 5년여 출사出寫를 함께 다녔고, 2차에 가면 술 마시고, 사교춤도 췄던 사람! 맞았다. K대 영문학과 민성기閔成起 교수다. 친하게 지낸 사이다. 한데, 지금 와서 새삼스레 전화라니 두려움이 앞선다. 남편을 보내고 3년이 넘도록 서로 일절 소식 끊고 지냈다. 아니다 싶으면 그날로 잊어버리는 보리의 성미다. 긁어 부스럼 만드는 일은 삼가야 했다. 아침저녁으로 성화인 친인척들의 전화가 민 교수와의 거리를 좁히지 못하게 하였는지도 모른다. 아니, 보리는 민 교수의 존재를 짐짓 지워버리고 싶었다. 일단은 반기는 말투로 받아보기로 했다. 박눌한 성품에 요변스럽지 않은 보리는 민 교수의 가슴에 항상 정겨움으로 머무는 여인이었다. 아니 감정표현이 자연 그렇게 나와 버렸다. 감성이 서로 엇비슷하고 취향이랄까 같은 점이 많아 서로 만나면 마음부터 포근했다. 보리는 남의 며느리 자리를 한 번 더 의식해본다. 보리에게 생각의 시간이 더 필요했던 것이다. 순간 머리가 멍해지고, 현기증이 일었다.

"오늘 시간이 어떠신지 식사 대접하고 싶어서 전화 올렸습니다."

식사 대접을 하겠노라는 사연이었다. 이어지는 사설이 길었다. 그간 이렇게 저렇게 지내느라 겨를이 없었단다. 민 교수는 시원스럽고 선이 굵은 사람이다. 지나치게 이론적이지 않고, 현실적이다. 보리는 민 교수의 그런 면이 맘에 들었다. 그보다 그는 말하자면 부처님 같은 양반이었다. 바지를 벗고 뒹굴면 남이 본다고 입혀줄 성인군자였다. 믿을 수가 있는 교직자다. 그러니 만남을 위한 작전이 필요 없었다. 그냥 만나주었다가 헤어지면 되었다. 그렇게 출사 때나 얼굴을 대했을 뿐 사적으로 만나는 일은 없었다. 왠지 수십 년간 같이 지내온 죽마고우의 전화질 같았다. 그렇게 하겠노라 했다. '민들레한 식당'이란다. 택시로 기본요금 거리, 기대만큼이나 이상적인 자리였으면 참 좋겠다. 보리는 자못 흥분이 되었다.

교수 민성기는 주로 일출의 장관을 좋아했고, 일몰의 환희를 탐닉했다. 외출 외박하는 일이 잦았다. 새 박사 윤무부尹茂夫 교수 이상으로 밤을 낮으로 여겼다. 동해 추암의 추암촛대바위, 포항의 호미곶, 그리고 일몰을 추억하기 위하여 서해를 찾곤 했다. 안면도 꽃지, 강화 석모도, 할미할아비바위는 단골이었다. 나이 들었다는 증표인가, 못다 채운 내 몫까지 겹쳐 안고, 바다로 풍덩 숨어드는 태양의 몸 감춤이 부담을 남기지 않아서 편했다. 만나면 그간에 뭉쳐둔 이야기가 참으로 많을 것 같았다.

도착해 보니 시간이 좀 일렀다. 민 교수는 먼저 와서 자리를 잡고 있었다. 신수가 좋아 보였다. 서로 손을 잡고 두어 번 흔들었다. 그러다가 마주 보고 앉았다. 신발을 벗고 책상다리로 앉는 방이다. 그런데 자꾸만 어색한 분위기로 빠져든다. 이런 분위기는 처음이다. 흡사 선을 보는 자리 같았다. 술을 좋아하는 그는 손수 운전대 잡기를 싫어한다. 그런데 이날은 차를 몰고 왔다.

보리는 앞가림에 신경을 쓰며 다소곳이 앉아서 민 교수의 얼굴만 간간 훔쳐본다. 민 교수 역시 무슨 재미나는 화두가 없었다. 오랜만에 만나는 사이엔 할 이야기가 별로 없는 법이다. 보리는 상을 당한 몸이다. 예전 같으면 아직 상복을 입고 다닐 형편이다. 보리는 전화를 받았을 때 '담에 만나지요.' 해도 실례될 게 없었다.

민 교수는 엉덩이를 번쩍 들고 왼손을 밥상 너머로 조심스레 뻗쳤다. 보리는 냉큼 응하지 못하고 문치적문치적 망설인다. 서서 하는 악수와 앉아서 하는 악수는 분위기가 사뭇 달랐다. 사람은 누구나 마음에 담고 싶은 대상이 있다. 보리는 민 교수가 싫지는 않았다. 그렇다고 인정을 나눌만한 사이는 아니었다. 좋다고 해서 금방 달려들지 말고, 싫다고 해서 금방 달아나지 말라고 했다. 누군가를 생각하는 그때 그 사람이 나를 생각하고 있다는 것만큼 기분 좋은 순간은 없다. 보리가 왼손잡이라는 것을 민 교수는 기억하고 있었다.

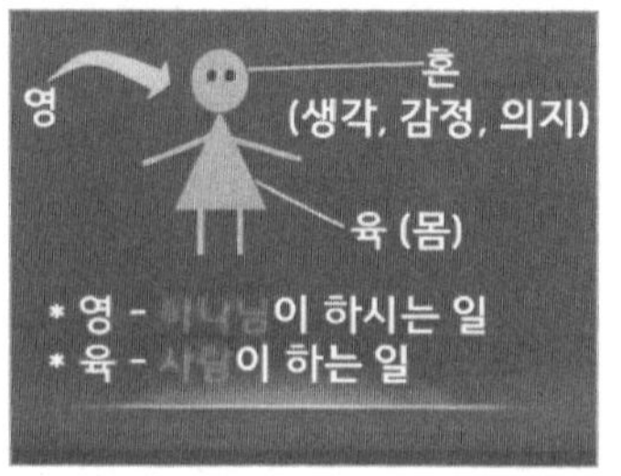


'내가 왼손잡이라는 것을 기억하고 계시네!'

분명 민 교수는 왼손을 내밀고 악수를 청했던 것이다. 보리는 놀랍고 고마웠다. 보리는 더 망설일 수가 없는 처지다. 보리는 손을 살포시 내민다. 보리의 도톰하고 부드러운 손이 민 교수의 큼직한 손아귀로 들어갔다.

"그간 몇 번 전화 올릴까 생각했습니다. 너무 늦었지요. 가슴 아프게 만드는 것 같아 드리지 못했습니다. 귀한 시간 저에게 허락해 주시어 고맙습니다."

할미할아비바위 틈으로 취침 여행을 떠나는 태양

민 교수는 잡은 손을 놓지 못한다. 민 교수는 아주 부드러운 눈길을 보리에게로 던진다. 언제 보아도 여낙낙한 폼에 살뜰한 보리의 태도, 순간 민 교수의 가슴에 자리 잡은 온갖 잡념이 사라진다.

"아닙니다. 이 시간 이후는 자유 시간입니다."

아유! 어쩌자고 보리는 생각 없이 모든 시간을 민성기에게 맡겼다. 민 교수는 부담 하나가 줄어들어 좋았다. 좀 오래 곁에 두고 싶었는데 일이 잘 풀릴 것만 같은 기분이 들었다. 민 교수는 보리의 손을 꼭 잡는다. 조금 속도감 있게 진전시키고 싶었다. 보리는 겸연쩍은 표정을 지어 보인다. 식사시간이 여느 때 보다 2배는 길었다. 보리는 남편을 떠나보낸 이후 처음으로 식사다운 식사를 할 수 있었다. 차를 마시며 이런저런 얘기를 덧달았다.

"구 여사님 혼자되셨다고 대구와 결별하시는 것은 아니지요?"

"………."

구보리는 적당한 대답이 꾸려지지 않아서 입속말로 답했다.

민 교수는 그게 진심으로 궁금했다. 구보리와의 이별이란 한 사람의 동호인을 잃는다는 서운함을 넘는다. 가까이 지내고 싶은 여인이었다. 답을 주지 않고 뭉갤 수 없는 처지이고 보면 솔직한 대답을 속 시원하게 해줄 일이다.

"혼자 몸이니 하던 일을 이어가기가 쉽지는 않지만 최선을 다해 봐야지요. 부모님이랑 친인척 모두가 이곳에 계시지 않는 터라 아무래도 합쳐야 될 것 같습니다만."

하던 일이란 남편이 성할 때 문을 열어준 인테리어이다. 보리는 그 일을 한번 해보고 싶었고, 미적 감각이 남다른 아내를 믿고 남편이 업장을 마련해 주었다. 여직원 1명과 남직원 3명을 상주시키며 도급으로 맡아 하는 일이라 수입이 좋았다.

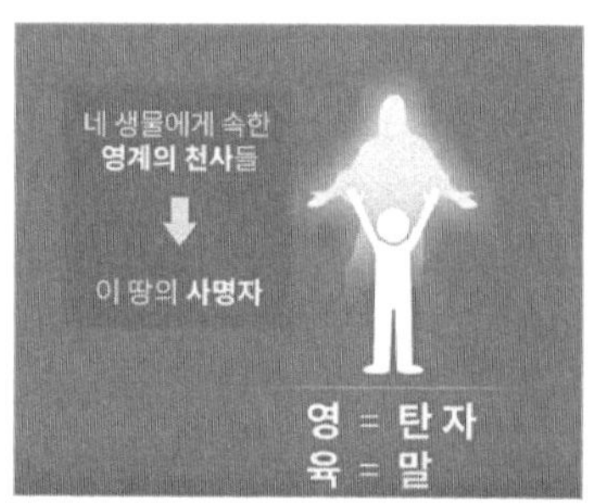


어느덧 땅거미가 내리고 있었다. 도심은 어둠을 이부자리처럼 덮고 고요 속으로 빨려들었다. 보리가 정신적 트라우마를 겪어야 할 시간이다. 남편이 지병과 힘겨루기를 하다가 보리의 곁을 떠나던 그 시간이다. 지금 곧장 집으로 돌아간다면 땅거미와 다퉈야 한다. 이왕 나왔으니 민 교수가 하자는 제안을 거부하지 않기로 마음먹었다.

"구 여사 우리 시내 드라이브나 합시다. 시간이 자유롭다니 다행이네요. 시내 구경시켜드릴게요."

보리는 대답 대신 몸을 이리저리 틀었다. 보리의 그런 모습이 마법처럼 민 교수를 빨려들게 한다. 어느 장소 어떤 경우라도 보리는 새살떨지 않는다. 출사 때면 2차 가는 기회가 만들어지곤 했다. 그때마다 두 사람이 짝이 되어 서양식의 사교춤을 추었다. 여염집 아낙이 외간남자와 맞붙어 양춤을 춘다는 것은 분명 사리에 어긋난다. 그런 날은 잠자리에 들어서 남편의 몸에 살을 대지 못했다. 미안했다. 그러나 더 미안한 쪽은 언제나 남편이었다. 남편은 보리에게 남자다움을 제대로 보여주지 못했다. 말하자면 그는 반쯤의 성

불구자였다. 이럴 구실로 한눈파는 일은 결코 없을 것이라 마음 단속을 하며 살아가는 보리였다.

보리는 그저 얼굴에 미소를 담는다. 보리는 언제나 그런 모습으로 긍정을 표시했다. 민 교수는 시동을 걸고 진동과 소음이 약해지기를 기다린다. 그사이 민 교수는 뒤를 돌아보며 다소곳이 앉아 있는 보리의 모습을 점검했다. 요구대로 순순히 응해주는 보리에게 무한 친근감을 느낀다.

민 교수는 인근 면에 주소를 둔 '사장저수지 벚꽃길' 쪽을 머리에 담고 있었다. 철 지난 벚꽃 길은 한산했다. 언제 상춘객들이 모여 북새통을 이루었던가 싶을 정도로 인적이 끊겼다. 으스스한 기분마저 들었다. 구보리는 사람들이 들끓는 도심을 벗어나는 것만으로도 가슴이 트였다.

민 교수는 저수지를 우측으로 끼고 얼음 위를 걷듯 조심스레 차를 몬다. 저수지는 시야에 담지 못할 만큼 넓었다. 머리가 맑아진다. 기분이 좋았다. 생각하기에 따라서는 이 자체가 일탈의 행위일 수 있다. 보리는 민 교수와의 드라이브를 순수로 치부하고 싶었다. 민 교수가 식사 대접 해주겠다고 했고, 보리는 기분전환 해볼 기회라 여겨 순순히 응했을 뿐이다.

민 교수가 몰고 있는 승용차는 뚝방길 중간쯤에 이르러 윈 편으로 쪼개어진 길 앞에서 머뭇 머뭇 하더니 정차를 했다. 말하자면 3거리 형태로 길이 나 있는 곳이었다. 왼쪽 길을 택하면 종점이 '비들산장호텔'이 된다. 보리는 내릴 준비를 하느라 신발부터 손봤다. 과연 저수지는 넓었다. 자연의 힘과 인간의 힘이 결합하여 만들어 놓은 일대 걸작품이었다.

수문 가까운 쪽에 안내판이 서 있었다. 저수지의 총 둘레가 3.4km라 표시되어 있었다. 최고의 물 깊이는 15m라며 안전수식이 상세히 기록되어 있었다. 저수량이 많아 보였다. 1시간이면 1회전이 가능할 거리였다. 석양을 안고 일렁이는 물 파장이 바다의 그것과는 사뭇 달랐다. 망망대해를 바라보며, 허망스럽기만 하던 서해 쪽의 낙조만 최고로 여겼던 구보리는 전연 경험해 보지 못한 저녁노을의 생경한 풍경이 경이로웠다. 하늘 한구석에 매어 덜려있던 구름 조각이 저수지로 떨어져 내렸는가, 맑디맑은 괸 물 바닥에 풍덩 가라앉아 있었다. 말로만 듣던 '사장저수지 벚꽃길' 몸소 취해 보는 경험, 민성기 교수가 고마웠다.

둘은 그간에 모아두었던 세세한 이야기를 주고받으며, 저수를 위하여 단단히 다져놓은 뚝방 길을 이방인이 된 듯 부담 없이 걸었다.

민성기 교수는 이수의 거주 문제에 대하여 관심을 보였다.

"대구는 언제쯤 뜨시게 되나요?"

"네 아직 구체적인 계획은 없습니다."

"하시는 사업은 잘되시고요?"

"그게 힘이 듭니다. 수입면에서는 아주 좋습니다."

"그럼 무엇이 문제인가요?"

구보리는 망설이다가 직원 이야기를 죄다 꺼냈다.

"경리 1명에 남직원이 3사람입니다."

"인테리어사업이 꽤 까다롭단 얘기 들었습니다."

서로 어깨를 닿아가며 걷고 있던 민성기가 구보리의 손을 슬며시 잡으며, 동정 섞긴 어투로 말을 던졌다.

"맞아요. 건설 실내 공간의 종합적 설계라 안목과 기술을 요합니다."

민성기는 몇 번을 망설이다가 입을 열었다.

"민성기가 도와드릴 뭐가 없나요? 토,일은 하는 일 없어요."

"경리야 친지의 가족이니 문제가 없지요. 입출금도 단순하고."

"남 직원이 3명이면 어려움이 따르겠네요?"

"맞아요. 두 사람은 화합이 잘되어요."

먼저 왔다고 고참이 된 토목사가 언제나 말썽을 부렸다. 견적은 경리를 빼고 네 사람이 같이 다녔다. 어렵사리 견적을 뽑아놓고, 마무리에 들어가면 토목 부분의 견적을 깎아주자는 주장을 폈다. 그런데 나중에 알고 봤더니, 그게 못된 수작이었다. 공사가 진행 중인 데 개적으로 만나 향응을 받기도 하고, 때론 전주錢主로 하여금 잔 금 지불할 때 할애를 요구하란 밀담까지 하고 있었다.

여기까진 좋았다. 두 사람의 직원 중 처자를 건사하고 있는 목수 직 한 명이 노골적으로 수작을 부리는지라 창피하고, 자존심 상해 서 사업을 이어갈 수가 없었다. 구보리는 서러웠다. 언제였던가, 기 둥서방을 조명한 영화가 있었다. 우습게 보아넘겼다. 철이 드니 이해 가 갔다.

"요즘은 우리 작업장에 물량이 줄어 두 분만 모시고 일을 해야할 형편이니 상의들 해 주세요!"

이렇게 주문할 수도 있는데, 그게 통할까? 의구심이 일었다. 그렇 다고 한 사람 찍어서 아웃시킬만한 자신이 없는 보리였다. 토방土方 의 기질이란 언제이고 예측 불가능한 일을 저지를 수 있다는 경험 을 구보리는 남편 노천수를 통하여 학습 받아온 중요한 주제였다. 노가다 시장에서 남편 없는 청상이 사장 노릇한다는 것은 이치에 맞지 않는다는 뜻이다. 자칫 실수하는 날에는 해코지 당한다. 남편 이 유언처럼 한 말이 있었다. '일 잘하는 사람보다 헤어질 때 편한 사람을 선택하라.'

분위기는 자꾸만 무거운 쪽으로 빠져들었다. 구보리의 머리 속에 는 쌓인 사연이 많았다. 그게 굳이 민성기 교수에게 고할 내용은 아닌 듯싶었다.

저수지의 2분쯤에 이르렀을 때 태양은 서산의 중산봉 위에 머문

채 마지막 열기를 토해내고 있었다. 석양의 금빛을 머금고, 출렁이는 사장저수지의 금빛 물파장, 구보리는 풍덩! 몸을 던져 금빛 유희를 방해하고 싶은 충동이 일었다. 보리는 기어이 들고 있던 돌덩이를 획 던졌다. 잔잔한 파도를 일구며 석양의 마지막 잔치에 흥겨웠던 수면이 불청객의 침범으로 풍비박산 아수라장이 되었다. 앗차! 구보리는 미안했다. 그러나 너무 늦었다. 율동이 존재하는 우주에는 일정 규칙이 있었다. 그 규칙에 어긋나는 행동은 패행悖行을 유발한다. 잔잔하던 돌덩이는 규칙을 깨뜨리고 구보리의 육신을 대신해서 풍덩 물속으로 가라앉았다. 어디서 날아들었던가, 이름 모를 새 한 마리가 하늘로 솟구쳤다. 돌덩이가 다행히 살생을 모면했다. 자연에 대한 저주는 자기 파멸을 재촉한다는 주문이다. 맘을 바꾸자. 구보리는 노리개처럼 달고 다니는 카메라를 작동시켰다. 가볍고 휴대하기 좋은 니콘 D5600카메라다. 분명 자기도 모르게 소지하고 나섰던 것이다. 정말이지 자기도 모르게 습관적으로 가지고 나왔다. 집 나서서 얼마만큼에 이르러 그것을 확인하고, 다시 집으로 발갈을 돌려봤으나 시간이 허락되지 않았다. 마지못해 갖고 나왔다. 잘됐다 싶었다. 민 교수 역시 카메라를 소지하고 있었다. 그의 애장품은 속칭 공작새 DF—라고 하는 희귀한 카메라였다. 둘을 약속이나 한 듯이 렌즈를 저수지 쪽으로 내리꽂고, 조리개를 맞추고 있었다. 물 파장은 서로 약속이나 한 듯이 파고波高를 맞추며 찰랑거렸다. 그러면서도 그들은 서로 간 시샘하지 않았다. 무질서한 동해 바다의 너울성 파도가 주는 공포감 같은 것이 없어 안심이었다. 서로 시샘하는 밤바다의 파고와 달리 바라볼수록 마음이 평온했다.

금메달을 놓고 서로 경쟁을 하듯, 석양을 안고 춤을 추듯, 찰랑거리는 사장저수지의 장관을 놓칠세라 카메라 셔터를 부지런히 눌렀다. 카메라 셔터 속에 있는 공식은 계산이 아니 된다. 사진에는 많은 수학적 요소가 숨어 있다. 찰칵! 소리를 내는 셔터에도 수학이 숨어 있는데, 이 카메라 셔터의 스피드를 조절하면 물체가 빨리, 혹은 느리게 움직이는 느낌을 볼 수가 있다.

재주도 좋았다. 구보리의 손에는 깨진 사금파리 4개가 들려 있었다. 2개는 민성기, 2개는 구보리 것이었다. 수제비뜨기를 할 요량이다. 이 시합만큼은 구보리가 자신 있었다. 내기를 걸었다. 진 쪽은 이긴 쪽이 요구하는 무엇이든 응하기다. 좀 위험한 내기였다.

구보리가 먼저 뜨기로 순서가 정해졌다. 구보리는 최대한 수면 가까이로 내려섰다. 돌을 들고 있는 팔의 위치와 수면이 가까울수록 수제비가 많이 생긴다. 이 내기는 백번 민성기에게 승산이 있었다. 구보리가 뭔가를 착각하고, 내기를 걸었다. 사금파리가 면이 고운 고급품이고, 물에 닿을 면이 배의 앞머리처럼 유연하게 원형을 이루고 있으면 수제비가 수십 개 만들어진다. 구보리는 왼손잡이고, 민성기는 오른손잡이였다. 그러니 서로 맞보고 선 자세로 개임이 시작뒤었다. 각기 던진 2회를 합쳐서 많은 쪽이 이긴다. 이 룰도 구보리에게 불리했다.

보리는 엄지와 금지로 사금파리의 양쪽을 잡고, 장가락을 밑에 받치고 서서 수면을 응시했다. 달을 정복했던 우주선이 귀환할 적

착지 각도를 오산하면 튕겨나 미아가 되듯, 각도를 지나치게 낮추면 한 번 스친 사금팔이가 축구볼 모양 높이 떠서 물속으로 곤두박질쳐버린다. 수제비 1개로 끝이 난다. 반대로 각도를 높여 위에서 아래쪽으로 꽂아버리면 사금팔이는 그대로 잠행, 수제비 0개로 끝이다.

구보리는 1회전에서 민성기를 다운시키고 싶었다. 자칫 실수를 하였다가 어려운 경우를 당할 수도 있기에 신중을 기했다. 게임에서 진 쪽은 조건 없이 승자 쪽의 요구에 응해야 한다. 민 교수가 짓궂은 장난질을 할 수도 있는 놀음이다.

둘은 2,3미터 사이의 간격을 유지하며, 서로 맞보고 섰다. 구보리는 왼팔을 서너 번 전진 후퇴시키면서 몸을 풀었다. 그러다가 사금팔이를 부드럽게 날렸다.

성공이다. 생각대로 수제비가 10개 이상 나란히 떴다. 민성기는 새삼 놀랐다. 구보리의 운동신경을 모르는 바 아니었으나, 사내아이들의 놀이인 수제비 뜨기까지 명수인 줄은 미처 생각을 못 했다. 구보리는 새기에 능했다. 민성기가 탁구게임에서 구보리를 이겨본 적은 한 번도 없었다. 어쨌거나 이제는 10개를 훨씬 넘겨야 한다. 그만큼의 숫자를 채우려면 물에 뜬 사금팔이의 끝이 보이지 말아야 한다.

민성기는 팔뚝에 힘을 올려 근육살을 일깨웠다. 까짓거 이판사판이다, 힘으로 친다면야 3배는 더 강하다. 민성기는 100m 전방을 응시했다. 잘되면 50m쯤은 나갈 것 같았다. 민성기는 던지려다 멈추고 구보리를 응시했다. 구보리는 민성기 이상으로 힘을 쏟아 준비를 하고 있었다. 그러다가 민성기와 눈과 마주쳤다. 구보리는 그냥 웃기만 했다.

"앗차차! 구령에 맞추어 민성기는 있는 힘을 다하여 사금파리를 날렸다. 웬걸! 총알이 목표물에 명중하듯 그대로 물속으로 풍덩 숨어버리고 말았다. 수제비 0개였다.

2회전의 전적은 5대3, 역시 승자는 구보리였다. 이제 구보리는 시름 하나를 덜었다. 민성기를 부려먹을 권한이 생겼다며 속으로 쾌재라도 부르고 싶었다.

둘은 석양빛에 물든 사장저수지의 물파장을 간간히 카메라에 담아가며 둘레 3.4km의 인공호수를 돌아 출발 지점에 닿았다. 약간 피곤했다. 둘은 차에 올랐다. 구보리는 조수석에 앉았다. 상전 좌석에 떡하니 앉아서 여기까지 왔었다. 미안했다. 짧은 치마 차림이어서 신경이 쓰였다. 구보리는 앞가림을 단단히 했다.

하필이면 산장의 입구 간판이 서 있는 곳이었다.

"시간 늦었으니 우리 시내로 들어갑시다."

구보리는 나직한 톤으로 그렇게 말했다.

수제비 뜨기에서 이긴 선물을 써먹겠다는 뜻은 절대 아니었다.

"………."

민성기는 우물쭈물 대답이 없었다.

구보리의 시선은 민성기를 향하고 있었다.

"그런대로 분위가 있는 호텔입니다. 차나 한잔 들고 갑시다."

민성기는 구보리의 눈치를 살폈다.

산장 입구 안내 간판이 선명하게 보였다.

'비들산장호텔'

좀 촌스런 이름이었다. 제작 솜씨로 보아 나이가 든 간판이었다. 두렵다거나 지겹다거나 신물난다거나 그 어느 쪽도 아니었다. 구보리에게는 그저 심드렁한 세계로 가는 안내서였다.

민성기는 목을 바른쪽으로 돌려 구보리를 다시 보았다. 명품사진을 찍겠다고 오밤중에 집을 나와서 미친 듯이 출사에 혼을 빼앗겼던 시절, 2찬가 3찬가 따라다니면서 카바레에 드나들 때 딱 한 번 민 교수의 손이 보리의 뺨에 닿았을 때가 있었다. 밤볼이 약간 진 얼굴, 젖주럽에 시달리느라 제대로 발육이 이뤄지지 못했다며 자기를 낮추던 구보리였다. 그게 아니었다. 젊고 싱싱했다.

민성기는 왼쪽 길을 택하겠다는 뜻을 한 번 더 몸짓으로 보였다. 무슨 생각일까. 심취해 있는 보리의 모습은 그저 담소자약談笑自若일뿐 별다른 표정이 없었다. 달보드레한 복숭아빛, 화장기 없는 얼굴에 약간의 미소가 번지는 듯했다. 긍정하는 보리의 모습이다. 민성기는 보리의 이 모습을 기억하고 있었다. 숲길로 계산하여 중간지점을 지나면서 민 교수는 차를 한 번 더 멈추었다. 그리고 목을 돌려 보리를 바라본다. 보리는 그 자리에 그 자세로 앉아 있었다. 호텔에 닿는 길이 고불고불하니 그리 훌륭한 도로는 아니었다. 어인 일인가. 구보리는 천하태평 맘이 편했다. 이런 산길도 다 있구나, 그저 그렇게만 생각이 들 뿐이다. 민성기의 생각에도 구보리의 분위기는 안방마님처럼 편하게만 보였다.

호텔 커피숍에는 든 사람이 참 많았다. 나이 어린 보이가 마패 2 매를 들고 왔다. 보아하니 여기에서 일하는 보이들은 모두가 외국인 이었다. 1이라고 쓴 마장馬場과 22라고 쓴 마장이다.

한참 동안 커피를 내오지 않았다.

민성기는 22번 표를 남기고 1번 표를 되돌려주었다. 1번 표는 무 엇인지 모르겠다. 22번 표는 객실 번호같았다. 민성기는 1번 표를 잠시동안 움켜잡고 있었다. 보리는 볼만장만 딴청을 부렸다. 그런 것 따위에는 별 관심을 두지 않는 눈치였다. 보리는 이런 장소에 와 서 격 낮게 보이고 싶지 않았다. 오히려 자극제가 될까 싶어서다. 보 리는 앞가림에 신경을 쏟는다. 민성기가 보리를 만나자고 청을 넣 은 것이 어쩌면 처음부터 마운팅 게임이 목적이었는지 모른다. 구보 리는 민성기를 믿는 데가 있었다. 수많은 출사 중에 일출 일몰을 제 대로 잡는 데는 테크닉에 앞서 절대적으로 자연조건이 뒷받침되어 야 한다. 백두산 천지연을 보는 만큼이나 요행이 따라야 했다. 동해 쪽의 일출, 서해 쪽의 일몰 한 컷을 얻기 위하여 여러 번을 시도했 건만 그때마다 맹탕으로 돌아왔다. 여느 때는 배가 뜨지를 못해 숫 제 방안에서 뒹굴다가 돌아오기도 했다. 서로 옆방에 지체하면서 독수공방할 때가 여러 번 있었다. 위험한 고비도 넘겼다. 이럴 때면 민 교수가 뒷일 처리를 잘해주곤 했다.

잠시 침묵이 흐른다.

"구 여사님 혼자 걷는 연습 빨리 익혀야 됩니다."

민 교수가 먼저 운을 띄었다.

구보리는 처음부터 별로 내키지 않는 제안이라, 묵살하려다가 이렇게 받았다. 조용히 받았다.

"긴 뿔을 달고 다니는 양이 순하게만 생겼다고 낮추어 보면 안 됩니다. 높이 달려 있는 맛있는 나뭇잎을 따먹기 위해서 두 발로 서서 앞발을 위로 들어 올리면 2.4m 위에 있는 잎도 따서 먹는답니다. 물론 두 발로 걸을 수도 있습니다. 동아프리카에 살고 있는 기린처럼 목이 긴 영양 게레눅입니다. 외워둔 웅변원고이듯 보리는 그렇게 스스럼없이 설파했다. 민 교수는 얼굴에 멋쩍은 표정을 짓는다.

보리는 사설을 이었다.

"누구나 혼자인 경험을 갖게 되지요. 어느 쪽이 먼저인가는 하나님만 아시죠."

사실이다. 저승 드는 순서는 신만이 알 수 있는 영역이다. 홀몸이라고 헐값으로 보지 말아 달라는 뜻이 담긴 댓구였다. 똑같은 말을 한 번 더 반복했다.

아껴야 할 것은 초심이다. 가장 지혜로운 것은 초심으로 살아가는 길이다. 민 교수와 구 보리 여사는 사진동우회 회원으로 만난 관계가 전부이다. 구보리는 남편이 있는 여염집 부인이고, 민 교수는 부인이 있는 지아비 몸이었다. 피카소는 초심을 가꾸는 데 40년 걸렸다고 했다.

구보리가 계산하고 있는 둘의 관계였다.

"인생이란 어차피 홀로 걷는 쓸쓸한 길 아닌가요? 사노라면 때로는 흔들릴 때가 있지요. 인간이란 원래가 나약한 권속이기에 이성보다 감정을 따르기도 한답니다."

구보리는 모도리로 보이기가 싫었다. 그래서 감정 상하지 않도록 돌려서 말했다. 민 교수에게 굳이 무안을 안기고 싶지도 않았다. 아니, 보리는 누구에게나 면박하는 일 없이 지내왔다.

"항상 맑으면 사막이 되고, 비가 내리고 바람이 불어야만 비옥한 땅이 된다는 스페인 속담이 있습니다."

민 교수는 민 교수대로 그렇게 받으며, 미소로 얼굴에 분칠을 했다.

"인생에 있어서 영원히 다시 오지 않는 것은 시간과 기회라는 것 잘 알지요."

보리는 그렇게 받았다.

"순우리말인데, '보늬'라는 재미난 어휘가 있지요. 익어가는 밤의 겉모습을 상세히 보셨나요? 자기의 속살을 보호하기 위해서 강한 침으로 감싸고 있습니다. 그러나 그 침과 딱딱한 껍질은 본래의 목적을 위해서 스스로 옷을 벗지요. 알밤을 주르르 쏟아냅니다. 식물의 종족 번식 방법입니다. 세상 이치란 다 그런 것이랍니다."

"대추나무는 안팎에 가시가 달려 있습니다. 가지에 달려있는 가시는 부러져도 안에 있는 가시는 얼마나 강한지 모르고 씹다가는 입 천장 뚫어집니다. 씨앗 양쪽에 달린 가시는 그대로 바늘 침입니다."

충분조건을 넘어 두 사람 사이엔 필요조건이 모두 갖추어져 있는 단계인지라 어떤 일이든 가능했다. 민 교수의 마음은 그러했다. 그러나 구보리의 마음은 너무나 여유로웠다. 민교수는 속으로 애가 탔다. 민 교수는 오늘의 기회를 상실하면 더는 남자男子의 자격으로 구보리를 만날 수가 없게 된다. 민 교수의 속마음은 꼭 하계방학을 앞두고 쫓기는 인문학의 종강 수업 같았다.

민 교수는 암진단을 받았다. 전립선암이다. 2개월 시한으로 수술이 가능하다고 했다. 암이 갖는 특징이 그렇듯, 전립선암은 간단하면서도 복잡한 구조를 가지고 있다. 실기하면 구조 불능이다. 전립선암 세포란 놈은 약아서 뼈 속으로 침투하여 전열을 가다듬는다. 그 단계에 이르면 천하장사라도 생명을 빼앗긴다. 그것도 단시일 내에……. 더 요사한 것은 아무리 초기라고 하더라도 수술 후면 성 기능을 상실한다는 것이다, 남자의 구실을 앗아간다는 뜻이다.

번쩍하고 보리의 머리에 한줄기 바늘 빛이 지나간다. 보리는 민 교수가 순전히 보쟁이려고 수작을 꾸미고 있음을 직감했다. 보리는 민 교수가 이렇게 단도직입적으로 나올 줄 몰랐다. 분위기 있는 커피숍에 앉아 속 깊은 얘기를 터놓고 싶었다. 망상이었다. 보리는 죽을 때까지 함구하겠다던 교회 친구가 맺어준 어느 사업가 이야기를 하고 싶은 충동이 인다. 결국 그 한 토막을 토로하는 터였다.

"일본을 상대로 잘 나가는 오퍼상 사장과의 러브스토리입니다. 딱 한 번을 만났어요. 문제는 안 만나는 건 괜찮은데 제가 그쪽으로 마음이 급속하게 기우는 거예요. 고민고민 하다가 안 되겠다 싶어서 끊자고 했어요. 위로를 많이 받았고, 이제야 사람 사는 것 같다고 하면서 회사 일로 바빠 신경을 못 써줘 미안하다며 조금 참으라고 계속하기를 바랐죠. 그런데 막상 끊고 나니까 너무 힘든 거예

요. 사람에게 정이 들고 그걸 끊으려고 하니 고통스러웠어요. 견디
는데 너무 힘들어서 웬만하면 사람을 사귀지 말아야겠다. 그냥 살
다 가자 그렇게 결심했고, 여태까지 잘 살아왔지요. 마음을 독하게
먹으니 또 그렇게 되더라고요. 싱글 중에 특히 마음 가는 사람도 없
었지요. 아이러니 한 건 그러면서도 손도 안 잡을 테니 마음 가는
남친, 정말 괜찮은 남친 한사람 만나게 해달라고 기도했어요. 사람
은 양면성을 부인할 수 없어요. 나도 남도 이해할 수 있는 부분 이
여요. 인간의 본성이 아닐는지요?”

보리는 혼자만의 1급 비밀을 실토했다.

“그분은 돈 많은 기업가였습니다.”

“돈이 많다는 것이 장애가 되었나요?”

“솔직히 돈의 노예가 되고 싶지 않았습니다.”

“기회를 놓치셨군요. 누구에게나 성공의 기회가 일생동안 3번 있
답니다. 한 번 남았네요?”

“좋은 기회가 오면 잡으라고요? 글쎄요. 그런 기회가 오기나 할지
요. 별 관심 없습니다.”

보리의 눈에 민 교수는 참으로 호감 가는 남성이었다. 민 교수의
분위기와 일산기업 김경래 사장과는 닮은 점이 많았다. 김경래란
사람을 보고 첫눈에 빨려든 이유는 거기에 있었다. 시원한 이마와
눈썹이 특이했다. 이마 색깔이 어두운 사람의 달콤한 말은 조심하
라고 했는데, 눈이 부실 정도로 희고 깨끗했다. 적당히 넓은 이마에
혈색이 좋으면 천재형이다. 보리의 눈에 M자형 이마는 딱 질색이

다. 연구심이 강하고 창조력이 풍부하다고 하지만 주는 것 없이 미
웠다. 물론 일산기업의 김 사장의 이마는 M자 근처에도 가지 않았
다. 훤한 이마에 먹물을 넉넉하게 묻혀 초승달 모양으로 그린 듯이
선이 굵고 고운 눈썹은 퍽 정이 많은 사람으로 보였다. 실제 초승달
눈썹은 정서적이란 통계치가 있다. 이 체형은 델리케이트하고 정서
가 풍부한 것까지는 좋은데, 남의 말에 빠져서 필패를 당하는 경우
가 많다고 했다. 사업가에게는 좋은 인상이 되지 못하는 터이다. 인
간의 얼굴형에서 눈썹이 차지하는 관상의 비중은 높다고 했다. 그
래서 '눈썹의 5분법'이라하여, 눈썹을 운·명·복·춘·주로 구분하
고, 각각의 역할을 지적했다. 운은 타고난 성정으로 감정의 정도를
나타내고, 명은 생명의 길이를 나타내고, 복은 금전 운을 나타내며,
춘은 가족·친척과의 관계를 타나 낸다고 하였다.

　민 교수의 오늘 행동은 좀 이상했다. 무슨 진지한 얘기라도 할
것 같은 기분을 보이었다가 이내 사그라들곤 했다. 보리가 지금 어
떤 옷을 입었는지, 기분이 어떤 상태인지, 전연 관심을 두고 있지 않
는 것 같았다. 그 느글느글한 이중적 모습, 끝없는 더티함, 모두 숨겨
놓고, 푸우- 자기도 모르게 한숨을 하늘 밖으로 흘리기도 했다. 삶
이 너무 따분했나. 이승에서 삶이 60일 한정판이라니 허무했다. 민
교수가 전립선암 환자라는 것, 아는 사람은 천하에 둘 뿐이다. 담당
의사 외엔 아무도 모른다. '대리모 구하기!' 문득 그런 생각을 해 본
다. 네가 오늘 왜 구보리 여사와 동행을 하고 있지? 윤 교수의 생각
이 그랬다.

보리의 기분도 좋을 리가 없었다. 노을빛 찰랑이는 사장저수지 위에 수제비 따먹기 시합놀이 할 때만 해도 기분이 짱이었다.

너무 순덕이로 변해버린 민성기가 되려 구보리의 마음을 우울하게 만들었다. 구보리는 머리를 짠다. 무슨 수든 찾아 내어야 된다. 민 교수의 어디엔가에 문제가 유발된 듯한 분위기다.

보리는 자리에서 일어난다. 텁텁한 홀보다 밖이 더 좋아 보였다.

둘은 밖으로 나왔다. 최대한으로 살린 자연 그대로의 야외 카페였다. 어느 연극의 한 장면이 연상되었다. 짝지어 앉은 젊은 손님이 많았다. 낮게 드리운 하늘은 설포장을 두른 듯했다. 크고 작은 별들이 보석처럼 쏟아졌다.

구석진 곳에 빈자리가 있었다. 홀보다 월등한 우등석이었다. 앉아 보니 편했다. 매점의 주인은 머리카락이 노란 외국인이었다. 혼자였다. 모든 것은 자급식 판매 방식이었다. 보리는 맥주 3병을 안고 자리로 돌아왔다. 민 교수 몫이 2병이다. 어쩌자고 이러는지 모르겠다. 보리의 주량은 끽해야 1병이다.

민 교수는 억지로 기분을 만들어 보려고 애를 썼다. 역시 보리라는 여인은 멋있고, 매력적인 곳이 많았다. 보리가 한 병을 비우자 민 교수가 슬며시 일어난다. 그는 두리번 두리번 하더니 맥주 3병을 안고 자리로 돌아온다. 합이 6병이다. 두 사람의 주량으론 많은 양이다. 보리는 생태적으로 실수가 통하지 않는 사람이다. 남친 앞에서의 실수 뒤엔 인생의 행로가 바뀔 수 있는 모험이 뒤따른다는 이치를 잘 알고 있는 터이다.

보리가 말을 먼저 걸었다.

"살면서 필연적으로 만나야 할 사람이 있습니다. 그 사람이 둘일 수가 있나요?"

재미있는 수수께끼였다. 민 교수는 얼른 받았다.

"둘이 아닌 셋일 수도 있다고 봅니다."

남녀의 사고란 판이할 수도 있겠지만, 민 교수는 너무 쉽게 답이 나왔다. 민 교수는 속으로 놀란다. 자기를 두고 이렇게까지 관심을 보일 수 있다니! 꼭 윤 교수를 위한 질문 같았다. 사실이 그랬다. 그러나 보리가 던진 말 속에는 여러 가지 의미가 담겨 있었던 것이다. 살면서 필연적으로 만나야 할 사람이란 부부를 의미한다. 그 사람이 둘일 수가 있느냐는 질문이다. 질문 속에는 여차하면 재혼도 가능하시겠군요. 이런 뜻이었다. 그런데 민 교수는 재재혼도 불사하겠다는 뜻의 대답을 하고 말았다.

자기 쪽에 유리하도록 해석하는 속물은 언제나 남친이다. 구보리는 남편 노천수가 뜬 눈으로 영면하자, 몇 번을 쓰다듬어 눈을 감고 떠나게 했다.

"당신 보낸다고 나 재혼하지 않아요."

속으로 다짐했다. 그러나 보리는 지금 스스로 당황하고 있는 것이다. 관심이 여기까지 발전할 줄은 몰랐다. 민 교수는 보리의 손을 덥석 잡았다. 보리의 반응은 유연했다.

"그 사람도 나를 자기의 목숨처럼 사랑해 줄 것이라 믿나요? 저는 사랑하는 대상은 서로에게 전부라야 된다는 관념을 갖고 있는

데요?"

민 교수는 주머니에 찔러 넣어둔 마장 22호 패를 다시 확인했다. 그게 구보리의 눈에는 사극에서 본 암행어사 마패같이 보였다.

"인간이 우연히 태어나지 않듯, 인연 또한 우연히 찾아오는 게 아니랍니다. 구 여사와의 관계가 그런 것 아닌가요?

"모든 사람은 가슴 속에 길 하나를 내고 있답니다. 그 길은 자기에게 주어진 길이 아니라 자기가 만드는 길이라 믿습니다. 교수님껜 가임 여가 필요합니다."

"그게 무슨 상관인가요? 칠순 맞은 앨버트로스가 알을 낳았다는 기사를 봤습니다. 몸집이 큰 새지요."

"보잘것없는 보리의 어디에 마음이 그리 끌리나요?"

"구 여사의 매력은 어디 한 곳에 있는 것이 아닙니다. 무지개의 색깔이 일곱 수로 나눠 있지만 실제로는 그게 수백 개의 색깔이랍니다. 구 여사의 매력이 바로 그런 원리이지요."

"한 사람 때문에 내 기분이, 내 마음 상태가 좌지우지되면 안 되겠다는 생각이 들기 시작하네요."


"그건 무슨 소리인가요?"

"코스모스 꽃대 하나가 세찬 강바람에 목이 휘네요."

민 교수도 밀릴 수가 없다는 생각을 하고 있었다.

"장미는 오전에 봐야 더 향기롭다고 했는데, 구 여사는 오후의 모습이 더 우아합니다."

민 교수는 짐짓 더 끈적하게 나왔다.

"생존의 세계는 무섭고 냉정한 법입니다."

구보리는 얼굴색이 약간 변했다. 구보리는 남편을 떠나보내고 이따금 거미의 생존 전략을 생각할 때가 있었다. 암컷은 교미가 끝나면 수컷을 집어삼킨다. 그리고 스스로 과부가 된다. 그래서 이름이 '검은과부거미'이다. 수놈도 그걸 안다. 그러면서 교미를 한다. 몸을 허락하였으니 분명 지네 남편일 터이고, 새끼가 부활하면 엄연한 애비가 된다. 그런데 그토록 직계가 분명하거늘 잡아먹는 이유가 어디에 있을까. 너무 좋아서, 혹은 너무 사랑하기 때문일까. 이 지구상에는 인간보다 더 끈끈함을 보이는 동물들이 많다. 그러나 거미의 세계는 더더욱 이해가 가지 않는다. 수컷은 덩치가 너무 작아 천적에게 잡아먹힐 가능성이 높아, 다음 짝짓기 철까지 온전히 살아 남기가 쉽지 않을 것이라 여겨,

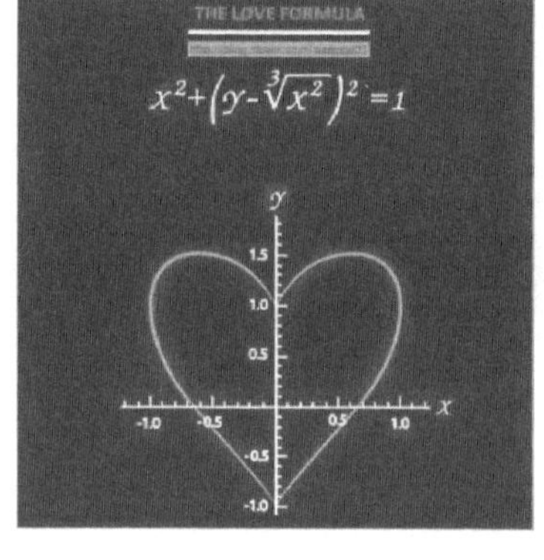


$$x^2 + \left(y - \sqrt[3]{x^2}\right)^2 = 1$$

차라리 암컷이 건강하게 알을 낳을 수 있도록 영양분으로 희생되는 게 종족 번성에 더 도움이 될 수도 있을 거라고, 곤충학자들은 억척을 달아놓기도 한다. 또 암컷에 손쉽게 잡힐 정도로 약한 수컷이 없어야 튼튼하고 강한 수컷 유전자가 전파될 가능성이 커질 수 있다고 진화론을 펴기도 한다. 이 잔인한 '검은과부거미'의 독은 방

울뱀보다 독성이 15배나 강한 것으로 조사가 되어있으니 가까이하지 않는 게 상책이라 여겨진다. 독의 이치는 인간에게도 적용된다. 과부가 품고 있는 독이 때론 한 가족을 몰살시키는 경우도 있으니 말이다.

"인간은 외로움에서 벗어나려 꽃의 냄새에 더 집중한답니다. 저가 좋아하는 유일한 꽃내음은 연화입니다. 더러운 곳에서 자라면서도 항상 깨끗한 자태를 유지하는 인내, 그래서 처염상정處染常淨이라 일컫는다나요. 잎 위의 미세 돌기 보셨나요? 돌기가 아니면 잎은 장마를 이겨내지 못하고 죄다 꺾기고 맙니다. 잎에 괸 물을 돌기가 흘려보내지요. 마찬가지로 여성들에게는 본능적으로 자기 몸을 지켜주는 DNA를 가지고 있답니다. 벌이 흔들리는 꽃잎에서 미끄러지지 않는 이유도 같은 원리입니다. 아이러니하게도 그건 벌의 의지가 아니라 꽃잎의 돌기가 벌의 발을 붙잡아 주기 때문이랍니다."

"이 민성기가 폭군처럼 강제성을 띤다면 어찌하겠습니까?"

"그거야 할 수 없는 일이지요. 당하는 수밖에. 그게 어디 섹스인가요. 들개 흘레붙기지요"

민성기는 좀 멋쩍은 생각이 들었다. 저렇듯 쉽게 무너질 사람이 아닌데 싶었다.

'식물도 감정을 가지고 있다고 했다. 인간에겐 특정 상황에서만 발동하는 비상 에너지가 있다. 근육은 한낱 고무 쪼가리일 뿐이다. 지금의 나를 있게 한 것은 모두 나의 마음가짐이다. 승패를 결정짓는 것은 집념이다. 플라세보 효과가 있는가 하면 노세보 효과가 있다.'

그렇다. 이루어질 거라는 기대의 긍정적인 효과 이면에 믿지 못하여 기회를 실효하는 경우도 있는 법이다. 세상의 법칙은 상식으로 통한다. 우리는 실제 눈앞의 대상이 아닌 우리가 예측한 것을 본다는 사실이다.

테이블 위에는 술이 남아 있는 술병이 있었다. 멋모르고 마신 맥주의 끈적한 취기에 보리는 몸 가누기가 힘에 부쳤다. 민성기가 곁으로 다가앉으며 어깨를 잡고 부축했다.

"민 교수님, 겨울이 22일 줄어든 대신 여름밤이 20일 늘었답니다. 너무 조급증 갖지 마세요."

보리는 당치도 않는 말을 하고 있었다. 이번에는 뜸드리지 않고, 민성기가 날름 보리의 말꼬리를 이었다.

"달맞이꽃은 벌 날갯짓 소리가 나면 꿀을 더 많이 분비한답니다. 보리 여사 옛날에 간직했던 그 멋스러움 다 어디에 숨겼나요?"

"식물도 감정을 가지고 있다고 했습니다. 순수 식물이 순수 동물을 포획해서 에너지를 얻는 파리지옥이 있습니다. 지옥에 난 돌기를 곤충이 건드리면 잎이 저절로 닫혀요. 그런데 한 번만 돌기를 건드려서는 안 되고, 한 번 더 자극을 주어야 잎을 오무려요. 하도 신기해서 나도 장난질을 해 봤습니다. 곤충이 처음 건드린 다음 그냥 지나가 버릴 수도 있으니 곤충이 건드렸다는 사실을 기억하고 있다가 두 번째로 건드릴 때 비로소 행동에 옮겨 에너지 소모를 최소화한다는 것입니다."

구보리의 이론은 퍽 구체적이고 심도가 깊었다.

정신이 몽롱해지기는 민성기도 같았다. 그렇다. 식물도 한 번의 유인에 넘어가지 않는다는 강조다. 구보리는 역시 마음이 깊은 사람이다. 민성기는 자신감이 생긴다. 앗차! 구보리의 실수였다. 이건 누가 들어도 여인이 꼬리 친다고 느낄 터이다.

"빠른 해류가 파도를 만들고, 이 파도의 힘을 이용하여 물레방아를 돌리듯, 파도가 움직이는 힘으로 터빈을 돌려 수력발전이란 에너지를 만들기도 한답니다. 부딪침의 에너지가 생산적일 수도 있습니다."

이제 민성기는 본격적이고 대담해 졌다.

"큰뒷부리도요를 아시나요? 알래스카에서 호주까지 11일 동안 쉬지 않고 1만3500km를 날은 답니다. 이토록 먼 길을 날고 나면 체량이 절반으로 줄어든다네요. 정확히 말하면 내 나이 마흔아홉에 신랑 잃었습니다. 밤시간이 가장 기다려진다는 젊음이었습니다. 큰뒷부리도요가 망망대해를 11일 동안 쉬지 않고 떠가는 인내심으로 지금의 자리를 보전하였습니다. 민 교수님의 모두 발언 코러스를 위한 전주곡으로 여기겠습니다."

'앉은부채'라는 식물이 있다. 뿌리에 저장한 탄수화물을 소모하며 열을 만드는 방식으로 일정 기간 온도를 20~25정도 유지하며 가루관이 잘 자라게 하여 꽃을 피운다. 보리는 보체는 욕정을 소모하느라 닥치는 대로 독서 했다. 스스로 생각해도 많은 양이다. '앉은부채'가 가루관을 키우듯, 보리의 의젓함은 스스로 쌓아간 내공의 힘이었다.

"하마는 자기 몸집의 3분의 1 정도가 위협을 느끼면 물속으로 피신하고, 피그미하마는 반대로 뭍으로 도망간다네요. 보리의 위험 지수는 3분의 3을 넘겼는데, 도망갈 통로가 보이지를 않네요."

민성기는 딱히 적대할 말이 없어 입이 열리지 않았다.

"함께 있으면 기분 좋은 사람이 있답니다. 민 교수님을 만나던 날 느낌이 참 좋았습니다. 선한 눈빛, 해맑은 웃음, 한마디 말씀에도 따뜻한 배려가 있어 잠시 함께 있었는데 오래 사귄 친구처럼 마음이 편했습니다."

보리는 순간 부드럽게 나가고 싶었다. 민 교수의 눈에는 짙은 애수가 담겨 있었다. 그걸 보리가 느꼈던 것이다.

술기운이 몸을 축여놓자, 민 교수는 응급실 침대에 누워서 의사가 한 말이 새록새록 떠올랐다. 3개월을 넘기면 수술이 불가능해질 수도 있다는 최후통첩 말이다.

"이 민성기 3개월 후면 식물인간 됩니다. 한 번만 봐주세요."

이렇게 고백한다면 저 얄미운 구보리가 어떻게 나올까. 민성기는 이렇듯 허술한 생각을 해보기도 하는 터이다. 그러나 술기운이 사그라들기까지 이 말은 묶어 두어야 된다. 웃는 낯에 침 못 뱉는다고 앞가림에 철저한 보리를 점령하기는 쉽지 않았다.

구보리는 순하디 순한 말투로 민 교수의 말에 대꾸를 이어나갔다.

"이성을 잃었다는 핑계로 찰나를 즐겼다고 가정합시다. 그쪽이야 순간의 쾌락에 만족할 수도 있겠지만, 상대라는 여인은 또다시 미지의 늪을 향해 새로운 길을 찾아야 됩니다. 교수님께서는 최고의 지성인으로 훌륭한 동량을 키워 내시면 됩니다. 산모가 방에 들어갈 때 댓돌 위의 신발을 한 번 더 본다고 하였습니다. 인간은 그냥 고깃덩어리가 아니랍니다."

보리의 주장에 억측이 있거나, 논리에 모순이 있거나, 사리에 어긋나거나 하지 않았다.

"달맞이꽃은 벌 날갯짓 소리가 나면 꿀을 더 많이 분비한대요. 민 교수님과 같이 있음 구보리의 맘이 더 포근해질 수 있도록 배려할 수는 없나요?"

민 교수는 점점 더 작아지는 자신이 초라하게 느껴지기도 했다. 3개월 후면 스스로는 완전히 숫컷이란 자격이 상실된다.

"가위, 바위, 보 게임에 숨어 있는 원리를 아시나요? 초보자에겐 '보'를 고수에겐 '가위'를 내면 이길 확률이 높다고 되어있습니다. 민 교수 앞의 구보리는 어느 쪽을 택할 것 같나요?"

의 외의 질문이었다. 보리에게 필요한 것은 술기운을 씻어내는 데 필요한 시간이었다. 손톱만큼이라도 실수를 하는 날에는 팔자가 달라질 수 있는 시간과의 싸움을 하고 있는 터이다.

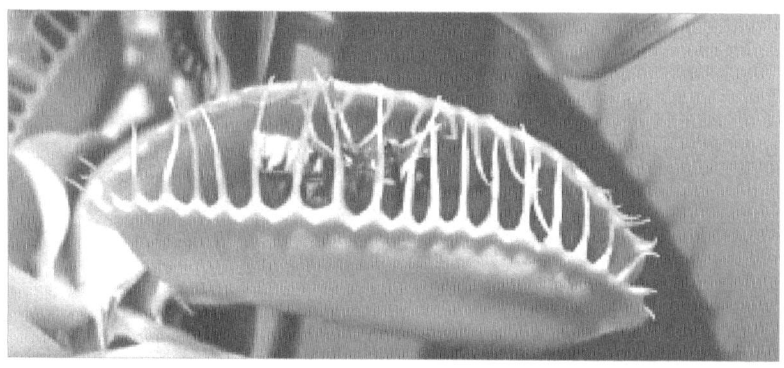

"인간에게 필요한 것을 단계별로 정리해 보면 섭생과 같은 기본 욕구, 그 다음엔 친밀감이라고 했는데, 민 교수께선 이 순서를 무시한 채 섹스라는 거창한 욕망부터 득하려 하시나요? 친밀감에 기초한 심리적 안전망 따위는 뛰어넘으려 하시는군요?"

낙지는 위험이 닥치면 검붉은 색으로 변신을 하고, 최후의 수단으로 먹물을 뿜어낸다. 새들이 달고 다니는 깃털도 때로는 무기가 된다. '미국갈색제비'는 깃털로 굴착기처럼 땅을 판다. 지금 보리에게는 아무러한 무기가 없다. 애걸이 최고의 무기인가. 빗나가는 분위기가 못내 아쉬웠다. 적응적 기대가설로 사랑을 낚아보려는 민 교수의 행위는 유치했다. 지나간 정보에 따른 예측의 실패해도 그에 기초하여 미래를 예측하는 방식은 어리석음이다. 민 교수는 수년간 출사를 같이 다니면서 사특한 태를 한 번도 내비치지 않았다. 위선이었던가.

미망인의 설움이 목구멍으로 치밀었다.

"저에게도 기회를 주실 수 있나요? 민 교수님 얼굴을 찬찬히 감상해 보고 싶어서요."

보리는 마음을 다잡아 먹었다. 그리고 민 교수의 얼굴을 요모조모 뜯어봤다. 눈과 눈, 귀와 귀, 눈썹과 눈썹, 왼쪽 볼과 오른쪽 볼, 왼쪽 콧구멍과 오른쪽 콧구멍, 그리고 양쪽 귓불까지 대조해 본다. 어느 하나 어색한 곳 없이 대칭을 이루고 있었다. 귀밑의 자분치가 매력적이었다.

얼굴을 드러낸 채 기다려 주던 민 교수가 입을 열었다.

"찬찬히 뜯어봐도 그 얼굴이 그 얼굴 아닌가요? 워낙 못 생긴 얼굴이라!"

"저는 잘 생기고 못 생긴 모습을 감상하는 것이 아니랍니다. 얼굴의 윤곽을 살폈습니다. 얼굴 좌우가 대칭에 가까울수록 이기적인 경향이 강하답니다. 민 교수님의 얼굴은 정확하군요."

"그곳이 그렇게도 중요한가요?"

민 성기는 강력하게 답을 요구하며 보리에게 눈총을 쏘았다.

보리는 어이가 없었다.

"민성기 교수님 교수님은 반사체 아닌 발광체가 되어 주십시오."

그런데 참으로 이상하다. 허벅지 살이라도 한입 물고 부르르 떨어 볼 용기가 나지 않는다. 너무나 차분한 감정으로 빨려드는 스스로가 놀라웠다. 보리는 눈을 감는다. 교활의 대명사 '노란목도리담비'의 생활습관을 머리에 떠올린다. 호랑이와 싸울 정도로 대범하다는 담비, 늑대 표범이 사라진 한반도에서 생태계 최상위를 점한다는 담비, 집단생활을 하며 힘을 과시하는 담비, 적의 기력을 원거리에서부터 빼놓는 지혜, 여기서 불쑥 저기서 불쑥 튀어나와 사냥감을 낮은 나무가 우거진 지역으로 몰아넣고 목덜미를 문다고 했다. 겨울철의 사냥방법은 더구나 기차다. 발굽이 있는 동물을 얼어붙은 강으로 유인하여 옴짝달싹도 못하게 한다지만 정작 본인의 몸집은 고양이 크기다. 얘네들이 살아가는 방식이다.

내 비록 저 남친이 싫은 것은 아니나, 내 속살에 저자의 살덩이를 출입하게 할 수는 없었다.

"영화에도 재개봉이 있듯이 닫아 두면 새것 되는 거 아닌가요?"

민성기 교수는 취기의 정점에 이르고 있었다. 점점 가관이었다. 보리는 후급 자가 검은 돌을 잡고, 상급자의 손안에 든 흰 돌의 눈치를 보듯, 밀리곤 있지만, 호랑이와 맞서는 노란목도리담비의 깡단과 살에 닿기만 해도 화상을 입혀 고통을 주는 청딱지개미반날개의 독을 웃도는 교양을 가지고 있는 터이다.

지나친 인내, 얄밉도록 눈부신 아름다운 자태 그리고 부드러우나 매운 이론에 현학玄學을 바탕으로 하는 달변은 청딱지개미빈날개의 무기 '폐데린' 독성보다 강했다.

"우리는 꼭지점을 찾는 게 아니고 평행선을 이탈하지 않고 달리면 됩니다. 우리의 꼭지점은 죽음이고, 그것은 새로운 삶의 시작이기도 합니다. 인간의 생명은 목적일 뿐 수단이 아니지요. 이 땅에서 우리의 관계는 이쯤에서 머물러야 해요. 숭고한 사랑에는 의무와 책임이 따르는 법이고요, 서로에게 전부라는 조건의 충족이기에 일부분의 애정은 내밀한 의미에서 사랑이라 정의할 수 없지요. 정신적으로나 행동으로나 그 외 모든 면에서 그렇다고 봅니다."

과연 민성기의 고집과 집념이 교양 갖춘 구보리 여사를 점령하고, 자기 소유로 만들 수 있을까? 민 교수 스스로 회의적이었다.

"천의무봉은 못될지라도 스스로 자해하는 일은 없어야지요. 사랑은 일방적일 수가 없고, 규칙과 통념상의 규약이 있습니다. 습관은 등급을 바꾸는 것이라 했습니다. 말은 마음에서 나온다잖아요? 음탕한 이야기 좋아하는 사람은 그 마음이 청결하지 못하기 때문입니다. 사랑은 오래 안고 있는 것이 아니라 서로 오래 바라보는 것이 더 좋다고 하던데요. 교수님은 만날 때보다 생각할 때가 더욱 행복한 맘을 갖도록 놓아 주세요."

취기 탓인가? 보리의 입에서도 술술 거침없이 나온다.

"별은 바라보는 자에게 빛을 준다잖아요? 별이 싸락눈처럼 가슴으로 내리네요."

보리의 눈은 초점을 잃어가고 있었다. 이후에 일어난 일은 신기했다. 하늘의 먼 곳은 가까워지고, 가까이 있는 곳은 한없이 높게만 보였다. 그래서 하늘은 둥근 풍선같이 원구형을 이루었고, 그 안에는 별이 철새의 무리처럼 모였다가 흩어지고 다시 모이기를 반복하고 있었다.

별이 빛나는 밤의 정서는 사람의 심성을 들추어내는 힘을 갖고 있다. 인간을 인간의 본성으로 돌아가게 한다. 한없이 반짝이는 별의 무리는 그래서 더없이 찬란하게 보이고, 육신을 황홀경으로 몰아갔다.

민 교수도 보리의 시선을 좇아 먼데 하늘을 응시한다. 과연 하늘에 별이 많았다.

"죽은 자는 별이 된다잖아요? 그러니 밤하늘은 아름다운 것이지요."

하늘에게 별이 소중하듯, 보리는 별의 친구이고 싶었다. 누군가를 간절히 그리워하여 별이 되는 사랑이라면 내 마음속에도 별이 뜨기 시작한다는 어느 일간지 기자의 별 사랑하는 마음을 헤아릴 것 같았다.

　　사실 보리는 별에 취해 밤을 꼬박 지새워 본 경험을 가지고 있는 행운아이다. 필리핀 실랑의 군 단위인 어느 한적한 마을에서다. 몇 가족이 모여 떠나는 일 주간의 피서 대열에 합류했다. 이곳은 기후가 다른 지역에 비해 시원하고 공기가 맑아 밤하늘의 별이 또렷하게 보이는 곳이다. 보리는 묵고 있는 숙소의 대문 앞에 앉아서 총총히 빛나는 밤하늘의 별을 보았다. 한여름 밤의 자정 무렵이었을까. 고개를 들고 본 하늘 위에선 별이 눈처럼 쏟아져 내렸다. 암울한 시기 창 너머로 본 풍경을 그렸다는 '별이 빛나는 밤'의 반 고흐는 어떤 심정이었을까? 고향 하늘의 별도 거기 같이 있었다. 순간 별은 혼자 바라보는 것이 아님을 느꼈다. 하늘의 별이 이처럼 많이 떠 있는데 나는 무엇에 쫓겨 그 아름다움을 잊고 살았을까. 먼저 세상을 떠난 내 어린 친구, 그리워했으나 다가갈 수 없었던 사람, 이제는 이름조차 잊힌 사람들 모두가 별 마을에서 왔다는 생각이 들었다. 아니, 그들 모두가 저 하늘의 별을 바라보고 있다면, 그들은 나와 연결되어있는 것이 아닌가? 나와 연이 닿는 모든 이웃이 대개 어둠 속에서 탄생했다는 사실을 깨닫는 순간이었다. 이 작업은 분명 천지 창조주가 관장했을 대역사의 일 부분이 분명했다. 보리는 밀폐된 방에서 그리움과 두려움과 고독과 싸우며 우울 속에 빠져 어우적대고 있었다. 살기 위해 여기를 왔노라 했다. 눈을 감고 있을 때, 말은 더 잘 들리는 법이다. 그때는 보이는 것이 아니라 들리는 것에 집중해야 된다는 사실도 경험으로 채득했다. 보리는 가장 빛나는 별을 보기 위해 가장 깊은 어둠 속으로 들어갔다. 인적이 끊인 적적함이 감방보다 무서운 암흑이었다. 가장 아름다운 별을 볼 수 있다는 조건의 구비였다. 이렇듯 가장 큰 희망은 가장 큰 절망에서부터 시작된다는 사실에 대하여 학습을 한 보리였다. 보리가 믿을 건 다른 세계가 반드시 열린다는 것, 그 가능성을 여호와가 제시하고 있음을 보리는 보고 싶었다. 그게 누구를 위한 소망이냐고 질문하는 소리가 선명하게 들렸다. 보리는 서슴지 않고 훌쩍 답했다. 나를 두고 먼저 떠난 남편 노천수라고.

몸의 어느 구석이 무거워 왔다. 민 교가 허물어진 자기 근육의 일부를 실어 놓은 모양이다. 보리는 제비처럼 입술을 혀끝으로 닦았다. 끽! 끼! 학의 울음소리가 목구멍으로 새어나왔다. 아니 비둘기처럼 신음하며, 눈이 시리도록 하늘을 쳐다보았다. 정신이 몽롱했다. 술기운을 이길 장사는 없었다. 몽롱하기로는 민 교수도 마찬가지였다. K대 영문학과에서 인기 있다는 민성기, 술기운에 장사 없기로는 그도 예외는 아니었다.

시간은 자정으로 흐르고, 어둠의 무게는 점점 더해갔다. 보리는 인사불성, 지금 어떤 모습을 하고 있는지 분간이 안 간다. 보리도 민 교수도 하고 싶은 말을 할 만큼 했다. 남은 말이 더 있을까. 보리는 임자 없는 설움을 한 번 더 실감했고, 남편이 그리웠다. 보리는 빨리 끝내고 싶었다.

"사랑을 앞세우면 상대편의 단점이 사라지는 법, 앞에 앉아있는 구보리 보잘 것 없는 여인입니다. 미망인일 따름입니다."

보리는 매듭을 짓지 않으면 후한이 따르는 법이라 여긴다. 민 교수는 가정이 아닌 가능성의 고백을 듣고 싶었다.

'민성기 교수님 오늘 당신의 태도는 분명 실수였다. 좋은 자리, 좋은 기회라고? 상대를 너무 눌러보는 처사다. 저질스런 유혹이다. 주인 없는 몸에도 정가는 붙어있는 법이다.'

그런데 민 교수는 또 도를 넘는다.

"그곳이 그렇게도 대단한 성역인가요? 물 위에 배 지나간 자리라 하던데?"

민 교수는 술기운을 핑계 삼아 적당히 미친 척을 했다.

보리도 그냥 넘길 수 없는 본 주제라 여기는 터이다.

"50대를 딴짓하기 딱 좋은 나이로 본답니다. 방전된 삶을 다시 충전시킬 수 있는 마지막 불꽃이 남아 있다는 소리입니다."

술기운을 털어버리려는 보리의 몸부림은 자칫 정신 이상자로 비추어질 가능성을 유발하고 있었다.

"너무 그러지 마세요. 평생 연애 한 번 못해본 수국도 눈물을 흘린다고 했습니다. 만경창파 바다 속에도 길이 정해져 있답니다. 아무 데나 지나다가는 암초에 부딪쳐 수침되지요. 여자에겐 생명줄입니다."

"너무 멀리 보다가 소중한 것을 잃을 수도 있습니다."

"살충제가 꿀벌의 불면증을 부른답니다. 뇌에 축적되어 생체시계가 바뀌고 한밤중에도 먹이를 찾아 나선답니다. 의사소통이 제대로 되지 않아 생존에 위협이 된다는 것이죠. 독이 든 민 교수의 침으로 거듭 찔려 놓으면 이 보리는 중독이 되어 자아를 상실하고 말

것입니다. 순결은 내 삶의 가치관이지요. 짓밟힌 순결이 보리의 생명을 유예시킬 것으로 보신다면 착각입니다."

여자는 단 한 번의 실수로 남정네 팔뚝을 벗어나지 못하는 손목시계가 되기도 한다. 남성의 40%가 지속적인 성관계를 유지해야 된다고 생각하는 반면 여성의 58%는 데이트만 해도 불륜으로 여긴다는 통계가 있다.

"듣는 귀는 천년이고 말한 입은 사흘이라지요. 말 한마디가 누군가의 인생을 바꿀 수도 있지요. 세 치 혀로 농할 가벼운 일이 아닙니다."

민 교수는 한참 대꾸하지 않았다.

"저는 오늘 민 교수님을 다시 보았습니다. 그리고 크게 실망을 했습니다. 우리는 5년 가까이 출사를 다녔습니다. 둘 사이의 이상이 누구보다 맞는다는 것 동호인들이 알고 있을 것입니다. 그 자체로 저에겐 울타리가 되었습니다. 까마귓과 새들의 지능이 월등히 높은 이유를 아시지요? 그것은 어미 새의 보살핌이 그만큼 더 적극적이고 길게 이어지기 때문이랍니다. 뇌의 성장은 보호와 밀접한 관계를 가지고 있다는 것이지요. 인간이 만물의 영장인 것은 부모님으로부터 오랜 시간 보호를 받고 자랐기에 가능했습니다. 사실 '무지개사진동우회'에서는 크고 작은 치정관계가 있었습니다. 보리를 단독으로 사귀고 싶어서 치분되던 회원이 있었다는 것 민 교수님도 눈치 채고 있었던 것 아닌가요? 그때마다 적당한 스톱모션으로 감싸주곤 하였지요. 그러지 않았음 저 진작에 탈퇴했을 것입니다."

민 교수는 유구무언이었다.

"반딧불이가 어마어마한 독성을 가지고 있다는 사실을 알고 계시나요? 잡아먹는 쪽에서 죽는다고 하던데요?"

민 교수는 애써 대적할 말을 찾는다.

"갈매기 구애 방식은 간단하지만 명료합니다. 그네들의 프러포즈 방식은 수컷 갈매기가 마음에 드는 암컷 갈매기에게 먹이를 물어다 줍니다. 암컷 갈매기가 먹을 것을 받으면 프러포즈를 승낙한 것이고, 받지 않으면 프러포즈를 거절하는 것입니다."

이 친구 나보고 가지기家直 노릇 하라는 건가. 보리는 안색이 변한다. 역겨웠다. 매춘을 바라다니! 보리는 삶이 복잡하게 얽히고설키어 내심 가리사니를 잡을 수가 없었던 처지를 당하면서도 사특한 생각은 해보지 않았다. 남편은 성에 대하여 반쯤은 불구자였다. 보리는 남편과의 잠자리에서 오르가슴에 도달해 본 경험이 별로 없었다. 친구들의 이야기를 듣노라면 그건 만화 같은 이야기였다. 그저 동경의 대상이었을 뿐이다.

"통속적인 논립니다. 말은 사람을 살릴 수도 죽일 수도 있습니다. 생각이 말이 되고, 말이 행동이 되고, 행동이 습관이 되고, 습관이 성격이 되고, 성격이 운명을 만든다지요?"

민 교수도 이쯤에서 물러서기 싫었다.

"세상의 이치는 자웅의 이치 아닙니까? 외짝으로 산다는 것은 억지이고, 사치일 뿐입니다."

"그러나 사랑은 일방적일 수가 없고, 규칙과 통념상의 규약이 있습니다. 민 교수님과는 단순히 사진 찍기를 좋아하는 동호인으로 만났고, 그렇게 사귀어 왔습니다. 이성 간의 단순한 친구 관계이지요. 왜 자꾸 그 선을 넘으려 하시나요?

"곤충도 진화된 방식대로 살아간답니다."

"맞는 말씀입니다. 물속에 오래 있다 나오면 손가락이 불어 대추처럼 쪼글쪼글해지는 현상에 대해 얼핏 피부가 물을 흡수해 부풀어 오르면서 주름이 생긴 것으로 보입니다. 사실은 오래 전 열대우림에 살던 인류 조상이 빗속에서 뭔가를 잡을 때 미끄러지지 않도록 빗물에 잦으면 자율신경계가 작동해 손가락에 주름이 생기게끔 진화했다는 것입니다. 신체 역시 비에 진화하고 있다는 증거로 본답니다."

"세상에는 이유 있는 것도 있지만 이유 없는 것도 있답니다."

"그럴까요? 애가 울면 아빠는 짜증내는 데 왜 엄마는 외면을 못하는지 아시나요? 이유 없이 그저 그렇게 된다고 보시나요?"

민 교수는 말로 다투어 여성을 이길 수 없다는 원리를 잘 알고 있는 터였다.

"닭이 먼저다. 달걀이 먼저다. 교수님은 어느 쪽인가요?"

민 교수에게는 연거푸 답변하기 어려운 문제였다.

"영국의 셰필드대학 연구팀이 확정을 지었답니다. 단백질을 분석해 닭이 먼저라는 답을 내 놓았답니다. 세상에 이유 없는 가설은 존재할 수 없다는 소리지요. 달걀 껍데기와 닭의 난소에 공통적으로 존재하는 단백질을 분석한 결과, 닭이 없이 달걀이 형성되는 것은 불가능하다는 결론을 내렸다는 것입니다. 엄마가 애의 울음소리를 외면 못하는 것은 출산한 여성의 몸에서 활발하게 분비되는 옥시토신이 아기 울음소리에 대한 민감도를 크게 높여주는 것이 원인이랍니다. 오늘 밤 우리들이 22호실 신세를 져야 할 필연적인 이유가 있나요?"

민 교수는 초점 잃은 눈동자를 하늘로 보낸다. 별들이 꽃비처럼 쏟아져 내리고 있었다.

"우리는 꼭지점을 찾는 게 아니고 평행선을 이탈하지 않고 달리면 됩니다. 우리의 꼭지 점은 죽음이고 그것은 새로운 삶의 시작이기도 합니다. 인간의 생명은 목적일 뿐 수단이 아니지요. 이 땅에서 우리의 관계는 이쯤이 마땅하다고 봅니다."

"장봉도 가막머리 낙조를 기억하시나요?"

"인천 앞바다의 하룻밤 이야기 말인가요?"

"네-, 해수욕장을 바라보며 가막머리 앞바다가 만조로 물이 붓기를 기다렸죠. 그렇듯 조용한 모습이던 구 여사께선 낙조의 순간에 이르자 인생의 종말을 카메라에 담겠다는 듯 광기어린 짐승처럼 셔터를 눌렀지요. 전 그런 모습 난생 처음 봤습니다. 저 집 주인 정말 복진 분이구나, 한없이 부러웠지요. 그날은 1박2일 코스였습니다."

보리는 굴 입 닫듯 입을 다물었다. 그도 앙살궂은 데가 있었다. 민 교수는 미안쩍었다. 보리는 언젠가 책에서 읽었던 수중의 무지라기 하마의 밀애 장면을 떠올렸다. 이 지구상에서 해마의 사랑놀이를 능가할 동물이 있을까? 녀석들은 서로 가까운 거리를 유지하며 9시간 넘게 알랑알랑 구애를 한 다음에 교미를 시작했다. 그 모습이 참으로 우아하게 느껴졌다. 민 교수에게 이 장면의 설명이 필요했다. 세세하게 설명했다.

"교수님의 욕심에 동조하며 22호실에 들었다고 합시다. 그 뒤에 올 필연적 관계를 생각해 보셨나요?"

"소나무와 대나무는 굳은 절개 천년을 지켜도 늘 그 꼴인데, 도화와 오얏꽃은 봄마다 다시 피어도 곱기만 하더라는 김삿갓 시가 있습니다."

"반려식물의 철학을 모르고서야 어찌 감성을 가진 지식인이라고 할 수 있나요. 식물을 키우는 동안 우울감과 외로움이 많이 해소된답니다. 보리는 꽃이 아니고 감성을 지닌 인간입니다."

보리는 그렇게 이어받는다.

요사한 일이다. 보리는 야살스럽게도 한순간 누구의 품에 안겨 칭얼대고 싶은 충동이 인다. 맥주가 이성을 훔쳐 가자 보리의 본성이 드러나는 것인가? 이성이 마모된 보리의 행동은 민 교수를 흥분시키기에 족했다.

"수서 곤충류인 깔따구는 성충이 되어 입이 퇴화된 채 최대 7일간을 굶고 버틴 대요. 저는 평생을 그렇게 살아야 됩니다."

보리의 저항은 점점 무디어갔다. 보리는 머리에 저장해 둔 장면을 되돌려 본다. 민들레를 나와 비들 입구에 이르는 동안 사장저수지 뚝방길을 지나올 때 반 뼘 폭으로 벌려놓은 창을 통해 들어오는 물바람을 씌면서 잠시나마 발정끼를 느꼈다. 신혼부부의 2층 놀이 동영상을 보면서 오르가즘을 경험해 봤다. 남편에게서 느껴보지 못한 쾌락이었다. 정상적인 부부관계가 보리에게 늘 동경의 대상이었다. 보리는 물 많던 시절을 그렇게 보냈다. 오색 무지개를 타고 하늘에서 땅으로 떨어지다가, 수백 개의 금종金鐘이 동시에 울리는 초원에 누어 있는 기분이라고 했다. 하늘에서 낙하산 없이 떨어지는 스릴! 그것도 단 몇 초! 끝난 뒤에 오는 허탈감, 정말 죽을 맛이라고 했다. 보리와 남편은 서로 간 그런 오르가즘을 느낀 적이 없었다.

정말 사랑에는 고리가 있는 것인가? 고리를 만들어 오늘 밤 만리장성을 쌓아본다? 10년을 독수공방했을 건장한 이 남친과 거북처럼 2층을 만들고, 희뿌연 인젝션을 고스란히 구보리의 보물함으로 옮겨봐. 마운팅 개임의 멋진 장면이 보리의 머리를 스쳤다. 하기야 둘이 붙어 오달지게 정사를 나눈들 둘 다 싱글이니 걸릴 일은 없었다. 잠시나마 발동을 걸어본 생각이었다. 그러나 아무리 생각해도 승산 없는 섹스는 아니라는 결론이다. 여자와 남자의 다른 면이다. 남자는 한 끼 밥 먹듯 쉽게 생각하는 부분이 여자에겐 어렵게 느껴진다. 섹스파트너가 남 1인당 10.5명이라는 신문 기사를 본 적이 있다. 보리가 10.5의 대상물이 될 수는 없었다. 사실 보리는 민 교수를 만나 진정 담긴 위무를 받고 싶었다. 그게 아니었다. 저 남친 처음부터 페로몬에 취한 수캐가 되어 마운팅 개임을 목적으로 삼았단 말인가? 보리는 설레설레 도리질했다.

보리는 허물어진 몸을 추스르며 사력을 다해 민 교수의 구애를 거부한다. 역부족이었다. 남정네의 성욕에는 관성의 법칙이 있어서 방향을 틀어도 운항 관성을 이기지 못하는 대형 배와 같아 사고를 치게 되어있다. 기후 변화가 강력한 관성을 갖고, 달리던 기차가 급 정거를 못 하는 이유와 같은 이치라고 변명한다. 저항 일변도가 끔 찍한 사건을 불러올지 모른다. 조심스럽다.

"지금 우리 둘은 눈발이 드센 빙판길을 달리고 있는 차를 운전하 고 있습니다. 서행 운전이 필요합니다. 서서히 브레이크를 잡아보세 요. 우리 만났을 때 그때처럼 언제나 그렇게 순순하게 사랑하고 싶 습니다. 육체적인 사랑은 찰나일 수가 있지만 정신적인 사랑은 영원 한 것입니다. 꽃을 좋아하는 사람은 그 꽃을 꺾고, 꽃을 사랑하는 사람은 두고 보지요. 모든 식물에는 자기만의 필요한 광수 용량이 있답니다. 저는 아직 교수님의 광수용체 세포와 융합시킬 준비가 되어 있지 않나 봅니다."

보리는 혀가 말을 잘 듣지 않는다. 우물우물하다가 말끝을 맺는다.

"처음 인연으로 느껴왔던 그 순간의 느낌대로 언제나 그렇게 아 름답게 사랑하고 싶습니다. 꽃을 사랑하는 사람은 물을 줍니다."

보리는 이렇게 말은 하면서도 실감이 가지 않는다. 정말로 민 교 수에게 마음이 쏠리고 있었던 것인가.

'수컷 거미는 상습적으로 '결혼 예물'을 먼저 바치고 구애를 한다 던데……'

보리는 혼잣말로 중얼거린다.

"결혼선물을 먼저 바친다고는 하지만 교미가 끝난 뒤 살아남을 확률은 그리 높지 않습니다. 사마귀 수놈은 더 처절한 목숨을 바 치지요. 몇 시간에 걸친 짝지기를 끝내면 방금 전까지 살을 나누던

암컷의 밥이 되고 만답니다. 이렇듯 수놈은 목숨보다 더 절실한 발
정이란 신체적 조건을 안고 태어나지요."

"자제력이 임계점에 닿았다는 고백인가요?"

"나비가 거미줄에 접근하는 이유는 곤충이 좋아하는 자외선을
반사하기 때문입니다."

"사향이 궁중 시녀들의 애장물이란 이야기 들었습니다."

"냄새를 맡으면 고양이가 좋아서 끌어안고 몸을 비비지요. 그게
어느 쪽의 잘못인가요?"

"저는 민 교수님의 도량을 모나지 않는 것으로 여기고 있습니다.
그 속에는 교양과 도덕도 한 몫으로 채워진 것으로 여겼지요. 과일
이 둥근 모양일 때 수분을 제일 많이 저장할 수 있는 것과 같이 그
렇게 둥근 모습을 하고 있는 것으로 여겼지요. 지금도 변함이 없습
니다."

"모든 생명체의 이치가 그런 것입니다."

"저는 사향 대신 락탐을 가지고 있지요."

"락탐? 처음 듣는 소린데요. 구미가 당깁니다."

"미역의 끈적거림입니다. 그 덕분에 물속에서 오염되지 않고 청결
을 유지할 수 있지요."

"재미나는 현상이군요?"

"거미줄에도 자기가 다니는 길이 있듯이 인간이기에 지녀야 할
도리가 있답니다. 물이 그 주인을 만나면 얼굴을 붉힌다. 고 했습니
다. 3년간 무소식이던 민 교수께서 내린 결론이 접속이었다면 그 이

후에 나타날 현상에 대하여 설명해 보시지요?"

사랑의 환상이란, 아무것도 아닌 걸 감춘 '배일'이라고 정의했던 어느 영문학의 양심이 새삼 가슴에 닿았다. 민 교수는 보리가 이렇게까지 나올 줄 몰랐다. 사실 출사를 다닐 때 말수가 적은 보리에게 유일한 말벗은 민 교수뿐이었다. 민 교수의 신사적인 매너, 부드러운 성품에 호감이 갔다. 남편이 남기고 간 빈자리를 메꾸어 줄 말벗으로 여겼다. 좋은 사람으로 만나 착한 사람으로 헤어져 그리운 사람으로 남고 싶었다.

민 교수는 이쯤에서 물러서야 했다. 보리는 더 지탱할 힘이 없었다. 보리는 마취제에 취한 듯 점점 정신이 혼미해졌다.

"어미 고슴도치의 등에 달린 가시가 몇 개 인지 아세요?"

그렇다. 고슴도치는 5천 개의 털 침을 갖고 있다. 사자도 섣불리 헤치지 못하는 침이다. 보리는 그렇게 말하며 민 교수를 쳐다보았다. 보리는 눈동자가 흐려 있었다.

"저의 실존은 신앙이 바탕입니다. 순간의 쾌락을 위해 평생의 죄를 지을 수는 없습니다."

"저는 가톨릭에 대해서는 잘 모릅니다. 솔로몬 왕은 700명의 후궁과 300명의 첩을 두었다면서요?"

"맞습니다. 솔로몬 왕은 특히 여러 나라의 여자들을 좋아했습니다. 왕이 여자를 좋아했던 것은 국치를 위한 수단이었지요. 1천 명 모두가 왕을 좋아했으리라고 믿지 않습니다. 사랑이 없어도 섹스는 가능한 법입니다. 교수님께서 구보리를 취하고자 함은 단순히 쾌락을 위한 것이니 솔로몬의 처지와 다르지요."

민 교수는 보리의 새퉁스러운 모습에 적이 놀라고 있었다.

"제자들에게 똑똑한 뇌보다 좋은 뇌를 만들어 주세요. 육체는 그저 고깃덩어리가 아니라고 했습니다. 이성을 따르든지 감성을 취하든지 교수님의 의중에 딸렸습니다. 전 어디까지나 교수님의 인격을 믿습니다."

보리의 상반신은 민 교수의 무릎 위에 놓여있었다. 민 교수는 연이어 보리를 내려다본다. 저렇게 예쁠 수가! 잠든 얼굴이 더 귀여운 건 살짝 죽어 있기 때문이라고 했다.

여기까지가 전부였다. 모든 것은 서로 애당길 때라야 후한이 없는 법이다.

시간은 자정 쪽으로 흐르고, 하늘엔 별이 선명하게 반짝이고 있었다. 별똥별이 빗금을 그으며 꼬리를 남긴 채 사라져갔다. 보리는 물먹은 닥종이처럼 몸이 허물어졌다. 주량의 배에 이르는 맥주를 마셨다. 민 교수는 보리가 실수하지 않도록 무릎 위의 그를 끌어안고 있었다. 보리는 몸의 어느 부분에 견디기 어려운 통증이 왔다. 민 교수가 그렇게 하고 있었다. 보리는 비몽사몽 사력을 다하여 눈을 뜬다. 밤하늘의 별들이 얼굴에 떨어질 듯 너무 가까이에서 빛났다. 그 틈으로 희미하게 민 교수의 얼굴이 보였다. 남편의 얼굴도 보였다. 보리는 혼수상태에 이르고 그길로 잠이 들었다. 하늘에서 더 많은 별이 꽃비처럼 쏟아져 내렸다.

22호실 미화부는 다음 날 아침 일상적인 뒷손질을 했다.

인간은 죽음의 필연성을 받아들이고 이를 인정해야만 산사람과 죽은 사람이 모두 각자의 삶을 살 수 있다. 인간의 원초적인 덕목이다.

보리는 남편의 죽음을 인정하고서야 일상으로 돌아갈 수 있었다.

# 13. 짧은 재회

트럼펫 교장님이 턱을 내던 날, 내빈이 많았다. 무지개사진동우회에서 새 회원까지 참석했다. 정작 연주회에 모인 인원보다 많은 듯했다. 트럼펫 교장님은 그만큼 열심히 살았다는 소리다. 그는 30년 넘게 초등학교에서 교육 봉사를 했다. 부산의 사학명문에서도 학생을 가르쳤다. 당시에는 드문 트럼펫 전공자였다. 이날 제자들은 자리를 같이하지 않았다. 그들과는 다른 자리를 마련하기로 하였다. 그의 실력은 음악에만 머물지 않았다. 전국체육대회 동계빙상대회에서 총지휘를 할 만큼 체육에도 일가견을 가지고 있었다.

회식자리에서 보리가 축사를 했다.

"저는 한규호 작가를 언제나 트럼펫 교장님이라 부릅니다. 글도 잘 쓰시지만 트럼펫 연주는 단연 돋보입니다. 저의 동각문학회는 트럼펫 교장님의 따스한 음률이 흐르기에 언제나 즐거움 속에서 시간을 보냅니다. 저의 문학회는 항상 열려 있습니다. 어느 때 오셔도 대환영입니다. 오늘 좋은 자리에 동석할 수 있어서 영광입니다. 감사합니다.”

예상했던 대로 K대 민 교수도 와 있었다. 이성보다 우정을 따를 때가 있다고 했던 위인이다. 보리는 결고틀 때가 아니라고 생각했다. 남편 장례를 치르고 3년이 되어갈 무렵이다. 민 교수가 보리를 한 번 만나자 했고, 보리는 호의를 무시할 수 없어 그렇게 하노라 했다. 그리고 유명 한식당에서 고급 식사를 했다. 그리고 이름도 야릇한 ‘비들산장호텔’ 화려한 홀에 앉아 마주 보며 커피를 마셨다. 창밖의 먼 하늘에 떠 있던 별이 커피 잔에 내려와 담겼다. 카페 라떼를 첨가하지 않아도 좋았다. 보리는 홀짝홀짝 그대로 마셨다. 순간 태국 푸켓의 크라운호텔 1호실 합방 장면이 섬광처럼 머리를 스쳤다. 손아래인 후덕한 기업가, 어머니를 모시고 사는 10년 싱글, 둘은 스탠드바에 마주 앉아서 주량이 넘치도록 맥주를 들이켰다. 용솟음치는 불만, 음습해 오는 욕정, 둘은 새벽 2시가 넘어서야 방에 들어가 서로 옷도 못 벗고 쓸어졌다. 이튿날 해가 중천에 오르고서야 눈을 떴다. 아무래도 그냥 넘어가지를 않은 것 같은 데, 정작 중요한 장면은 전연 머리에 남아 있지 않았다. 만남은 기회가 되고, 인연이 운명이 된다는 그날의 생각을 보리는 지금도 지울 수가 없었다.

나중에 친구는 말했다.

“에구 이 바보, 너는 손에 떡을 쥐어줘도 못 먹어.”

“떡을 먹었는지 안 먹었는지는 하나님만 아시지.”

보리는 그렇게 대답했다. 정말 그랬다. 확인이 안 되는 그날의 동침. 과연 피부접속이 있었는지. 다음날 몸 상태를 요모조모 점검해 봤다. 흔적을 찾을 수가 없었다. 정말 강물에 배지나 간 자린가! 보리는 그게 늘 저주스러웠다.



방갈로와 정원이 아름다웠던 이름도 지워지지 않는 크라운호텔에서 짐을 풀었지요. 아침에 일어나서 조반을 먹으러 내려가면 갖가지 과일과 음식이 진열된 식탁, 창을 통해 비쳐오는 아침 햇살과 파란 바다……. 온 몸으로 전해오는 희열을 느끼며 행복했지요. 이 낯선 섬, 환상적인 바다와 분위기에 젖어 미친 척 이 남자와 정사를 나눠봐? 그런 유혹에 빠졌답니다.

그러나 섹스는 아니라는 결론을 내렸었다. 여자와 남자의 다른 면이다. 남자는 한 끼 밥 먹듯 쉽게 생각하는 부분이 여자에겐 어렵게 느껴지는 것이다. 사실 기회를 핑계 삼아 한번쯤 정사를 나눈들 둘 다 싱글이었는데 문제될 것은 없었다.

그런데 또 같은 얼개로 묶여 민성기란 남정네와 장시간 사랑걸이 내기바둑을 두고 있는 터였다. 얼굴에 열이 올라 붉어지기도 하고, 창피와 무안으로 핏기를 빼앗기기도 하였다. 교육자이고 신사도를 믿었던, 속으로 싫지 않았던, 학자께서 엉큼한 수컷 내움을 피우자 보리는 미망인의 슬픔에 가슴이 저리어왔다. 분명한 것은 민 교수의 씨물을 받아서는 아니 된다는 사실이었다. 느린 소도 성을 낸다고 보리는 그날 태어나서 처음 겪는 수모를 당했다.

보리는 아는 체를 하는 민 교수에게 눈인사로 답했다. 그날 자기를 두고 조개껍데기는 녹슬지 않는다며, 우아한 모습을 언제나 간직하고 있다며, 스스로의 자존심을 무한 꺾어주던 민 교수에게 약간은 미안했다. 따듯하고 안온한 물기를 촉촉이 머금고 있는 보리의 눈동자를 보며 민 교수는 단박에 가슴이 녹아내렸다. T 회장의 모습은 보이지 않았다.

"회장님 오늘 병원에 바쁜 일이 있어 못 오셨습니다. 구 여사님께 안부 여쭤 주라고 말씀하셨습니다."

두 사람의 자리는 자연스레 옆자리가 되었다.

"아— 예. 오전에 전화 주셨습니다."

보리는 어색함을 숨기려 좀 과장된 동작을 취했다. 맥주와 소주와 빈 막걸리 병이 식탁위에 많이 쌓여갔다. 트럼펫 교장님의 얼굴엔 취기가 한껏 올라있었다. 트럼펫 교장님은 박수를 받으며 앞 연단으로 납시었다. 그는 보리가 요청한 '오빠 생각'을 연주했다. 일절이 끝나자 누가 시키지도 않았건만 이 절은 합창이 되고 말았다.

연회 장소는 잠자는 바다처럼 잔잔한 율동으로 이어졌다. 모두가 손에 손잡고 벽시계 추가 되어 좌우로 흔들리며 노래를 불렀다. 보리의 눈에도 트럼펫 교장님의 눈에도 눈물이 맺혔다. 노랫말 때문이다. 이 '오빠 생각'은 12살짜리 최순애가 지었다. 그는 방정환의 잡지 '어린이' 동시 란에 입선되는 천재 문학소녀로 등극했다. 때맞추어 14세 이원수도 이 잡지의 주인공이 되었다. 7년간 서로 편지를 주고받으며 사랑을 다졌다. 마지막의 약속은 수원역에서의 상봉이었다. 그러나 일경에 채포된 몸이 된 이원수는 이 약속을 지킬 수가 없었다. 다음 해에 자유 몸이 된 이원수는 순이 생가를 찾아가 사랑을 고백하고 결혼한다. 그 후 둘은 장수를 누리다가 세상을 뜬다. 3남 3여의 씨앗을 남겼다.

우리는 문단 초유의 순애보를 잊지 못한다. 이날의 마무리 곡은 '오빠 생각'이었다. 보리가 사전에 트럼펫 교장님께 부탁을 해 두었었다.

인연이란 참으로 묘했다. 가장 만나기 쉬운 것이 사람이듯, 가장 잃기 쉬운 것 또한 사람인가 싶었다. 사람과 사람의 관계에서 이기고 지는 것이 있을까? 보리의 대구 시절이 남달랐듯, 보리에게 무지개사진동우회는 더욱 그러했다. 보리는 두 번 태어나서 세 번 죽는다는 그런 고통 속에서 인내를 씹고 살아야 했다. 극단의 슬픔을 토로해 천붕지통이라 했다. 하늘이 무너짐의 아픔을 겪으면서도 사진동우회에 나갔다. 살아 남을 수 있는 힘을 얻기 위해서였다. 도피의 길을 찾아 헤맸던 것이다. 민 교수를 만났고, 트럼펫 교장님과 사귀었다. 그런 민 교수가 고작 자기를 베드 걸 정도로 삼겠다는 것에는 동의할 수 없었다. 트럼펫 교장님도 결국 그런 예술가였다. 심지어 보리는 성전환을 해볼까도 생각했다. 왜 그랬을까? 남자들은 두세 번만 만나면 만지고 비비려 해서 무서워 사귈 수가 없었다. 직원 셋을 두고 성업하던 인테리어 가게를 닫은 이유도 이 때문이었다. 하나같이 흑심을 품고 있으니 사자 우리에 갇힌 암양 같았다. 대전 사진동호회에서 만난 사람이 좀 신사적인 면이 있어 2년 넘게 사귀어 봤지만 그도 더 이상 진전하기가 어려웠다. 헤어지면서 남자는 안 만나겠다고 다짐을 했다. 그러나 한 일 년이나 지났을까. 또 힘이 들었다. 보리는 기도했다.

'저는 지극히 정상적인 여자고, 도대체 말할 상대가 없어 못 살겠어요. 손도 안 잡을 테니 마음 통하는 남자친구 한 사람 만나게 해 주세요.'

그렇게 기도했다. 하나님은 알고 계셨나 보다.

'너는 아직 60줄인데 그러지 못한다.'

하나님은 꿰뚫어 보셨을 터이다. 이제 나이가 들고 모든 것에 익숙해지고 남녀 간의 문제란 게 그리 달콤한 것만은 아니라는 거 알 만큼 세월이 흐르고 그리고, 뭔가 느낌이 오는 김경래 사장을 만났다. 미래는 신의 영역이지만 인간이 행복하게 살기를 바라신다고 믿는다. 좋다가도 싫어지고 조석 변화하는 것이 사람 마음이다. 그렇지만 우리가 서로에게 좋은 상대라면 오래 봐야 한다. 여기까지가 보리의 순수한 생각이었다.

구보리는 언제부터인가 혼자 있을 때면 '오빠 생각'을 혼자 중얼거리곤 했다. 곡도 곡이려니와 가사는 더욱 좋았다. 보리는 남매로 자랐다. 위로 오빠를 두었으나, 아래로는 핏줄이 없었다. 어쩌면 노랫말처럼 서울 가신 오빠가 그립곤 했다. 비단구두는 두고라도 귀여운 여동생 화장품 한 점 사서 오련만 그런 선물 받지 못했다. 오빠는 단명했다. 흔하지 않던 대학생 시절 방학 때면 마을에서 유일하게 4각 모를 쓰고 내려왔다. 대학교 졸업하기 2년 전에 결혼했고, 졸업 후 2년을 넘기지 못하고 영영 갔으니, 부부생활은 4년간이었다. 그 사이 딸린 것은 딸이 하나로 대代가 끊겼다. 오빠는 비명에 갔다. 교통사고였다.

최근의 일이다. 구보리의 입에서 곧잘 노래 '오빠 생각'이 새어 나왔다. 구보리는 이 노래를 부르다가 곧잘 눈물을 흘렸다. 구보리는 눈물이 흔한 축엔 끼지 않았다. 노래는 2절이 더욱 애절했다.

이 노래는 한동안 국민동요였다. 노랫말을 지은 최순애와 아동문학가 이원수의 사랑 이야기는 참으로 애절하다. 둘의 몸이 하나가 될 때까지의 정황은 그 옛날 무성영화 『검사와 여선생』 이상으로 극적이었다. 이 동요는 박태준이 곡을 붙였는데, 그리움의 서정성이 가득 담겨 있다. 당시 문예교사였던 박태준이 정식 작곡을 제대로 할 줄도 모르던 때에 얼굴 한 번 본 적이 없는 최순애에게 감동하여 만들었다는 사연이 담긴 곡이다. 박태준은 특히 마지막 부분을 작곡할 때 흐르는 눈물이 오선지를 흥건히 적셨었다고 회고하였다. 서울 간 오빠를 그리워하며 지은 시 「오빠 생각」은 일제강점기인 1925년, 어린이 잡지 『어린이』에 실렸다. 최순애 나이 열두 살 때다. 이 동시를 읽은 어린 이원수는 감동하여 최순애에게 편지를 보내게 된다. 두 사람의 인연은 이렇게 시작되었다.

멀리 경상남도에 살고 있는 열다섯 살 소년 이원수의 가슴을 설레게 한 시 한 편, 문학작품 속에는 숭고한 영혼이 깃든다는 사실을 증명하는 영수증이 될 터이다. 그리고 10년 후, 두 문인은 결혼이란 성스러운 관문을 통과했다.

과수원집의 유복한 최순애 가문과 가난한 이원수 집안의 혼사가 이뤄지는 과정에는 자연 어려움이 따랐다. 하기에 두 가정의 경사엔 많은 관심이 집중되었다. 난관을 극복하고 혼사를 치른 뒤에 이원수의 집으로 시집을 가보니 이원수의 집은 정말로 찢어지게 가난해서 살림살이도 거의 없는 형편이었다고 한다. 물론 그 후에도 이원수는 돈을 거의 못 벌어서 가난하게 살아야 했다. 그리하여 최순애 이원수의 순애보는 하나의 문학예술 작품인 것이다.

오빠 생각을 자양분으로하여 문학소녀로 자란 최순애, 이원수그렇게 문학으로 10년의 인연을 맺어 왔건만 첫 만남의 벽은 만리장성 만큼이나 길고 높았다. 만나기로 한 금약金約은 일제의 족쇄로 묶인다. 이원수는 민족의식에 눈을 뜨며 반일독서회 사건이란 결과물을 만들고, 구속이 된다. 그리하여 오빠를 그리워하던 오빠 생각은 임을 그리워하는 노래가 되었고, 이원수를 그리워하는 최순애의 순정은 숯덩이로 변한다. 아! 그러나 다행인 것은 징역 10개월 후 출소라는 재생의 길이었다.

'오빠 생각' 동요로 유명해진 최순애는 문학 활동을 접고 2남 2녀를 키우는 데 주력했건만, 책을 내려고 준비했던 시문들은 6.25 전쟁으로 모두 불타버렸기에, 그 후의 작품은 크게 알려진 것이 없다고 하니 너무나 애석할 따름이다.

앨범 속에 살아있는 이원수와 최순애 부부 영정은 아무리 보아도 천생연분이고, 인자한 모습이었다.

최순애가 방정환의 잡지 『어린이』에 애착을 보인 것은 가정 내력도 한 몫을 했다. 아버지 최경우는 소파 방정환의 어린이 사업을 숭배하듯 지지했었다고 한다. 아홉 살 터울의 오빠 최영주도 방정환과 함께 어린이 사업에서 활약하는 인물이었다. 방정환의 무덤을 세운 사람이 최영주이며, 아버지도 방정환 곁에 산소를 만들었고, 자신도 방정환 옆에 묻어 달라고 유언을 하고 떠났다.

인간은 다른 이간의 행실을 흉내 내며 살아간다. 그러나 흉내를 넘어 실천으로 옮기는 일은 쉽지가 않다. 실로 예술혼을 가진 최순애의 일대기를 접하는 듯하여 가슴이 뭉클해온다. 문학을 아끼는 이 땅의 진정한 글 선비 집안인 터이다.

　인생이란 어차피 홀로 걸어가는 쓸쓸한 길이지만 독신이 걷는 길목에서 함께 가고 싶은 한 사람을 만나고 싶었다. 사랑하는 이를 만나기보다는 연인도 아닌, 친구도 아닌, 그저 편한 사람을 만나고 싶었다. 부족한 내가 위로해 주기보다는 그의 위로를 더 많이 받아 가끔은 나보다 더 나를 아껴주는 마음이 넓은 사람을 만나고 싶었다. 기도로서는 채워지지 않는 허약한 부분을 어느 한 사람의 애틋한 마음을 만나서 기쁜 날보다는 슬픈 날에 불현듯 마음이 찾아가면 보듬어 주는 따뜻한 사람을 만나고 싶었다. 평생을 마음으로 만나다가 어느 날 홀연히 바람으로 사라지는 구름 같은 포근한 한 사람을 만나고 싶었다. 어느 날 죽음에 이르러서도 마음이 이별을 못하는 마음이 아름다운 한 사람 만나고 싶었다. 보리는 어느 명사의 시 구절을 읊으면서 허기진 맘을 달래곤 했다.

회식 분위기는 정말 화기애애했다. 석별의 아쉬움이 컸다.

"화보 발간 하실 때 연락 주세요. 작품 보내드릴게요."

보리는 민 교수에게 악수를 청했다. 민 교수는 두 손으로 보리의 손을 싸잡고 악수를 받아주면서도 그를 종잡을 수 없는 여인이라 여겼다. 도대체 어디까지가 진심이고, 가식인지를 알 수 없었다.

"한국문단에 동각문학회의 위상이 우뚝 서기를 기대합니다. 우리 회장님께 오늘 있었던 분위기 상세히 전하겠습니다."

'당신 참 귀하고 소중한 사람이에요. 지금 그 보습 그대로 당신이 참 좋아요. 친구라는 말보다 아름다운 것은 없습니다. 우정보다 더 소중한 것도 없습니다. 나는 당신에게 아름다운 친구 소중한 지인으로 남기를 바랍니다. 나는 당신이 이 구보리를 보쟁이려고 치은 대지는 많으리라고 믿고 있습니다.'

보리는 다시 민 교수의 손을 잡았다.

"오늘 장시간 자리 지켜 주시어 고맙습니다. 회장님 뵈면 안부 전해주세요."

민 교수는 보리의 인사말이 영 마음에 그슬렸다. 이 말은 트럼펫
교장님이 할 인사말이었다. 트럼펫 사모님의 대역 같은 인사가 싫었
던 것이다. 민 교수는 보리를 두고 참으로 알 수 없는 여인이란 생
각을 지울 수가 없었다.

# 14. 번외

 

김상화金相和의 부인 석연자石蓮子는 자기 남편과 보리가 세종문화회관에 관람 갔던 이야기를 담아 세 꼭지의 연작수필을 썼다. 그걸 동각문학회에 올려서 평을 받아보기로 마음먹었다. 보리는 그걸 막아보려다 그냥 두었다. 난처했다. 발표 하루 전날 김상화가 문학회를 찾아왔다. 보리는 수강생의 출석상황을 체크하고 있었다. 김상화는 미안했다. 이런 일로 보리를 만나러 오다니 참으로 어처구니가 없었다. 그는 보리와 마주치자 얼굴이 확확 달아올랐다. 꼭 죄인 된 마음이었다.

인연이란 참으로 묘했다. 김상화는 짜임새 있는 회사를 운영했다. 노후를 즐길만한 여력도 갖추었다. 회사가 들어 있는 사무실도 자기 빌딩 안에 있었다. 호사다마라고 했지요. 이쯤에서 몸이 마음을 따르지 않았다. 어느 날부터인가 소화에 자신이 없어 병원엘 드나들었는데, 뒤늦게 받은 판정이 췌장암이었다. 지속적인 항암 치료 과정에서 암세포는 표면에 단백질 막을 형성하여 치료의 효율

이 떨어지고, 결국 광범위한 절개가 요구되는 수술 방법을 취하게
되는데, 이로 인해 소화 기능 저하, 부종 등 다양한 부작용이 발생
하는 병이다. 또한 수술을 하더라도 3~5년 안에 재발할 확률이
90%에 이름으로 이를 방지하기 위한 꾸준한 관리가 요망되는 질
환이다. 김상화는 결국 하던 사업을 접고 방황 아닌 방황 족이 되
어 선바람이나 쐬러 다닐 판국에 우연히 마음이 끌려 문화센터 컴
퓨터반에 신청을 했다. 그 과정에서 한 여인과 사귀게 되었는데, 보
리라는 여인이었다. 이 여인은 상화의 곁을 홀연히 떠난 작은 이모
를 빼어 닮았다. 어머니 다음으로 사랑을 쏟아 준 이모를 마난 듯
보리에게 홀쩍 달려들어 안기고 싶었다. 너무나 큰 충격이었다. 상
화에게 그날 이후의 시간은 보리를 만나는 것이 전부였다. 서울 생
활에 서툰 보리는 상화의 친절이 싫지 않았다. 둘의 사이는 짜놓은
각본처럼 쉬 가까워졌다. 컴퓨터 수강이 그저 즐거웠다. 기초반에
신청은 해 놓았으나 동행할 사람이 없어 그저 망설이고 있던 보리
에게 좌석을 배정하고 이미 기초반 실기가 시작되었다며 출석을 해
달라는 전갈이 왔다. 그렇게 해서 시작한 컴퓨터 익히기를 몇 주 했
다. 자판을 익히는 재미가 있었다. 더하여 문장을 만들어 보는 일
은 구미에 맞았다. 연필로 작문을 해보던 것과는 판이하게 달랐다.
칼끝으로 연필심을 돋울 일도 지우개로 지울 일도 없었다. 더구나
써놓은 문장을 이곳저곳 맘에 맞는 자리로 옮겨 놓을 수 있다는
사실이 신기했다. 그러다가 만난 남정이 상화였다. 말하자면 지병을
앓고 있는 어머니를 모시는 일과에 컴퓨터를 배우는 일이 더해지

고, 여기에 남자친구가 새로 생긴 것이다. 삶의 의미를 상실케 했던 보리에게 자그만 용기가 불어나기 시작했다. 둘의 사이는 이내 남매처럼 정이 끌렸다. 보리는 그럭저럭 기초반을 끝냈다. 그리고 중급반에 신청했다.

보리의 서울 생활은 퍽 단조롭고 따분했다. 어린 조카를 키우는 일과 어머니 돌보는 일이 다였다. 둘 다 어려운 일이었다. 동생의 잘못인지 올케의 잘못인지는 따지고 싶지 않았다. 아직 두 돌도 넘기지 않은 자식을 두고 떠난 올케에 대하여는 일체 함구하는 어머니가 원망스럽기까지 했다. 잘잘못을 가려 화해를 시켜보겠다는 마음도 가져봤다. 그러나 그 틈이 어느 쪽에도 보이지 않았다. 동생 역시 제 처에 대하여는 함구했다. 그 마음이 오죽하겠는가? 점점 안쓰럽고 불상한 마음이 짙어갔다. 보리의 추측이었지만 올케가 외간 남자와 정을 엮었다는 건가, 그런 생각도 해봤다. 그런 것 같지도 않았다. 중매결혼이었고, 금슬이 좋다고 소문이 자자했다. 그러던 부부가 첫 아이를 낳고 2년을 못 넘겼다. 저 어린놈이 새 에미 밑에서 자라야지 하는 생각을 하면 밤잠이 오지 않았다. 남녀를 막론하고 재혼은 불행의 출발이다. 더구나 동행에겐 그 씨앗이 달려있다. 그렇다고 나이 30을 갓 넘긴 몸으로 일생을 혼자서 살아갈 수는 없는 일. 보리는 어린 조카를 고등학교 졸업할 때까지는 돌보리라 생각했다. 보리는 인간 시세가 이렇게 변하는구나 싶었다. 남편의 빈 자리가 이렇게 컸다. 도피하고 싶은 현실 앞에서 별의별 생각이 다 들었다.

그러다가 상화와 마주하는 대화시간이 잦았다. 이후의 시간은 상화가 더 적극성을 띠었다. 상화는 보리를 설득시켜 자기가 다니고 있는 종로문협에 입회를 시켰다. 보리는 글 쓰는 일에 결코 의욕이 있어가 아니었다. 상화가 극구 권유했고, 서울 생활이 너무 따분하여 견디기 어려울 만큼 실의에 빠진 스스로를 구하기 위하여 작문을 해보기로 한 것이다. 여학교 시절 문예반에서 활동을 했던 경험이 그나마 바탕이 되었다. 보리의 생각에 글을 꽤나 잘 쓴다고 인정이 되는 상화는 지극정성 보리를 보듬어 주었다. 딸 둘을 두고 병자가 되어 늙어가는 김상화 주변에 보리라는 동호인이 있다는 사실은 병자에게도 큰 힘이 되었다.

보리는 종로문화원에서 3개월 수강을 끝내고 상화와 더불어 서대문 쪽에 있는 전문학원에서 수필 강좌를 6개월 더 받았다. 그러는 사이 상화와는 절친 사이로 지내게 되었다. 특히 두 사람 사이의 컴퓨터 서신은 그 자체가 삶의 한 부분이었다. 병석에 있는 노모를 모시는 일과 아직 젖 내움이 나는 족하를 근사하는 일에 지칠 대로 지친 보리에게 컴퓨터는 말 없는 친구가 되었다. 구체적으로 주제와 분량을 정해놓고, 같은 제목을 달아 글을 짓는 작업이 이들에게는 특급보다 빠른 창작 수업이 되었다.

그러나 지나친 관심이 결국 사달을 내고 말았다. '만남과 이별'이란 제목을 설정하여 5일 시한으로 작문 겨루기를 했다. 상화는 비서와의 관계를 보리는 서대문의 김 사장을 주제로 각각 작품을 꾸렸다. 이는 처음부터 잘못 선정된 주제였다. 보리는 김 사장과의 짝

사랑을 상화는 비서와의 관계를 작품화한 것이었는데, 이것이 불씨가 되어 두 사람이 벌이는 무대에 상화의 부인이 초대되는 결과를 낳게 된 것이다. 인생의 삶엔 참으로 묘한 데가 있나 보다. 별것도 아닌 일이거늘, 봄날 담뱃불이 강풍에 날아다니면서 한 마을을 불태우듯, 조용한 가정에 우환을 심어놓고 만 것이다.

　남편이 병을 얻어 사업을 접고, 실의에 빠져 패인 모습으로 지내다가 어느 날 컴퓨터와 친구가 되어 소일하는 모습을 보고 그 부인은 기분이 좋았다. 밤낮으로 자판기 앞에 앉아 있는 집념이 위대하게 보이기도 했다. 상화는 밥숟갈만 놓으면 컴퓨터와 씨름을 하는 것이었다. 하루는 남편이 전화를 걸고 있는 사이 몰래 들어가 아직 살아 있는 컴퓨터 자판기를 두들겨 봤다. 웬걸! 이상한 여자 이름이 뜨고, 당신이 어쩌고 이런 사연이 오갔다. 감미롭거나 진지한 내용도 있었다. 부들 떨렸다. 그러나 시치미를 떼고 모르는 척 지나쳤다. 그러다가 더 이상 참을 수가 없는 일이 벌어졌다.

이 일만은 집고 넘어가야 했다. 남편의 행실을 문제삼아 속을 태워 보기는 처음이다. 저러고 보면 여자란 하나같이 질투를 위하여 태여나는 모양이다. 그깐 일로 다리 부러질 일도 아니다. 사서 부스럼이다. 긁지 말았으면 쉬 아물 일이었다.

고민은 과거와 미래에 대한 생각이 많은 데서부터 시작이 된다. 해결책은 현재에 있건만 이를 무시하는 게 문제다. 마음은 한 번에 한 곳으로만 향한다. 마음을 현재로 가져오면 과거와 미래에 대한 생각은 안 하게 된다. 마음을 현재로 가져오는 방법은 명상이다. 결국 부인이 남편 상화의 말이나 보리의 행동을 믿고 선의로 생각을 바꾸게 하기에는 많은 시간과 노력이 필요할 터이다. 주로 과거와 미래로 향하는 생각의 바탕엔 현재에 대한 불만족이 깔려있다. 과거로 가면 후회와 화가 기다린다. '그때 이렇게 했으면 좋았을 것을 ……' 그러나 과거에 그런 선택을 한 것엔 그만한 이유가 있었다. 인과因果이다. 그걸 지금에 와서 부정하는 것일 뿐. 반면 미래는 불안하다. 그래서 혼자 '이럴 것이다.' '저렇게 되면 어떻하지' 생각하고 걱정한다. 건전한 '계획'과는 다르다. 하지만 미래는 '안 가본 나라'와 같다. 정답은 불안이 아니라 '모른다' 이다. 모른다는 것을 정확히 봐야 한다.

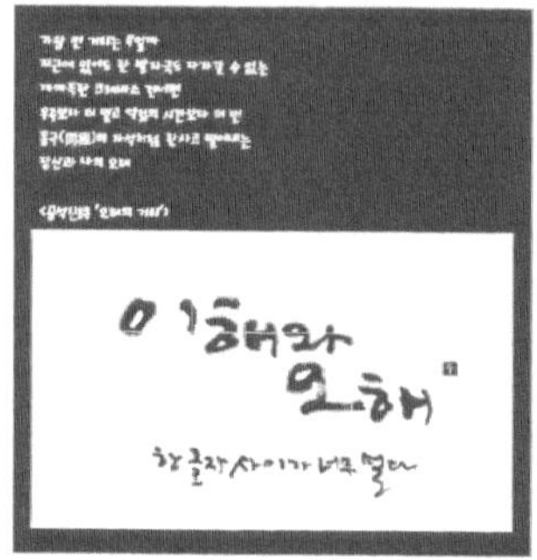

"어제 오후 누구와 어디서 시간 보냈어요? 당신!"

상화는 흠칫 놀랐다. 상화는 우물쭈물 엉버무렸다. 분명 친구와 세종문화회관 간다고 했었다. 시청 근무하는 누구와 둘이 구경 가는데 어쩌면 저녁을 먹고 들어오겠다고 했었다. 이는 처음 있는 일이 아니었다. 보리는 시청에 근무하는 손아래 동생으로부터 회관에서 특별공연이 있을 때마다 표 두 장씩을 선물 받았다. 본인 스스로가 소비를 하든지 아니면 상화를 주기도 했었다. 이 vip로 부인도 남편과 같이 관람을 했던 터라 이 과정은 퍽이나 자연스런 절차의 하나였다. 그런데 이것을 두고 문제 삼는 것을 보면 어디서 누구에게 무슨 과장된 얘기를 들은 게 분명했다.

상화는 이실직고하기로 마음먹었다. 그대로 세세하게 이야기를 하는 게 좋을 것 같다는 생각이 들었다. 어디서부터 이야기를 풀어볼까, 상화는 잠시 벙벙한 자세를 취했다. 학원동료와 뮤지컬을 봤다고 했다.

"뮤지컬이고 무시래기고 누구와 같이 갔었냐구요?"

부인은 처음부터 식칼을 뺏어 든 자세였다. 김상화는 결혼을 하고 처음 당해보는 일이었다. 당황스러웠다. 저렇게까지 나올 줄 몰랐다. 사실 저렇게까지 나올 일도 아니었다. 우연히 만나 지인이 되었고, 서로 같은 길을 가면서 시간을 보냈고, 그게 전부였다. 컴퓨터로 만난 동료였고, 문학을 같이 공부하는 수강생이고, 서로 마음이 통해 관람을 같이했고, 장장 4시간이 넘게 볼거리에 홀려 뮤지컬을 즐겼고, 그리고 나오는 길 손을 잡아 본다거나 이성을 느끼거나 감

성에 젖어보는 기분도 아니었고… 나오는 길 명화 [영원한 풍경]의
포스터를 감상한 게 전부였다.

　설명을 어디서부터 어디까지 해야 할지 감이 잡히지 않았다. 무
슨 남의 남편을 가로챘다 느니, 뻔뻔한 거짓말쟁이라느니, 낙인을 찍
어 매몰차게 매도를 했다느니, 듣는 쪽에서 얼마나 황당하였을까!
생각할수록 미안했다.

　"저의 집사람과 어떤 얘기가 오갔나요?"

　"뭔가를 단단히 오해하고 있더군요. 치정 운운하며 둘의 사이를
불결한 관계로 엮어서 보고 있더라고요. 나중에는 저도 너무 화가
나서 당신 마음대로 하라. 망신을 주겠다고 하니, 그리하라고 했지
요. 내가 있는 곳을 찾아오던지 하고 싶은 대로 하라. 그렇게 막말
을 했습니다."

　상화는 얼굴이 약간 상기되어 있었다. 보리는 순간 상화가 달리
보였다. 별로 여유롭지 못한 의자에 좌우로 나란히 앉아서 연극을
관람하는 동안 실수 한번 없었던 상화였다. 그는 젠틀맨다운 면모
를 지켜 주던 지식인이었다.

　"작품을 이 메일로 보냈다고 하던데?"

　"내 대충 읽어봤습니다."

　난처한 쪽은 보리였다. 똑같은 경험을 전에도 당했다. 싱글 아닌
남정네완 절대 사귀지 말아야겠다는 생각을 했었다. 표를 찢어버리
던가 아니면 다른 사람을 줬어야 했다. 유명한 뮤지컬이니 같이 가
보자고 청을 넣은 쪽이 보리였다. 어쩌자고 그런 짓을 했을까. 끝나

고 나서 찻집에 가자고 운을 뗀 쪽도 보리였다. 대접은 흡인력을 품고 있어 꼭 시소와 같은 성격을 지닌다. 안면이 지인으로, 지인이 인연으로, 인연이 운명으로 바뀌는 법이다. 어느 누구던 이런 절차를 밟고서야 절친이 된다. 천하의 보리가 이 규칙을 몰랐을까?

아니다. 사건의 발단은 상화 쪽에 있었다. 보리는 종로문협 수강 중에 받은 상화의 과분한 호의를 잊지 못했다. 남편과 사별 후 하던 사업을 접고, 어머니를 부양하기 위해 서울로 거처를 옮긴 보리에게 문학 따위가 큰 관심이 될 수는 없었다. 한마디로 마음의 안정을 위해 시간이나 때우자 식이었다. 그런데 지극정성 보리를 아껴준 사람이 상화였다. 보리가 정식으로 등단할 때 커다란 꽃바구니를 들고 와서 축하를 해주었으며 교육을 받는 동안 책을 늘 한 권씩 더 얻어다 주고, 초보 교제를 프린트해주고, 점심도 사곤 했었다. 그러나 보리는 동료의식이었을 뿐 어떤 감정도 느낀 게 없고, 손을 잡거나 한 적도 없었다. 그저 고마움을 갚고 싶었다. 같은 경우를 또 당하고 보니, 문학회에 나갈 용기가 꺾기였다.

보리는 초점 잃은 눈동자로 반대쪽을 쳐다봤다. 냉기가 도는 분위기 속에서 두 사람은 말이 없었다.

"수필이 아닌 소설이던데요? 그것도 아주 제미 있게 잘 꾸렸던데요! 내일 강의 시간에 발표를 하였으면 하던데, 하루만 연기를 시키고 한 번 만나잔다고 전해주세요."

보리는 마지못해 입을 열었다.

"보기완 달리 집사람이 고집불통인 데가 있습니다."

"이건 보통일이 아니라고 일러 주세요. 잘못하면 소송사건 됩니다. 김 선생께선 이 내용을 그대로 수긍 하시나요?"

"저야 물론 아니지요."

"문학성은 있다고 보시나요?"

"전연!"

"어떤 의미에서?"

"문체부터가 실용문 아닌가요? 거기에다가 내용은 창작이고-"

"부인께서 정식으로 문학 수업을 받은 적은 있나요?"

"정식은 아니어도 유명인사 모시고 특강을 받을 때는 꼭꼭 참여를 시켰지요."

"그분들에게 최소한 문학이 무엇이다. 어떤 자세로 작품을 써야 된다. 이런 기본은 배우셨겠지요?"

"나이 든 사람이 쓴다. 살면서 느끼는 감정이나 삶의 모습을 진솔하게 그대로 붓 가는 대로 쓰면 된다. 집사람의 수필관이지요. 이렇게만 머리에 담아놓고 있습니다. 붓 가는 대로 쓰면 된다고, 내노라- 하는 수필가들이 그 정도로 강의를 했으니, 오죽이나 수필을 가소롭게 보겠어요. 그 보세요. 도나 개나 수필가라고 머리 들고 다니잖아요? 저도 그 중에 한 사람입니다."

"됐습니다. 내일 몇 시쯤 오실 수 있나요?"

"가급적 오전에 들리도록 하겠습니다."

둘은 그 정도 이야기를 나누고 헤어졌다. 보리는 머리가 좀 복잡했다. 생각하기에 따라서는 아무것도 아닌 사안이다.

　　보리의 친동생이 세종문화회관에 근무한다. 그 동생은 프로가
바뀔 때 마다 vip석 초대권 2매씩을 보리에게 주었다. 주니 고마웠
으나 딱히 쓸 곳이 없었다. 찢어 버릴 때가 많았지만 유명 프로는
혼자 관람을 하기도 했다. 상당 기간 그렇게 했다. 그러다가 누구와
짝이 되어 가고 싶었다. 보리의 주변에는 언제든지 동행이 가능한
남친이 없지 않았다. 밤낮 놀러나 다니는 속없는 여인으로 보일까
봐 자제할 뿐이었다. ‘미스 사이공’이란 유명한 뮤지컬이 왔다. 그냥
놓치기가 아까웠다. 상화씨를 주어 부인과 둘이 보도록 할까 하다
가 생각을 바꾸었다. 본인이 그 짝이 되고 싶었다. 그동안 받은 성의
에 비하면 이건 아무것이 아니었다. 턱을 내도 큰 턱을 내어야 했다.
그래서 번번이 표를 주어 부부가 같이 가도록 했다. 그 표로 매번
부인과 동행했는지 아니면 다른 친구들과 짝지어 갔는지는 모른다.
상화는 그 표를 부인에게 보이면서 문화회관에 근무하는 친구가 준
다고 했다. 그간 보리는 딱 한 번 상화와 나란히 앉아서 관람을 했
다. 남이 보기에 금슬 좋은 부부처럼 보였다. 조심을 한다고는 하지
만 서로 몸이 부딪기 마련이었다. 또 재미나는 장면이 벌어질 때는
달갑게 웃으며 무의식적으로 손을 맞잡기도 했다. 남녀의 접촉이
잦다가 보면 불꽃이 일어나고 육체적 친분도 이루어지는 법이다. 애
초부터 경계할 일이었다. 그런 의미에서 보리의 행동이 너무나 경솔
했다. 결자해지라고 했다. 이 일은 보리가 적극적으로 풀어야 한다.
자유가 좋은 것만은 아니다. 남편이 곁에 있는 사람이었다면 애초
부터 이런 일은 일어날 수가 없는 것이다. 보리는 이 문제의 원인 제

공자가 스스로에게 있음을 자인했다.

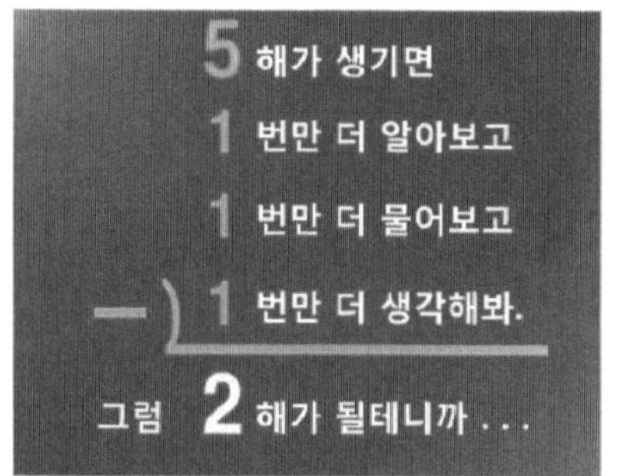


유부남과는 지극히 거리를 두고 지내던 보리였다. 그럼에도 실수가 따르곤 했다. 남녀 사이란 한쪽의 청결로는 되지 않는다는 사실도 경험했다. 다른 사람이라고 혼자 살아가고 있을까? 보리의 주변에는 여자보다 남자가 많았다. 보리와 짧은 기간을 사귀어 봐도 그의 인품에 매혹되지 않을 사람이 없었다. 모두가 그저 사소한 만남으로 이뤄진 관계의 지인들이었다. 상화하고는 정 주고 정 받고 할 사이가 결코 아니었다. 보리는 자기의 처지를 잘 알고 있었기에 어디를 가나 앞가림에 신경 썼다. 보리와 사귀어 본 사람은 열에 열 그와 가까이 지내고 싶은 충동을 느낀다고 했다. 보리는 어릴 적부터 많은 사람들로부터 예쁘다는 칭찬을 받으며 자랐다. 그렇다고 보리가 걸출한 미인형도 아니었다.

'내가 너무 헤픈 것인가?'

보리는 그런 생각을 자주해 본다. 맞다. 보리는 정이 너무 많았다. 이것이 선천적인 것은 아니었다. 남편을 잃고 얼마 동안은 타인의 정신으로 살았다. 그는 고독을 소화 시키는 인내력이 약했다. 엄습해오는 절망을 벗어나기 위해 짐짓 인과관계를 맺었다. 취향이 같은 사람을 만나면 금시 친분이 맺어진다. 남자일지라도 문제가 되지 않았다. 그런 보리의 이성관을 남친들은 섹스의 심벌로 삼았다.
보리는 상화의 맘을 좋게 하여 돌려보냈다.
　이튿날이다. 보리는 배석자 없이 부인과 단둘이 만났다.
　"선생님 글 재미있게 읽었습니다. 저의 이야기라 더욱 관심 두고
읽었습니다. 쓰시면서 화가 나셨겠습니다."
　보리는 단도직입적으로 문제를 지적했다.
　부인은 미안한 생각이 들었다.
　"이렇게 쓰면 수필이 안 되나요?"
　보리는 저 말에 무슨 뜻이 숨어 있을까. 잠시 머리 회전이 필요
했다.
　"내용이 모두 진실인가요?"
　그렇게 물었다.
　"꾸며낸 이야기도 있습니다."
　"그 꾸며낸 이야기가 어느 부분인가요?"
　보리는 일단 그렇게 확인을 해 두고 싶었다.
　"………"
　"둘이서 세종문화회관에 자주 갔다고 쓰셨는데, 몇 번이나 갔다
고 하던가요?"
　"그건 물어보지 않았습니다. 저 생각으로
그렇게 쓴 것입니다."
　"수필문학 강의를 들어본 적이 있나요?"
　"유명하다는 분 특강을 많이 들었습니다."

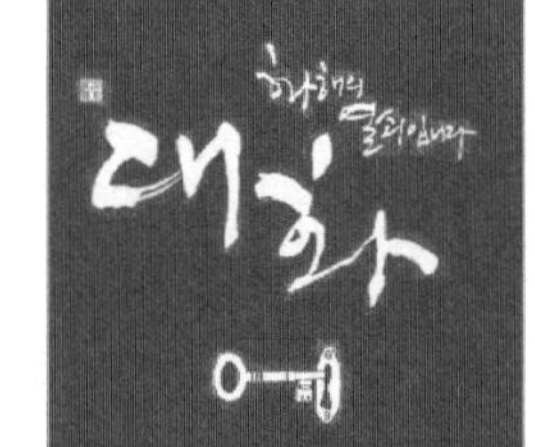

“그럼 거기서 배운 대로 글을 쓰신 건가요?”

“물론입니다.”

“한 가지만 더 물어보겠습니다. 괜찮으신지요?”

“예, 저가 아는 것이라면”

“문학 강의 들으실 때 수필의 정의를 어떻게 배우셨나요? 그저 붓 가는 대로 자유롭게 쓰면 된다고 하던가요?”

“네- 그저 붓 가는 대로 생각나는 대로 줄줄 쓰라고 하던데요.”

“맞습니다. 그분들 말대로 그저 붓 가는 대로 줄줄 쓰면 됩니다. 그럼 이 3편 이야기가 모두 김 선생님으로부터 들은 건가요?”

“예- 맞습니다. 한 가지 강조해 두더라고요. 거짓으로 꾸미지는 말아라.”

“그런데 왜 거짓으로 꾸몄나요?”

“거짓이라니요?”

“이 내용 남편께서 보시면 화내실 텐데요?”

“……”

“쓰실 때 옆에서 많이 도와주시던가요?”

“혼자 썼습니다.”

“이 글을 왜 꼭 발표를 하시려 하나요?”

부인은 어물어물 답을 못했다.

“있지도 않은 내용을 억지로 꾸며서 쓴 글을 발표한 다음에 남편이나 저의 입장을 생각해 보셨나요?

“……”

"일을 여기까지 만들어 불변을 드리게 한 점 정식으로 사과를 드립니다. 그러나 글 속에 그려진 것처럼 행동한 사실은 없었습니다. 우연히 문화센터에서 만나 서로 인사하고 지냈고, 사는 곳이 가까워 같은 차에 타기도 했고, 컴퓨터를 같이 하면서 기술적 도움을 주서서 고마운 맘으로 두 분이 같이 가시라고 입장권을 몇 번 드렸습니다. 그것도 내 동생이 거기 근무를 하면서 입장권을 주었고, '미스 사이공'이란 뮤지컬은 좀 별난 내용이었습니다. 그거 한번 딱 둘이 가본 적이 있었지요. 김 선생님 참으로 점잖은 분으로 지금도 여기고 있습니다. 이런 일로 주변 분들께 이름이 오르내린 것 원치 않습니다."

부인은 나름대로 할 이야기가 있었다. 그러나 참았다.

"생각나는 대로, 붓 가는 대로 쓰면 글이 된다. 어떤 분이 그렇게 문학 강의를 하고 있는지는 모르겠으나 이는 중학생 수준의 문학 강의를 한다고 생각하세요. 문학 강의 쉽지 않습니다. 누구나 못합니다. 문학은 예술이다. 예술은 창작이다. 창작의 종착역에는 인간 탐구라는 과제가 기다란다. 골치 아픈 이야기지요. 결국 모든 예술의 궁극적 목적은 미의 추구에 있다고 봐야지요. 적어도 대의적大意的인 면에서는 그렇습니다. 아름다움은 인간이 추구하는 최종목표입니다. 이를 완성하려는 노력이 작가정신 아닌가요? 있지도 않은 일에 살을 달아 문제를 만드는 작업을 두고 수필을 썼다고 할 수는 없지요. 지금 이 작품 속에 담겨 있는 내용은 충분이 법적으로 문제를 야기 시킬 수 있습니다. 흔히 말하는 치정이 될 수도 있습니다. 이 작품 꼭 평가를 받고 싶다면 거짓말을 모두 빼고 사실대로 기술하되 수필문학이 요구하는 문학성 있는 작품으로 퇴고를 해 오시는 게 좋을 것 같습니다. 아니면 아예 소설장르로 바꾸어 보시던지. 서로 손을 잡아 본 건 사실입니다. 그게 서양식 인사 아닌가요? 그런데 내용을 보면 ‘우린 연극이 끝나도록 손을 잡고 있었다. 따듯하고 기분이 좋았다. 밤이 새도록 이 자리에 같이 앉아 있고 싶었다. 구 여사와 같이 있는 시간은 천당에서 머물고 있는 것보다 더 화려하고 편안했다.’ 이런 표현 남편께서 보시면 덜 좋아하실 텐데요. 남의 이야기를 쓰면서 이렇듯 비약하는 내용엔 공감할 수 없습니다.”

보리는 이 정도로 봉합을 해두고 싶었다. 굳이 문제를 삼고자 한다면 상화씨와 3자 대면을 할 수밖에 없다고 생각을 굳혔다.

부인은 일면 수긍이 갔다. 퇴고를 해 오겠다는 약속을 하고 헤어졌다. 그러나 머릿속은 복잡했다. 그는 숱한 일류 강사의 수필 특강을 받았다. 그들은 한결같이 ‘수필은 일정한 격식도 없다. 붓 가는 대로 쓰면 된다.’ 라고 주문했다. 수필장르를 비문학으로 인식시키는 요인을 스스로 제공하고 있는 것이다. 그들은 또 수필을 40대의 문학이라고 명료하게 정의하기도 한다. 이렇듯 손쉽게 수필가를 양산시켜 동인회를 구성해 놓고, 그걸 밑천 삼아 문학작품하고는 거리가 먼 잡문을 묶어 출판대금이나 받아 챙기는 사이비 강사가 있어 빈축을 사고 있는 것이다. 예를 들어 ‘바라마지 않는다’를 ‘바란다’의 강조형이라고 당치도 않는 주장을 하면서 스스로를 명강사라고 내세우는 웃지 못할 촌극을 벌린다는 소리다. 자칭 수필학 박사라며 명함을 찍어서 들고 다니는 수필 강사도 있단다. 이름인지 성인지 그저 한상으로 통하는 명수필 강사가 시내에 있단다. 상화 부인은 그 한상이라는 사람의 강의를 제일 좋아했다.

'수필에는 얼개 따위가 필요 없다. 붓이 가는 대로 따르기만 하면 된다. 그저 맘 내키는 대로 써나간다. 창작은 작가의 권한이다. 모방작은 실패작이다.'

이것이 한상 이라는 박사의 수필 강의 요지였다.

"한 박사님 강의대로 수필을 쓰고 있었는데…."

부인은 방백을 하듯 혼자 중얼거렸다. 억울하다는 뜻이었다.

"한번 간 거 두 번 갔다고 썼다면 거짓이지요. 그 사람 거짓말이나 퉁퉁하고 다닐 사람으로 여기나요?"

보리는 의연중에 상화 편이 되고 있었다. 경솔했다. 부인의 기분이 좋을 이 없었다.

"또 남편 편이신가요?"

"이쪽이던 저쪽이던 글을 쓰려면 먼저 자세부터 바꾸시라고요, 남녀가 만나면 그저 음흉한 짓이나 하는 것으로 생각하고 있는데, 동각문학회 계속 다니시다가 보시면 그런 느낌 사라질 것입니다. 친교도 사회적으로 좀 괜찮은 분들과 쌓아야 득이 되지요."

석연자는 더 이상 할 말이 없었다.

집으로 돌아간 석연자는 남편에게 할 말이 많았다. 상화도 마찬가지였다.

"생활 근거지가 대구 일원이었는데, 남편이 암으로 세상을 뜨고 나이어린 4형제를 반듯하게 키웠더라고요. 처음 서울 올라와서 당황한 눈치가 보이길래 내가 이것저것 안내를 좀 해 준 것뿐입니다."

"아주 살림을 차리셨네. 어이 그리 속속들이 안다요?"

상화는 또 오버했다. 부인이 묻는 말에만 답을 한다고 마음을 다져먹었다.

"생활력이 강한분이네? 수입원은 머랍디까?"

"그것까지는 모르지요. 친정이 부자였나 봅디다. 그분 동생이 세종문화회관에 있더라고요. 구 회장이 준 티켓으로 세종문화회관 구경 잘했다. 이렇게 생각합시다. 고마운 일이지요"

"어디 더 두고 봅시다. 그분은 어떤 분이고, 당신하고 어떤 사이인지. 당신 말고도 사귀는 남친이 많다고 소문이 나 있던데요. 당신 눈엔 요조숙녀로 보일 테지만…"

부인은 퉁진 말만 던지고 있었다. 부인은 안심이 되지 않았다. 부인은 3부작 『외풍』을 차마 버릴 수 없었다. 여러 날 걸려 퇴고를 해서 남편에게 먼저 보였다. 거짓 표현이 있는 곳을 가려달라고 했다.

부인은 보리가 생각했던 것보다 김씨와의 관계를 너무 세세하게 알고 있었다. 그렇다면 그때그때 부인에게 보고를 했다는 소리가 된다. 보리에겐 이해가 되지 않는 대목이었다.

삼부작 『외풍』은 결국 동각문학회의 공식적인 감상 작품으로 상정되지 못했다.

# 15. 누명의 종말

아침신문에 '미필적 고의'란 기사가 떴다. 未必的 故意(dolus eventualis)좀 복잡한 법률용어다. '자기의 행위로 인하여 어떤 범죄 결과의 발생 가능성을 인식하였음에도 불구하고 그 결과의 발생을 인용한 심리상태를 말한다.' 예를 들면, 보험금을 탈 목적으로 밤에 자기의 집에 방화放火할 때에 혹시 옆집까지 연소하여 잠자던 사람이 타죽을지도 모른다고 예견하면서도, 타죽어도 할 수 없다고 생각하고 방화한 경우와 같다.

사고지점은 보리가 자주 오르는 성북동 범골 약수터였다.

화계사를 빗겨지나 아기자기한 산길을 오르며 산의 다양한 모습에 신기함을 느낄 수 있는 코스이다. 사는 집이 약수터 가까이에 있어 마음만 먹으면 언제든지 오를 수 있는 곳이다. 이곳 약수를 항시 먹어 본 사람은 다른 곳 물을 못 마신다. 그래서 밤낮을 가리지 않고 물 받는 사람들이 줄을 서서 기다린다. 일등 석간수로 검정이 된 약수를 받아먹고, 담아오는 재미도 있지만 물통을 세워놓고 배산脊山에 올라 북한산 정상을 바라보는 것 또한 멋진 선물이 된다. 서울시와 경기 고양시의 경계에 있는 이 산은 백두, 지리, 금강, 묘향산과 더불어 대한민국 오악五嶽에 포함된다니 오를 때마다 뿌듯한 긍지를 느낀다.

사고지점은 이 범골 약수터였다.

"어디서 사고가 났을까? 위험한 곳이 별로 없는 산길 인데……."

50대의 여인이 실족하여 아래로 구르다가 바위에 머리를 부딪쳐 그 자리에서 목숨을 잃었다고 했다. 그 주인공은 수년 전 친구들과 부부동반 등산을 하다가 같은 지점에서 같은 형태로 추락하였는데, 당시 중상자였다는 내용까지 보도가 되고 있었다. 보리는 섬찟했다. 서대문의 그 김경래 사장? 대뜸 김경래가 머리에 떠올랐다.

남편의 직업은 오파상, 주거래 선이 일본 도쿄라고 했다.

"아하! 결국 저렇게 되는구나!"

보리의 머릿속은 안개가 들어차듯 혼탁해졌다. 보리는 김 사장을 머릿속에서 지우려 무던히도 싸우며 시간을 보냈다. 신의 저주라면 가혹하다는 생각이 들었다. 안 죽을 만큼 들볶는다던 부인, 그 부인이 이젠 영영 곁을 떠나게 되었다. 아직 어린 형제의 눈물 젖은 모습이 선하게 떠올랐다. 슬픔에 젖어있을 김 사장은 뒷전이었다. 어쩌면 김 사장의 슬픔은 지극히 제한적일 수도 있었다. 김 사장과 정을 끊기로 약조한 이후, 서대문 친구에게서 들은 그에 대한 소식 하나는 그가 일본 국적의 젊은 미망인과 밀애 중이라는 것뿐이었다. 보리의 머리로는 이해되지 않는 부분이 많았다. 외출이 힘든 부인을 왜 하필이면 그곳까지 데리고 갔을까? 혼자 힘으로는 불가능한 일이었다.

보통은 오후 때나 오르던 보리는 등산 가방을 메고 서둘러 집을 나섰다. 오늘의 등산코스는 약수터까지다. 김 사장 부인이 실족했다는 장소를 확인하고 싶었다. 김 시장과 사귀는 동안 그 부인을 예뻐하지는 않았지만 미워하지도 않았다. 그런데 오늘은 한없이 불상했다. 부인의 행실은 남편이 만든다. 부인의 의처증은 남편이 만드는 요소가 많다. 공자 부인이 의처증을 앓았다고 하면 믿지 못하듯, 찰리 채플린이 성인군자였다고 주장한들 믿어줄 사람이 있다던가? 살인자는 살인 후 적당시간이 경과 하면 반드시 현장에 나타나 그날의 살인 행각을 확인한다고 했다. 그간 김 사장의 외모에 혹해 밤이면 열병이 도져 원망도 했지만 그것이 부인에게 어떤 영향을 미칠 수는 없었다. 그러나 왠지 생각이 여기에 미치자 보리는 등산을 계속하기가 싫어졌다. 그런데 저만치서 얼굴 익은 남성이 산을 올라오고 있었다. 오늘은 등짐을 지고 있지 않은 상태였다. 그는 보리가 살고 있는 아파트를 관리해주던 경비원 김씨였다. 인성 착하고, 부지런 하고, 인사성 밝아 같은 동에서 인기였는데, 불행하게도 근무 중 큰 사고가 두 번 연이어 터지자 스스로 책임감을 느껴 경비원 직에서 물러나 일정 직업 없이 살아가는 동정 가는 이웃이었다.

약수터 가까이에 간이 행장을 차려놓고 산행 오는 등산객을 상대로 간단한 먹거리를 팔아서 살아가는 나이든 여인이 있었다. 어찌 된 연줄인지 아파트 경비원 김씨는 이 여인과 더불어 시장을 같이 보고, 그것들을 손수 지개에 담아 약수터까지 옮겨다 주는 역할을 하고 있었다. 그런데 이날은 지개 없이 맨몸으로 보리와 마주친 것이다. 반가웠다. 그럭저럭 반년은 실히 흐른 세월이었다.

"아유! 오래간 만이네요. 별일 없으셨죠?"

김씨도 반가웠다. 보리와는 친하게 지낸 사이였다. 많지는 않으나 명절이면 꼬박꼬박 봉투도 챙겨주었었다.

"벌써 들어가시나 봐요?"

이 시간 쯤에는 행인이 많지 않았다.

"아니에요. 가다가 내려오는 길이에요."

그는 안색이 좋지 않았다. 몸이 좀 안 좋다고 했다. 날씨는 화창하고 맑았다.

순간 보리의 뇌리를 스치고 지나가는 번갯불 같은 것이 있었다.

경비원의 등짐이 머리에 떠 올랐다.

"며칠 전 약수터에서 사고가 났다던데요?"

"예 너무나 애석하지요."

"사람들이 많이 놀랐겠어요."

"저도 맘에 걸리는 게 있습니다."

"그런데 그 환자분이 거기까지 어떻게 올라갔을까요?"

버벌진트 누명

김씨는 쭈빗쭈빗 하다가 그날의 경위를 보리에게 세세하게 설명
했다. 김씨는 나중에라도 사건이 되어 시끄럽게 되면 골치 아픈 일
이 될 수도 있다는 생각을 하고 있었다. 자기편의 사람을 만들어 놓
고 싶었다.

"범골까지 전할 등짐을 지고 오르다가 3거리 쉼터에서 쉬고 있는
데, 사람들이 모여서 수런수런하더라고요. 가만히 보아하니 환자를
대동하고 약수터까지 올라야 하는데, 힘이 모자라 쩔쩔매더라고

요. 그래서 저가 조언을 했지요. 여기서 약수터까지 이 걸음으론 2시간이 넘게 소요된다. 이런 방법으로는 어렵다. 내가 도움이 되어 드리겠다. 그래서 등짐을 벗어 놓고, 그 여자 분을 지고 올라갔어요. 가는 도중 주인 되는 분이 포기하고 내려가기를 원할 줄 알았는데 그게 아니었어요. 오래 전에 가족동반 등산을 왔다가 다친 곳이래요. 그래서 약수터까지 가야된다고 하데요. 부인이 자꾸만 가봤으면 하고 바랜데요. 등에 업힌 부인의 몸 무개가 약수터 가는 등짐에 비하면 반 정도나 될까, 그렇게 가볍대요. 그리고 부인이 마음의 안정을 가지고 있지 못하더라고요. 양쪽으로 나무가 벽이 되어 아래쪽이 보이지 않을 때는 조용하게 있다가도 사방이 훤히 트이고 절벽이 나타나면 꿍꿍 소리를 내곤 했어요. 뭔가 혼자말로 자꾸만 중얼거리기도 하고요. 솔직히 내가 그 여인의 남편이라면 도중에 하산을 했을 겁니다. 위험천만이지요. 평지도 아닌 산길인데- 그날 분위기는 환자보다 남편이 더 적극적이었어요. 어찌 보면 부인에 대하여 모든 것을 포기하는 것도 같았어요. 나중엔 겁이 덜컥! 나데요. 꼭 무슨 사고가 유발될 것 같았습니다. 그래서 지금도 그게 좀 이상하다고 생각하고 있지요. 그래 약수터까지 올랐지요. 여자분을 내려놓고 나는 곧바로 내려왔어요."

경비원 김씨의 이야기는 사뭇 진지했다.

"그래 3거리에 두었던 장짐을 지고 다시 오르고 있는데, 하산하는 분들이 근심어린 표정을 지으며 하는 말이 좀 이상해서 들어봤어요. 여인이 약수터 바로 아래로 굴렀다는 거예요. 그 분이 저가 업어 날랐던 그 여자 분이더라고요."

"어머! 많이 놀랐겠어요?"

"정신이 벙벙했어요. 꼭 저가 그분을 죽게 만든 죄인 같은 생각이 드네요."

보리는 아찔했다. 보리가 사는 아파트 근무를 스스로 그만 둔 것도 인사사고 때문이었다. 한밤중인데 난데없는 가을비가 내리고 있었다. 무슨 집기 부서지는 소리에 섞어 비명 소리가 강하게 들렸다. 소란은 꽤 긴 시간 이어졌다. 본부에 연락을 하고, 경찰서에 구원 요청을 할 단계에 이르렀다. 그런데 경비원은 응급 처치를 하지 못했다. 그러는 사이 쿵! 하는 소리가 나고, 사방은 쥐죽은 듯 조용했다. 안주인이 어린 딸을 안고 9층에서 뛰어 내린 것이다. 그리고 며칠 뒤에 또 같은 동에서 도난 사고가 났다. 둘이 사는 노부부의 집에 강도가 침입해서 저항하는 바깥양반을 식칼로 복부를 찔러 중상을 입힌 것이다. 경비원은 힘들었다. 견딜 수 없는 죄책감이 경비원을 괴롭혔다. 도저히 자리를 유지할 수가 없었다. 사표를 내고 아파트 근무를 스스로 사양했다. 그런데 이번에는 등에 없고 그 힘든 약수터까지 올라가서 여인을 숨지게 한 것이다.

보리는 괴로워하는 경비원의 마음을 위로할 수있는 방법이 있으면 찾아주고 싶었다. 부인은 선천적으로 자기의 감정을 제어할 수 있는 조절능력이 보족했다. 김 사장은 보리와 문자 연락이나 컴퓨터를 통해 여러 번 같은 내용을 호소했다. 그것이 김 사장과 결혼하고부터 생긴 심적 변화인지 아니면 본래부터 타고난 선천적인 기질인지는 알 수 없었다.

추락 사건이 터진 다음다음 날이다. 3거리 쪽에서 아파트 경비원 김씨를 또 만났다. 약수터 위치와 버스가 지나다니는 한길의 2분쯤 거리에 3갈래 길이 나 있는데, 한쪽은 화계사로 이어지는 길이고, 또 한쪽은 빨래골을 지나 삼양동 쪽으로 내려가는 길이다. 이 지점을 이름하여 삼거리라 칭했다.

"저 어제 k경찰서 수사과에 다녀왔습니다."

경비원은 비밀보고라도 하는 듯이 보리에게 말했다.

"그긴 왜 가셨나요?"

"조사할 내용이 있다기에 갔더니, 그날 그 여인을 범골 약수터까지 인도해 주고 받은 수고비가 얼마냐고 묻더라고요. 그래서 사실대로 말했지요. 일당 받았다고. 그렇게 말했더니 가라고 하데요."

"……"

"참, 또 그 여자가 굴러 떨어 찔 때 옆에 있었느냐고 물었어요. 그래서 바로 하산했기 때문에 못 봤다고 했지요."

"또 오라할지 모릅니다. 사실대로만 말해주세요."

보리는 이렇게 일러주었으나 신경이 은근히 곤두섰다. 돌고 돌아서 자신도 소환될지 모른다는 생각이 들었다. 김 사장과 그간 주고받은 이 메일 내용 중에는 퍽 난한 내용도 담겨 있었다. 이현령비현령이라고, 혼자 사는 여인 불러놓고 엉뚱한 질문을 하면서 사람 욕보일 수도 있을 것이다. 보리는 이런저런 생각이 떠올랐다. 아무튼 홀몸인 처지에 오라 가라 하면 이웃 보기에도 창피스런 일이다. 생각하기에 따라서는 공범으로 만들어 놓을 소지가 다분히 있었다. 김 사장의 가옥은 그날로 압수수색을 당하고, 컴퓨터는 몸통 째 실려 갔다.

예상은 빗나가지 않았다. 3일을 채 넘기지 못하고 k경찰서 수사 과로 출두하라는 호출장이 왔다. 보리는 지체 않고 출두했다.

"아름답지 못한 사건 같은데 나오시라 해서 황송하기 그지없습니다. 내용상 시간을 오래 끌 일이 아닌 것 같습니다. 여러 번 나오시지 않도록 협조를 해 주셔야겠습니다."

수사관은 젊은이였다. 다행이란 생각이 들었다. 보리는 다부지게 마음을 먹었다. 귀때기 새파란 수사관이 처음부터 보리를 가해자 취급했다. 심히 불쾌했다. 무슨 말부터 해야 하나 싶어 말문이 열리지 않았다. 한참을 묵념하는 자세로 앉아 있었다. 여호와께 기도했다. 무고한 사람들 누명 쓰기 않게 해 주십사 기도했다.

"김경래씨에게 이야기 다 들었습니다. 몇 마디 확인할 게 이군요."

"그래요? 그럼 김경래씨 말에 저도 그대로 수긍을 하면 되겠네요?"

"같은 범법자가 되실 요량이신가 보지요?"

"되고 아니고가 어디에 있나요? 그렇게 생각하면 그렇게 되는 거지요."

보리는 왠지 젊은 수사관 앞에서 고분고분하기가 싫었다. 이것도 모두가 팔자려니 생각했다. 운세 좋은 여자라면 애초에 과부가 되지 말았어야 했다. 젊은 나이에 혼자 몸이 되고, 반반한 얼굴에 지극히 정상적인 건강미, 인격과 교양까지 갖춘 보리를 두고 사방에서 관심도가 높았다. 홀로 몸이 되고 몇 개월 지나지 않았을 때다. 맘에 드는 신부감을 찾는다며 보리와 동년배의 나이가 되도록 장가 못 든 산내면 사는 땅 부자가 있었다. 그는 보리에게 당신이 원하는 만큼 땅을 주겠다며 청혼을 해왔다. 하여간 기막힌 경우까지 당했지만 보리는 달팽이 집 단속하듯 뚜껑 덮고 함구하며 살았다. 솔직히 김경래 사장, 그 부인의 추락사에 끼어드는 것은 스스로가 감당할 수 없는 모멸감이 아닐 수 없었다.

여자 팔자 뒤웅박 팔자라고 했다. 가난한 주인 만나면 그 속이 여물로 채워지지만 돈 많은 주인을 얻으면 쌀로 채워진다. 보리는 바닥 돌이 되어 이리 체이고 저리 체이며 살았다. 그러나 단 한 번도 절개를 꺾은 일은 없었다. 주어진 운명이라면 천 근 무게의 돌인들 안고 가지 못할 이유가 없다고 다짐하며 살았다. 처녀가 처녀성을 지키듯, 과부도 과부성을 지켜야 한다고 믿었다.

"심문을 하세요. 그쪽 편리한대로 대답해 드리리다."

한 건 했다고 의기 팽배하던 젊은 수사관은 기가 찼다. 생각과 달랐다. 이건 숫제 김경래 사장 머리 위에 타고 앉아 있었다.

"아파트 경비원과는 어떤 사이인가요?"

"저는 입주자이고, 그분은 아파트를 지켜주던 경비원이었습니다. 그런 사이입니다."

"오래되셨던 가요?"

"뭐가요?"

"그분 알게 된 사이가?"

"저가 처음 왔을 때 그분이 계시던데요."

"경비 왜 그만 두셨나요?"

"그걸 저한테 왜 물어보세죠?"

"됐습니다. 김경래씨와는 언제부터 교제를 하셨지요?"

"그것 김 사장에게 여쭤보지 아니하였나요?"

"서로 날짜가 다를 수가 있으니, 그분 말씀대로 하심 됩니다. 전적으로 그분의 말씀에 동의합니다. 저에게 여쭈어 봐도 새로울 것이 없을 성 싶네요. 그분의 뜻과 저의 뜻이 같을 것입니다. 그렇게 처리하심 됩니다."

"미필적 고의란 죄목을 알고 계시나요?"

"처음 들어보는 말인 대요?"

"준 살인죄라는 뜻입니다."

"현장에 있지도 않았는데, 사람을 죽일 수가 있나요?"

"그러니까, 미필적 고의라는 것이지요. 준 살인 죄."

"법률이 그렇다면 할 수 없죠. 졸지에 살인자가 되었네요?"

"뭐 꼭 그렇다는 뜻은 아니고요."

"됐습니다. 구보리 이 시간 이후부터 살인 혐의자 신세로 바뀌었군요."

보리의 말에는 뼈가 있었다. 보리의 심문은 의외로 쉽게 끝났다. 보리는 아무리 변명해도 소용없을 것임을 알고 있었다. 살인자가 되고 안 되고는 전적으로 김 사장의 입에 달려 있었다.

"내 집사람 광기 견디기도 어려웠습니다. 그보다 구보리 그 여자

등쌀에 견딜 수가 없었습니다. 이혼을 조건으로 사귀어 놓았으면 빨리 처리를 할 일이지 이것 하나 가지고 몇 년이나 끌고 가느냐며 칼부림 할 날 잡아달라고 조르는 바람에 나도 어쩔 수가 없었습니다."

김 사장이 이렇게 나왔다면 준 살인자가 될 터이다.

보리는 1년 넘게 김 사장과 사귀었다. 그러나 만나 본 것은 딱 한 번이다. 이 메일 소통은 여러 번 했다. 서로 일과를 주고받다가 취향이 같음을 느꼈고, 이메일 소통이 즐거웠다. 서로 위안이 된다고 했다.

혼자 몸이 되고 서울에 갓 올라왔을 때의 일이다. 가까운 친구가 서대문 쪽에서 오피스텔을 하나 얻어 무슨 판매업 같은 걸 하고 있었다. 가끔 부르면 놀러 갔는데 어느 날 풍채가 좋은 남자 두 분이 와 있었다. 넷이 이런저런 얘기를 하고 저녁을 먹었는데, 보리 친구와 비즈니스 관계인 임 사장이란 사람이고 또 한 사람은 그의 친구 김 사장이란 사람이다. 그는 자동차부품을 일본에 수출하는 잘나가는 자기회사를 갖고 있다고 했다. 모든 게 순조로운 운 좋은 사람이었는데, 어느 날 친구들과 부부동반 등산 중 부인이 실족해서 굴렀다. 생명에는 지장이 없지만 크게 다쳐서 한쪽 눈이 실명되고, 한쪽 다리를 못 쓰게 되었다. 돈이 많은 집이니까 최고의 치료를 했지만 좋아지지 않아 집에만 머무는 굼벵이 신세가 되었다. 우울증에 히스테리 발작을 해서 남편을 들들 볶아 대는 정신 장애자로 변해갔다. 의부증 증세까지 생겨서 김 사장은 힘든 시간을 보내야 했다. 친구가 너무 시달리고 불쌍해서 숨통 좀 트라고, 대화도 나누고 식사도 할 수 있는 수준 갖춘 친구를 소개해 달라고 해서 고민 끝에 보리를 불렀다. 보리는 그 정도라면 괜찮다 싶어 명함을 받아 넣고 넷이 각자 헤어져 집으로 돌아갔다. 보리는 명함이 없었다. 다음 다음 날인가, 김 사장에게 이 메일을 보냈다. 그렇게 해서 1년 넘게 메일이 오갔다. 김 사장은 일본에 자주 출장을 가며 늘 바빴다. 넷이 만나기로 시간을 맞춰봤지만 한 번도 만나지 못했다. 만나지 못하는 건 상관없었다. 보리의 신변에 이상이 생겼다. 김 사장 쪽으로 어림짐작할 수 없을 정도로 마음이 기울었다. 보리는 자칫 까탈부리는 여인으로 비쳐질까 싶어서 더더욱 조심했다. 보리는 고민고민하다가 안 되겠다 싶어서 먼저 메일도 끊자고 했다. 그 부인의 입장도 생각했다. 김 사장은 처음엔 자기가 위로를 많이 받았고 이제야 사람 사는 것 같다고, 회사 일로 바빠 신경을 못써 줘 미안하다며 조금 참으라고, 계속하기를 원했다. 그런대 막상 끊고 나니까 너무 힘이 들었다. 사람에게 정이 들고 그걸 끊으려고 하니 고통스러웠다. 차라리 그쪽에서 끊자고 했으면 덜 힘들었을까? 견디는데 너무 힘들어서 웬만하면 사람을 사귀지 말아야겠다, 그냥 살다 가자, 라고 결심했고, 여태까지 잘 살아왔다. 마음을 독하게 먹으니 또 그렇게 되었다. 싱글 중에 특히 마음 가는 사람도 만나지 못했다. 아이러니 한 건 그러면서도 손도 안 잡을 테니 마음 가는 남친, 정말 괜찮은 남친 한사람 만나게 해달라고 기도했다는 거다. 사람은 누구나 양면성을 부인할 수 없는 것이다. 이는 나도 남도 이해할 수 있는 부분이다. 이것이 인간의 본성이 아닐는지. 남편 사별 이후 가장 맘에 남는 아쉬운 사람, 김경래 사장을 생각하면 가슴이 짠해진다.

이렇게 김 사장이 꾸며댔다면 보리는 꼼작 없이 살인 협조자가 되고 마는 것이다.

경찰서 1차 소환에 응했던 보리는 그날 이후 일주일간을 물로 연명했다. 밥알이 목구멍 속으로 넘어가지 않았다.

# 16. 미망인의 손거울

밀양 '양지요양병원' 진수미陳秀美 원장에게서 전화가 왔다. 양지요양병원은 보리가 남편을 승용차에 태워 입원시켜놓고 옆에서 간호를 했던 암환자 전문 요양원이다. 그간 전화는 뜸했고, 세월은 저만큼 흘러 있었다. 내용이 황당했다. 밀양 산내 사는 땅 부자 전田씨가 전화를 할 거라며 잘 받아 보라는 것이다. 보리는 기가 찼다. 보리의 남편은 이 요양병원에서 1년 넘게 치료를 받았고, 회복될 가망이 없자 퇴원했고, 한 달여 연명하다가 이승을 떠났다. 보리는 남편을 여의고 삶의 터전이던 대구에서 3년을 버티다가 서울로 왔다. 서울 살면서도 삶이 팍팍할 때면 훌쩍 내려가서 2,3일 혹은 4,5일 묵다가 오곤 했던 곳이다. 요양병원 진수미 원장은 교회 다니면서 사귄 어릴 적 친구다. 그는 보리가 휴양 차 내려가면 서울 사는 일등 친구라며 동네방네 끌고 다니면서 지방 유지들에게 인사시키기 바빴다. 보리는 그때마다 과잉 친절이라며 수줍어했다. 그때 보리를 눈여겨 본 홀아비들이 여럿 있었다. 그만큼 보리는 양지요양원의 인기 여인이었다. 보리가 그걸 모를 이 없었다. 원장하고의 사이는 절친 관계였고, 수목에 둘러싸인 요양원이 고향처럼 포근했다. 인기 독점인 보리는 그 분위기가 좋았다. 근방 유지들과 노래방 갔던 추억도 새록새록 그리웠다. 그들은 농촌에서 살고 있기에 농부일 따름이었다. 노래 실력은 모두가 가수 뺨 칠 정도였다. 학벌이 높은 유지들도 많았다. 보리에게 환심을 사보겠다는 유지들도 분명 있었다. 노래방에 갔다하면 대여섯 곡은 불러야 했던 보리였다. 그럭저럭 맥주 실력도 늘어갔다. 2차에 가면 좀 야한 분위기도 만들어지는데, 보리는 그때그때 분위기를 잘 받아넘겼다. 보리는 분명 끼를 지닌 여인이었다. 그 끼를 누르고 지내려니 힘들 때도 있었다. 그렇게 4,5일 지내다가 보면 속이 후련하게 풀리기도 했다. 남의 일에 볼 만장만하던 보리가 이젠 요양원 운영에 훈수까지 두기에 이르렀다. 물건을 한 집에 독점으로 구입하는 것은 옳지 않다고 했다. 땅 부자 전씨가 그 눈치를 알아차리고 보리에게 바짝 붙으려고 안달했다. 전씨는 제수를 삼아 입을 막아 보겠다는 궁리를 하고 있었다. 보리를 앞에 놓고 숫제 암놈을 호리는 수탉 시늉을 보이는 머슴아도 있었다. '용龍간데 소沼 된다.'고 보리가 머무는 곳에는 언제나 그렇게 사내들이 풍성했다. 보리의 인기는 단연 남정네 쪽이었다. 50대 초반의 젊은 미망인, 보리의 교태는 언제보아도 열 살은 빼고 보였다. 과일로 치면 제대로 익은 일등품이었다. 보리의 심리상태를 불안정하게 만드는 것은 언제나 그 젊음의 끼였다. 밤이면 울타리 없는 집에서 자는 느낌으로 공포감에 쌓였다. 보리가 동석하여 식사를 하는 날에는 음식이 풍성했던 이유를 나중에 알았다. 보리가 동석하는 날에는 식사대금을 꼭꼭 전씨가 독점해서 계산하는 이유도 나중에 알았다. 전씨는 땅 부자답게 허우대도 훤칠했다. '그 형에 그 아우라고 했다.' 짝을 찾지 못하여 혼자 산다는 아우는 형보다 더 멋스런 사나이였다. 지적이고 훈훈한 느낌을 주는 아우의 모습은 어쩌면 보리와 유사한 점도 있었다. 서울로 올라와 살면서 문득문득 산내면의 양지요양병원이 생각나는 것은 그런 분위기가 싫지 않았기 때문이었다. 땅 부자 전씨와 진 원장 사이는 아주 각별했다. 언제 어떤 관계로 맺어졌는가는 모르되, 요양원에서 소비하는 모든 먹거리는 전적으로 전씨 댁에서 직접 생산하는 농산물이라고 했다. 쌀은 물론 심지어 밥상에 놓이는 상추까지도 전씨 손을 거친 물건이라는 것이다.

진 원장은 독신주의자였다. 50을 넘긴 나이지만 결혼을 생각해 본 적은 한 번도 없었다. 그렇게 살면서도 대중적인 물의를 빚는 부도덕하고 충격적인 행위라고는 여태껏 눈곱만큼도 보이지 않았다. 간호사를 포함해서 진 원장에게 딸린 식솔만 30명이 넘었다. 보리는 환자의 수는 알려고 하지 않았다.

보리는 1년간 양지요양원에서 남편을 지극정성 돌보며 틈틈이 쓴 수필 형식의 글 50꼭지를 묶어 『靈魂의 銀河界』라는 산문집을 출간했다. 진 원장은 이 산문집 여러 권을 사서 서고에 꽂아 놓고 환자들에게 일독하도록 권유했다. 양지요양병원 원장 이름은 몰라도 『영혼의 은하계』의 저자 구보리의 이름을 모르는 환자는 없었다.

보리는 환자들의 요청을 거부할 수 없어, 요양원을 찾을 때마다 환자들을 모아놓고 일장 은하게 이야기를 했다. 그리하여 산내면 일대에 보리는 환상의 여인으로 비추어지는 유명세가 붙어지게 되었다. 산문집 내용엔 사별한 남편에 대한 애절할 순애보와 이성을 그리는 사연으로 차 있었다. 독자들은 누구나 일순간 내용에 공감하며 보리라는 여인에 대하여 막연한 동경심을 갖게 되었다. 보리는 황당했다. 전화번호는 어떠한 일이 있어도 비밀로 하라고 했다. 원장도 그 약속을 지켜주었다. 그런데 지금 와서 나를 보고 어이하라는 건가! 보리가 대구를 떠난 이후의 일이었다. 과수원집 땅 부자가 요양원 원장을 졸랐다. 산내 땅 원하는 만큼 명의이전 해주고 손에 물 안 닿게 하겠다며 중신을 붙여 달라는 것이었다. 친동생이 독신으로 살고 있다며, 제수 삼고 싶다는 것이다. 그 동생은 형이 좋다면 보지 않고 장가를 들 것이라 했다.

하필이면 구보리라 발작을 일으키는 시간이다. 밝음이 어둠에 점령당하고 있었다. 전화벨이 울렸다. 보리는 일순 가슴이 철렁했다. 보리는 그저 수화기를 들고만 있었다. '여보세요.'를 연호하는 저쪽의 목소리가 조급하다는 듯 톤이 높아갔다.

그냥 수화기를 덮어버릴까 하다가 대화에 응했다.

"여보세요? 누구신가요?"

"아유! 안녕하세요? 목소리는 여전하시네요. 반갑습니다. 산내 사는 과수원 전두한 입니다."

보리는 좀 굼뜨게 전화를 받는다. 약간 망설였다.

“과수원이라니요?”

보리는 그렇게 되물었다.

“양지요양병원 진 원장님 친구 전두한입니다.”

보리는 더 이상 모르는 척 할 수 없었다.

“아! 네 반갑습니다.”

보리는 본새가 그렇듯 반듯하게 인사를 받았다.

“모두들 편안하시죠?”

“네- 이쪽은 모두 잘 있습니다.”

모두의 숫자 속엔 원장 진수미도 들어 있었다.

보리는 적당한 화두가 필요했다. 오해를 살 수 있는 대화는 금물이었다. 그냥 안부가 필요해서 한 전화는 아닐 터이다. 그렇다면 제수를 삼아 보겠다는 말의 연장이 확실했다. 먼 곳에서 전화를 걸고 있다는 분위기를 보이고 있지만 실은 가장 가까이 와 있는 지도 모른다는 생각이 피뜩 들었다.

"어인 일로 전화를 다 하시고!"

보리는 실제로 두렵고 궁금했다. 어떤 대답이 나올까. 용건이 무엇일까. 저쪽에서도 선 듯 말을 붙이기가 어려운 모양이었다.

"아 네 두루두루 볼일이 있어서요."

두루두루 볼일이 있다? 그렇다면 보리에겐 그리 중요한 사안이 아닐 수도 있는 것이다. 조금은 안심이 되었다.

"시간을 좀 내 주십사, 부탁을 올려도 되겠는지요?"

결국 그게 아니었다. 보리의 예측이 빗나가지 않았다.

"시간이라니요? 언제쯤……."

보리는 끝말에 힘이 죽었다.

"예- 저 지금 가까이에 와 있습니다."

보리의 예측이 맞아떨어졌다. 보리는 어이가 없었다. 아무리 겸사겸사 올라왔다손 치더라도 그렇게 사전에 예고도 없이 불쑥 남의 집 앞에 나타나서 만나자고 하는 법이 있는가 싶어서 마음이 언짢았다. 화가 모이면 시멘트 바닥도 녹인다고 했다. 어머니가 사는 동네에서 외간 남자와 만난다는 사실 그 자체에 증오감이 생긴다. 미망인은 항상 주변 상황에 신경이 쓰였다.

"…."

"용서하십시오. 저가 무례한 행동을 했습니다."

"동행자가 있나요?"

"예- 동생과 같이 왔습니다."

보리는 난감했다. 보리는 우왕좌왕하다가 전화를 끊었다. 양지요양병원 진 원장에게 전화를 넣었다. 마침 진 원장이 전화를 받았다.

"과수원 전 사장이 동생을 대동하고 집 앞에 왔다며 만나자고 하는데, 어찌된 거야?"

"내가 전화번호를 정식으로 얼려주지도 않았는데, 전화를 알고 있다며 막무가내 만나겠다고 며칠 전부터 수선을 떨기에 마음대로 하라고 했다."

"웃기는 사람들 다 보겠네? 맘에도 꿈에도 없는 사람인데, 땅마지기나 있다고 부엉이 셈하듯 어물쩍 짝을 맞추겠다는 요량인가 보네?"

"싫으면 싫다고 딱부러지게 말하려무나! 시간 끌지 말고."

"알았어. 원장 체면 봐서 만나는 주지-"

보리는 그렇게 전화를 끊었다.

이자들이 보쌈이라도 해갈 작정하고 올라왔음, 기꺼이 '과부보쌈'이 되어주겠다는 앙심을 품었다. 보리는 정말 어이가 없었다. 두 손을 뒤로 모아 올리고 거실을 서성이며 마음을 달렸다. 무슨 뾰족한 대한이 떠오르지 않는다.

'나 만날 일 없을 터인데요. 지금 시간 없으니 다른 볼일 보세요.'

이렇게 단호히 끊었어야 했다. 그렇지 못한 보리의 성미였다.

거실의 벽면 구석 TV 옆에 놓인 전화기가 다시 울었다.

참으로 되받기 난처한 전화였다. 이렇게 무례할 순 없다. 쉬운 말로 사람을 이렇듯 깔봐도 된다는 건가. 외짝 인간에겐 자존심도 없다는 건가. 보리는 역겨웠다. 그야말로 날벼락이다. 재혼을 하겠다는 의사표출도, 농 한 번도, 맵시 한번 보인 적이 없는 구보리였다.

"아! 네 급한 일이 생겨서 전화를 끊었습니다. 미안합니다. 곧 나가겠습니다."

보리는 순간 "K대 민입니다."를 떠올렸다. 전화의 첫대바기론 맞지 않는다고 생각했다. 통화 도중 양해 없이 일방적으로 툭! 전화를 끊어버린 잘못에 대한 죄책감으로 앞뒤 가리지 못하고, 곧 나가겠다로 엮어버린 것이다.

보리는 주섬주섬 옷을 챙겨 입었다.

전화기의 벨이 다시 울었다.

"내말 잘 들어 전두한씨 그분들 이해가 가지 않는 행동 많이 한다. 집 앞에 터를 다지고 부산을 떨더니 멋진 양옥집을 지었다. 며칠 전 약식 집들이를 했는데, 5백 평 대지에 건평만 150평이래. 2층은 서고 위주로 꾸몄다며 주인공이 글을 쓰는 작가분이라 신경을 썼데. 누구가 주인 될 거라며 은근히 내비치더라고. 암튼 잘해."

진 원장이었다. 듣자하니 가관이었다. 귀가 의심스러웠다. 혼자 몸이라고 이렇게 밟고 올라타서는 아니 된다. 처음에는 굼 뜨게 가다가 차차 빨라지는 기차의 성질처럼 보리의 역겨움은 앙금쌀쌀 독을 만들었다. 암놈을 아예 물속에 눌러 넣고 교미를 하는 원앙이 수컷마냥 멀쩡한 사람 목 조르기네! 벽창호 같은 천치들…….

보리는 집 앞 사거리 쪽에 있는 '우성' 다방으로 나갔다. 다방에는 손님이 없었다. 두 사람이 중앙에 자리를 잡고 앉아 있었다. 순간, 마폰가 거기서 오피스텔을 하나 얻어 무슨 판매업 같은걸 하고 있는 친구가 긴히 불러서 나갔을 때 풍채 좋은 남자 두 분이 와서 기다리고 있었던 그 신사의 모습이 떠올렸다. '저- 김 사장님 너무 시달리고 불쌍해서 숨통 좀 트라고, 대화도 나누고 가끔 식사도 할 수 있는 괜찮은 친구를 소개해 달라고 해서 너를 불렀으니 말 벗 좀 해드려'라는 것이다. 보리의 첫눈에 다복한 가정을 꾸리고 사는 복된 사람으로 보였다. 남성의 기운이 물씬 풍기는 화려한 미남이었다. 눈이 부시도록 아름다웠다. 보리는 억지로 그날의 분위기를 연출 시켰다. 그러지 않고서는 무슨 사달이든 벌어질 것 같았다. 그렇게라도 마음을 안정시켜 보려했다.

심장 뛰는 소리가 양쪽 귓불을 때렸다. 보리가 먼저 고개를 숙여 인사를 했다. 형제는 벌떡 일어나 인사를 받았다. 동생의 신장이 더 컸다. 미모역시 동생이 월등했다.

"바쁘신 시간 뵙자고 해서 죄송합니다."

보리는 우물쭈물 그냥 대답이 나오지 않았다. 전두한이 말을 이었다.

"그냥 편안하게 저가 그간 있었던 이야기를 계속하겠습니다."

전두한의 성격은 원래가 그러했다. 무슨 일에 서던 그저 뒷전에서 볼만장만 모르는 척 넘기지 않는 성미였다.

"사실 양지요양병원은 저에게 덕을 좀 본 경우입니다. 병원 입지부터 많은 혜택을 주었지요. 그리고 식자재 일절을 저의 집에서 지은 농사로 해결합니다. 제값 받는 것 보다 그렇지 않은 품목이 더 많습니다. 그 요양병원 부지 물색하러 다닐 적 선친께서 저에게 일렀습니다. 좋은 일 하자고 외지에서 멀리 온 분인데 정성껏 도우라 하셨지요. 부친이 오래 사셨으면 그 요양병원 이용하셨을 것입니다. 그건 그렇고 저가 구 선생님 뵙자고 한 것은 저 동생 일 때문입니다. 아시는 대로 이 동생은 오래도록 독신입니다. 자기 위치 생각 않고 눈은 높아서 아직 배필을 만나지 못했습니다."

전두한이 요점을 얘기하자 아우는 슬며시 자리를 구석 쪽으로 비켜서 앉았다.

"그간 여기저기서 혼사 말이 오갔습니다. 그러나 한사코 거절하는 바람에 대면한번 제대로 못했습니다. 그러던 동생이 구 선생에게는 마음을 쏟고 있더라고요. 진 원장님을 통해서 몇 번 이야기 했지요. 그때마다 어려워하시더라고요. 물론 그 뜻이 이쪽의 마음임을 잘 압니다. 어떻게 들으실지 모르겠으나 놀고도 먹을 만큼 농토를 갖고 있습니다. 동생이 갖고 있는 땅만 10정보가 넘습니다. 저와 달라서 퍽 내성적인 편이지요. 어쩌면 두 사람이 성격도 서로 엇비

숫할 것입니다. 나이도 그렇고요. 굳이 시골이 싫으면 도시에 나가서 살 수도 있습니다."

사설이 길었다. 보리는 듣다못해 말을 잘랐다.

"뜻은 고마우나 저 재혼할 수 없습니다. 남편과의 약속입니다. 그분 임종하면서 내 손을 꼭 잡고, 나도 남편 손을 꼭 잡아 주면서 그렇게 약속했습니다. '여보 재혼하지 않을래요. 당신의 씨앗 잘 키워 대들보로 세워놓고 당신 곁으로 갈게요.' 이렇게 약속을 했답니다. 더 이상 혼사 얘기는 접읍시다."

보리는 그렇게 단호히 말했다.

전두한도 생각하는 바가 있었다. 더 이상의 재론이 필요치 않겠구나 싶었다.

두 사람의 이야기에 귀를 곤두세우고 있던 동생이 주섬주섬 일어섰다. 보리 가까이로 다가왔다.

"구 여사님 이야기 많이 들었습니다. 듣던 소문대로군요. 인생은 목적의 열매를 맺는 삶이라고 생각합니다. 일란성은 아닐지라도 닮은 여인이 어딘가에 있겠지요. 우리 손 한번 잡아 봐도 될까요?"

"미안합니다. 먼 길 오셨는데……."

"한 2년을 더 기다려 보렵니다. 여자에게 혼사의 끝 날이 있듯이, 남자에게도 결혼 종치는 나이가 있겠지요. 끝내 짝이 나타나지 않음 포기 해야지요. 생각했던 기한이 넘어가면 하늘에서 선녀가 온다 해도 거절할 것입니다. 불행의 씨앗은 뿌리지 않을 것입니다."

동생의 결혼관은 확고했다. 보리가 아니면 독신으로 죽겠다는 소리 같았다.

보리도 손을 내밀어 잡았다. 온기가 있어 따뜻했다. 미안했다.

'이성간의 형평성은 대단히 중요한 요소입니다. 사랑의 열매는 그렇게 일방적으로 맺어지는 게 아닙니다. 미안합니다. 장거리- 조심해서 잘 내려가세요.'

보리는 속으로 그렇게 빌어주었다.

보리의 손은 떨리고 있었다. 황진이라는 여인의 로맨스가 떠올랐다. 어머니의 무릎을 베개 삼아 누워서 듣던 얘기다. 황진이의 어릴 적 이름은 진이었다. 외자다. 진은 어려서부터 총명했다. 용모가 아름답고 거문고, 노래, 시문에 뛰어난 재주를 지녔다. 김씨 성을 가진 총각이 진의 집 뒤에 살았다. 외아들인 김 총각은 진의 미모에 혹하여 정신을 팔리고 있었다. 하나 언감생심 진사의 딸을 두고 어찌해볼 도리가 없었다. 혼자 끙끙대던 김 총각은 결국 상사병이 들고 식음을 천폐하고 드러눕게 되었다. 이 병에는 약이 딱 한 가지뿐이다. 서로 만나게 해주어야 한다. 김 총각의 장례가 치러지는 날이다. 상여가 진의 집 앞을 지나다가 멈춰 섰다. 상여꾼의 발이 땅바닥에 붙어버렸다. 난감했다. 진은 생각 끝에 입고 있던 속바지를 몰래 벗어 상여 위로 획- 던졌다. 그제야 상여꾼의 발이 떨어졌다. 이 이야기는 순식간에 인근동에 퍼졌다. 예나 지금이나 사랑 얘기는 각색이 되기 마련이었다. 진의 행실은 그날부터 궤도를 이탈하기에 이르고, 결국 기녀가 되었다는 이야기다.

악수를 하고 있는 두 사람은 서로 한마디 말이 없었다.

# 17. 미지의 종착역

막내둥이 수진이가 왔다. 보리는 그저 속이 좋지 않다고만 했다. 엄마의 애인은 대전의 k가 처음이자 마지막인 것으로 식구들은 알고 있다. 나이 들어가면서 자식들 실망시키는 일을 삼가야 한다. 무지개사진동우회의 T 회장쯤은 로맨스가 밝혀지더라도 이해가 되는 일이었다. 그러나 피피섬 크라운호텔의 안개 사연, 트럼펫 교장님과의 나체쇼, 문화센터 김씨와 그 부인의 소동, K대 민성기 교수와의 한밤 드라이브, 여기에 서대문의 김경래 사장과의 열애 사연까지 까발려지면 어머니로서의 체면은 물론, 지성과 외모와 교양미까지 갖춘 그리하여 만인의 연인이라던 젊은 미망인 보리의 입지는 여지없이 망가질 판국이었다.

'미필적 고의'가 아닌 '살인죄' 내지는 '살인방조죄'로 죄상이 들어나고 있다는 약수터 실족 사건은 김 사장은 물론 보리의 입지를 더욱 옥죄어갔다.

"엄마 무슨 일 있지?"

"일은 무슨 일. 몸살 기운을 참았더니 입맛이"

"엄마 나한테도 속일거야? 대전 산다던 육사 그분 벌써 돌아가셨다고 했잖아?"

"오래 전이지"

"사진동우회 박사님도?"

"그분도 마찬가지야"

"말해봐 수진이는 언제나 엄마 편-"

"편이고 뭐고 아무것도 아니래두"

"나 엄마 일어날 때까지 엄마 집으로 출퇴근이다?"

수진은 엄마가 음식을 못 넘기고 축 처져 누웠을 때 미음으로 살려낸 적이 있었다. 수진은 미음을 쒔다. 양념 발라 구은 김을 많이 부시어 넣었다. 그걸 강제로 입안에 떠넘겼다. 엄마는 그걸 먹고 눈동자에 생기가 좀 돌았다. 수진이가 내리 3일간을 출퇴근 하며 간호했다.

보리는 아차! 싶었다. 인과응보라 여겼다. 무슨 일이던 닥치면 받아주겠다고 다졌다. 그렇게 체념하니 편했다. 세상은 공평하다. 득볼 필요도 남을 위해 누명쓸 필요도 없다고 생각했다. 경주 사는 셋째가 보름사이로 다녀갔다. 막내 수진이가 가까이 있어 다행이었다.

부인이 독한 맘을 먹고 산행을 고집했다면 분명 행동이 달랐을 것이다. 이것을 눈치채지 못했다면 남편으로서 자격 상실이다. 죽음을 각오한 사람의 행동은 평상심을 절대로 유지할 수 없다. 사고를 당하기 이전의 부인 서화자는 조용한 성품에 퍽 사색적이고 이지적이었다. 그날 가족동반 산행에서 동창들은 모두가 서화자의 매너를 극찬했다. 그런 그가 가파른 약수터 아래로 굴러떨어졌다. 인명은 유지하였으나 중상자 신세가 되었다. 그리고 돌변했다. 남편을 못살게 굴었다. 천하의 에고이스트로 변했다. 원수의 약수터 바윗길을 망치로 부수고 싶었다. 그리고 성도착증 환자마냥 약수터에 마음이 꽂혔다. 부인은 남편에게 여러 번 졸랐다. 본인이 실수한 장소에 한번 가서 확인하고 싶다고. 일정 시간이 경과하면 범행 장소에 나타나서 저질러 놓은 범행을 확인하여 보고야 만다는 일종 범죄 심리였을 것이다.

이날의 사고는 필연이었다. 한쪽 눈은 실명이고 한쪽 다리를 절룩이는 극히 비정상적인 신체조건이면 등산 자체를 계획하지 말아야 했다. 산행자의 사고는 언제나 하산 중에 일어난다. 부인이 다친 다리는 왼쪽이었고, 또한 같은 쪽이 벼랑이었다. 불구자에게 사고는 지천으로 깔려 있었다. 작은 실수도 용납되지 않는 좁은 산길이다. 사고는 약수터에서 불과 이십여 미터 떨어진 곳에서 일어났다. 돌부리에 걸려 중심을 빼앗긴 채 피식 주저앉는 자세를 취하더니 그대로 성인 키 높이 열 배나 되는 벼랑으로 굴러떨어졌다. 얼굴에 피가 낭자했다. 부인 서화자씨는 그렇게 이승을 막음했다. 성한 사람 같으면 목숨까지 빼앗길 산세는 아니었다.

약수터에 대한 외상성 신경증外傷性神經症을 앓다가 결국 그 약수터에 생명을 저당하는 신세가 되고 말았다.

그렇다면 남편 김 사장은 그 시간 무엇을 하고 있었을까? 여기에 대한 목격담은 나오지 않았다. 환자 가까이 없었다는 것인가? 없었다면 너무나 큰 실수를 한 것이다. 유원지의 견공마냥 허리춤을 묶어서 잡고 다녀야 했다. 실족하면 간다는 좁은 산길인데 한눈을 판다니 말이 안 된다. 의심이 갈만했다. 이 대목이 중요했다. '미필적 고의'의 죄명은 형사소송법에 따른다. 개인의 요구에 따라 사법적인 권리관계의 다툼을 해결하고 조정하기 위하여 행하는 재판 절차와 달리, 형벌 법규를 위반한 자에게 형벌을 부과하기 위한 재판 절차다. 남편 김 사장이 벌을 받는다면 이는 살인죄의 죄목에 해당된다. 그렇다면 그와 절대적 연인관계의 보리는 사건의 원인 제공자가 될 수 있다. 형량이 다를 뿐 결국 죄명은 같아진다.

k경찰서 형사과에서 보낸 두 번째 출두명령서가 날아왔다. 이제 겨우 일어나서 손수 밥을 지어먹던 보리는 다시 맥이 풀렸다. 보리는 죽기를 각오하고 명령에 응하기로 했다. 임의출두 절차는 밟기 싫었다. 이게 웬일인가! 김 사장이 와 있었다. 둘은 서로 태연을 가장하며 눈인사를 나누었다.

젊은 수사관은 단도직입적으로 핵심부터 물었다.

"두 분의 만남은 결혼을 전제하고 있었나요?"

"방향을 잘못 잡으셨네요. 저는 애초부터 재혼은 포기한 사람입니다. 이유는 두 가지입니다. 먼저 간 내 남편만한 사람이 없었고, 두 번째 이유는 재혼의 성공률은 1백분의 1에 해당한다는 기사를 받습니다. 젊은 나이에 남편을 잃은 팔자가 뭣이 좋아 그 1백분의 1에 해당하는 행운을 잡을 수가 있겠나요? 게다가 난 딸린 자식이 넷이나 됩니다."

"김경래씨는 결혼을 염두에 두고 사귀었다던데요?"

"그거야 그쪽 사정이지요."

"이젠 가로막혔던 장벽이 허물어진 것 아닌가요?"

젊은 수사관은 짐짓 약 오르는 말만 골라서 하고 있었다.

"그건 비명에 간 부인에 대한 모독입니다."

보리는 외워둔 대사를 읊듯 말이 술술 나왔다.

"둘의 사이에 깊은 정이 오간 것은 사실 아닌가요? 국일관에서 만나던 날 J호텔에서 1박했던데요. 이건 부인에 대한 범죄행위가 아닌가요?"

"그건 지극히 사생활 관계지요."

"그렇지 않지요. 부인의 죽음과 상관없이 범법에 해당됩니다. 이게 바로 치정사건의 모델입니다."

"너무 과도한 비약은 맙시다."

"예를 들면 그렇다는 소립니다."

"김 선생 댁에 압수수색 한 것으로 알고 있는데, 더 이상 질문하실 게 있나요. 그간 주고받은 내용은 이 메일에 저장되어 있을 것입니다. 저와 김 사장 사이의 정분을 부인께서 알고 계셨으면 그분에게 많은 심적 부담을 주었을 것입니다. 나는 둘의 사이를 모르고 있는 것으로 알고 있습니다."

"그건 옹색한 변명 같은데요. 컴퓨터에 저장되어 있는 내용 여러 번 탐독했습니다. 감미로운 내용이 많더군요. 사랑의 농도가 어느 쪽이 더 강하였는지, 심리학자 두 분을 모시고 조언도 들었습니다. 알 수가 없겠다고 하던데요."

김 사장은 더 이상 침묵을 할 수 없다는 듯 의자를 앞으로 당겨 앉았다.

"저는 한 달에 한 번씩 피우는 꽃을 더 이상 피울 수가 없는데요."

"무슨 말씀을요. 요즘 세상에 그게 무슨 상관입니까?"

"두 분이 나눈 예기인데 이게 무슨 뜻인가요?"

"대화내용 그대로입니다. 나는 임신할 나이를 넘겼고, 저쪽에서는 지금 세상에 2세가 있고 없고 무슨 상관이냐? 이런 뜻이겠지요."

"자- 우리 사고 당일 약수터 이야기를 해 봅시다. 그간 목격자 세분의 증언이 녹음되어 있습니다."

김 사장과 보리는 긴장되었다.

이날의 사고는 장난스러웠다. 흡사 놀이터 아이들의 미끄럼 타기였다. 좁디좁은 하산 길에서 돌부리에 걸려 서화자씨가 넘어지고, 그 자세에서 30m가 넘는 돌산 아래로 미끄러지듯 굴러 내리다가 바닥에 닿았다. 얼굴에 피가 낭자했다. 곧바로 숨이 끊겼다.

범골약수터 칼바위능선

"이것이 목격담입니다."

주춤, 김 사장은 의자를 뒤로 약간 물리며 눈을 감았다.

"3인의 공통된 증언은 사고 당시 김 사장이 옆에 없었다고 했습니다."

쿵! 무엇이 추락하는 소리가 났다. 그러나 그 소리는 나무토막이나 혹은 생명체가 없는 물건이 떨어지면서 내는 소리가 아닌, 혹은 중심을 잃고 데굴데굴 굴러 내리다가 저들끼리 불꽃을 퉁기며 맞닿는 바윗돌 소리가 아닌, 좀 기분 나쁜 혹은 소름이 확 돋는 그런, 잘 익은 쪽박이 바윗돌에 부딪치며 깨지는 그런 소리가 났다. 이 소리는 같이 하산하던 등산객이 들었다는 공통적이 증언입니다. 여인의 이마에서 선지피가 솟았다. 선지피는 서로 모이드니 아주 가늘게 줄기를 만들어 눈썹 미간 사이로 조르르 흘러내렸다. 순간 등산객들이 조문하듯 모여들었다. 그것으로 그만 여인은 악! 소리 한번 지르지 못하고 이승과 하직했다. 김 사장은 이 분위기를 위에서 보고 있었다.

"이 시간의 공백 부분을 알고자 오시라 했습니다."

젊은 수사관이 풀어야 할 추락사 비밀은 여기에 있었다.

"그 순간 부인 가까이에 있었던 분은 누구였나요?"

아차! 김 사장의 자충수였다. 실수의 시발점이 되고 말았다. 부인이 앞서고 자기는 몇 사람 뒤쪽에 있었다고 했다. 이 행위가 '미필적 고위'에 해당된다는 것이다. 김 사장은 그곳이 그렇게 위험하지는 않다고 했다. 또한 잘못이었다. 담당형사는 사건 후 그곳에 두 번 다녀왔다. 물증을 확보하기 위하여, 주변 환경을 파악하기 위하여 상세하게 사진도 찍어왔다.

"보호를 하느라 했지만 저가 미흡했습니다."

이런 답이 나왔어야 했다. 젊은 수사관도 이렇게 나올 줄 알았다. 거동이 지극히 불편한 아내이거늘, 심리상태가 지극히 불안정한 상태이거늘, 현장만 확인시키고 곧바로 하산을 하자고 해야 했거늘, 그런데 어쩌자고 환자를 정상인 취급을 했단 말인가. 이것은 명백한 유기행태이다. '미필적 고의'에 해당된다. 하지만 김 사장 말대로 부인이 수선을 떨지 말고 남편의 뒤를 따랐던들 사고가 날 턱이 없는 노릇이었다. 적어도 일반적인 상태의 환자인 경우라면 충분히 가능했다. 부인은 고도의 고소공포증 환자다. 눈을 돌려 산 아래를 응시했다면 순간적으로 뇌가 반응을 했을 것이다. 여하튼 사고는 그렇게 일어났다.

젊은 수사관은 다시 물었다.

"약수터와 부인이 실족한 장소와의 자리는 얼마나 되나요?"

범골약수터

"이삼십 미터쯤은 될 것입니다."

"몇 시간쯤 머무르셨나요?"

"점심 식사를 약수터에서 했습니다."

"두 분이 서로 아시게 된 동기를 말씀해 주실 수 있을까요?"

"그게 이 사건과 무슨 관계가 있나요?"


이번에는 보리가 그렇게 말했다.

"오비이락 이란 말이 있지요. 추락사 사건이 없었다면, 그리고 두 분이 서로 사귀는 사이가 아니었음 이 자리에 모시지 않았지요."

"또 오지 않도록 오늘 확인하실 것 다하세요."

"알겠습니다. 돌아가신 부인의 친정 부모와 그 오빠 되는 분들이 저희에게 와서 이번 추락사건 외에 오래전의 사고에 대해서도 의문을 품고 있는 터라 저희도 골치가 아픕니다. 가급적 빨리 종결짓도록 노력하겠습니다."

김 사장과 보리는 가족들이 의심을 품고 있다는 새로운 사실에 아연실색했다. 가족동반 산행 중 발발한 사고까지 부인의 친가에서 의심을 갖고 있다면 이는 그간 두 분의 부부생활에 문제가 있었다는 반증이기 때문이다. 보리는 머리가 점점 무거워졌다.

"부실한 수사로 매도를 당하면 부인의 친가에서 문제를 제기할지 모릅니다. 매스컴에서 떠들게 되면 양가가 창피를 당하게 됨은 물론 김경래씨 사업에도 영향을 미칠까 우리로선 염려가 되는 부분이지요."

"그렇게 나온다면 저로서는 할 말이 없네요. 다시 확인해 드립니다. 둘의 관계는 컴퓨터 이 메일에 나와 있는 것이 전부입니다. 더 이상 호출이 없었으면 합니다."

경찰서에서 나온 두 사람은 다방에 들어갔다. 보리는 궁금한 게 많았다. 부인을 배에 태우고 일본을 가보기 위하여 혼자서 뱃길을 확인해 본다고 했다. 보리를 좋아한다고 했으나, 정식으로 구애를 해온 것도 아니었다. 적극적으로 청혼을 해 왔더라면 그때 아마 재혼을 했을 거라는 생각을 지금도 지우지 않고 지내고 있다. 그러나 애틋했던 그때의 애정관계는 모두 지워버린 지 오래다. 이제 와서 이것이 죄가 된다면 받는 수밖에 없는 처지가 되었다. 검사가 부를 터이고, 판사가 부를 터이고, 가족이 알고, 친척이 알고, 교회에서 알고, 그리고 모든 지인이 알게 될 것이다. 그러나 누구를 헤치고까지 사랑을 독점하고 싶었던 생각은 갖지 않았다. 보리는 이를 애정의 순수성이라고 믿는다.

모든 것은 하나님이 시켜보셨다. 하나님이 시나이산에서 모세를 통하여 이스라엘 백성들에게 주셨다는 열 가지 계명, 보리는 스스로 이 계명을 어긴 적은 없었다. 특히 이성과의 사귐에서, 상대가 요구하는 성애에 그저 막대기 모양 감정 없이 응해 주었을 뿐이다. 어디까지나 상대방을 위해서 희생한다는 그런 배려에서 응해주었을 뿐 욕정이 발동하여 이성을 탐닉한 적은 한 번도 없었다.

꾀꼬리는 자기의 옷태가 현란해 낮은 곳에는 머무르지 못하고, 늘 높은 나무에서만 산다. 보리는 스스로의 몸태를 알고 앞가림을 해보지만 치근대는 남친이 많아서 일일이 관리하는 대는 한계가 있었다. 그러나 보리의 애정관은 확고했다. 서로에게 전부라야 된다는 관념이다. 정신으로나 행동으로나 그 외 모든 면에서…. 일부분의 사랑은 엄밀한 의미에서 사랑이라고 말할 수 없었다. 사랑은 숭고한 의무와 책임감이 따른다는 것이다.

진실이란 종착역에 닿고서야 그 가치가 입증된다.

보리는 '사람들과의 관계 맺기'에서 처음부터 양쪽의 여건이 충족될 수 없기에 섣불리 사랑이라 정의하지 않는다. 그런 사랑에는 의무나 책임감이 꼭 따르지 않는다고 보았다.

구보리는 사랑을 몽땅 분실했다. 기록으로 남기지 말았어야 했다. 모두가 12꼭지였다. 이제 남아 있는 사연은 딸랑 5꼭지뿐이다. 수첩을 분실했으니 머릿속에 남아 있는 치부置簿를 근거로 삼을 수밖에 없었다.

'박쥐삼작노리개'는 조선 여인의 고급 장신구이다. 뭇 남정들은 그걸 노리개로 삼고 싶었다.

보리는 그렇게 당했고, 그렇게 이용하기도 했다. 당한 쪽은 욕정이었고, 이용한 쪽은 사랑이었다. 기율紀律의 여신女神을 불러 저울질을 시켜보면 어느 쪽으로 기울까.

나이 든 남편은 재산과 미움도 엮어놓고 떠나는데, 나이 젊은 남편은 사랑과 가난만 남기고 간다.

엄마의 세월은 지금 어디쯤에 와 있을까?